Seriously

EL SECRETO SUMERGIDO

EL SECRETO SUMERGIDO

CRISTIAN PERFUMO

Perfumo, Cristian
El secreto sumergido. - 2a ed. - Puerto Deseado : el autor, 2014.
294 p. ; 20x14 cm.

ISBN 978-987-33-6534-8

1. Narrativa Argentina. 2. Novela. I. Título
CDD A863

Fecha de catalogación: 10/12/2014

Diseño de tapa: Angela Budden
Imagen de portada buzo: Fabián Álvarez Gómez
Imagen de portada pecio: Sergi Matilla

www.cristianperfumo.com

Ediciones Gata Pelusa

Quinta reimpresión: septiembre 2016

A Mónica y a Norberto

Los hechos y personajes del siglo XVIII que describo en esta obra son reales (en el noventa por ciento de los casos).

Los de la década del 80, en cambio, son producto de mi imaginación (a excepción de los que no lo son).

Cristian Perfumo

I. LA CORBETA SWIFT

1

La primera vez que Marcelo Rosales oyó hablar de la corbeta Swift no sabía que por ella había muerto gente, ni que aún quedaba alguien más por morir. Tampoco se sentía la nariz.

—Buenos días, alumnos —dijo el profesor Garecca.

Todavía estaba oscuro cuando Marcelo y el resto de los estudiantes de quinto año, el último de la secundaria, se enfrentaron a la primera clase después de las vacaciones de invierno. Aquel lunes de julio se anunciaba uno de los días más fríos de 1981 en plena Patagonia argentina.

—Espero que hayan tenido un buen receso y se encuentren con todas las energías para comenzar esta segunda mitad del ciclo lectivo.

Más que energías, Marcelo tenía sueño. Los quince minutos de viento helado durante el trayecto de su casa al colegio lograban congelarle la cara, pero no despertarlo.

—Durante el resto del curso estudiaremos funciones cuadráticas, cúbicas y exponenciales.

Pero todos, Garecca incluido, sabían que no empezarían hablando de matemáticas. Bastaba una mínima distracción.

—Durante las vacaciones —dijo un chico sentado contra las ventanas empañadas— estuve en el campo de mi abuelo. Me contó que en los sesenta desapareció una familia completa en la casa donde hoy viven los Lozada. Me dijo que el matrimonio y las tres hijas están enterrados en el patio. ¿Es verdad, profesor?

Garecca era una enciclopedia de las leyendas del pueblo, y no había mito en Puerto Deseado que se le resistiera. Parecía disfrutar mucho más hablando de casas embrujadas que de logaritmos. Y sus alumnos —especialmente Marcelo—, más aún.

—Está *comprobadísimo* —dijo, devolviendo la tiza que acababa de agarrar— que eso no es más que uno de los tantos mitos que circulan por este pueblo. Yo, de hecho, estuve interesado en comprar esa casa hace muchos años. Al final no cerramos la operación, pero conozco la historia a la perfección.

—Los Dietrich —prosiguió— vendieron todo antes de mudarse al norte en el año sesenta y cuatro. La casa la compró el finado Leonardo Belizán, un prestamista que nunca la habitó ni quiso alquilarla. Alguien de los muchos que no le tenían simpatía hizo correr el rumor de que Belizán tenía sus motivos para dejarla vacía. A partir de ahí la leyenda se fue transformando hasta generar cinco muertos enterrados en un jardín. No hace falta que yo les explique cómo mutan los rumores en este pueblo, ¿verdad?

El profesor hizo una pausa para recuperar el aliento.

—La casa pasó por dos dueños más hasta que a fines de los setenta la compró Don Lozada. Fin de la historia. Nada de cementerios en el patio.

—Pero eso es siempre igual —intervino la única alumna con la cara maquillada—, en este pueblo se inventan todo. Supuestamente, a mí cada dos por tres me encuentran besándome en algún rincón con fulanito o menganito. Lo más divertido es que nadie da la cara y dice "yo la vi", sino que todos escucharon la historia contada por otra persona.

Un murmullo inundó el aula.

—Mariela tiene razón —dijo Pedro Ramírez desde el fondo, sin atreverse a levantar la vista—. En este pueblo siempre tenemos alguien o algo de qué hablar. El otro día, por ejemplo, estábamos en un asado y mi tío, a la cuarta copa de vino, empezó a hablar de un barco que traía un tesoro y naufragó por una tormenta cerca de Deseado y no sé que otros delirios más. Por suerte, ya lo conocemos. Mi mamá dice que lo hace para llamar la atención.

Fue así, de casualidad, como Marcelo Rosales oyó hablar

de la Swift por primera vez, sin saber siquiera su nombre. O si era solo un rumor.

2

La casa de Marcos Olivera era la única en todo el pueblo que tenía un mástil en el patio. En lo alto, hecha pedazos por años de viento, ondeaba una bandera argentina.

—Buenas tardes, ¿don Olivera? —preguntó Marcelo a la figura fornida que le abrió la puerta.

El hombre asintió mientras se ponía unos anteojos que llevaba en el bolsillo de la camisa. Cuando pareció tener una imagen nítida, arqueó las cejas y se acarició una barba blanca prolijamente recortada. La mirada perdida daba la sensación de que estuviera intentando encontrar algo en su memoria. Tras unos instantes, no sin cierta duda, le preguntó.

—¿Vos no sos hijo de Diego Rosales?

A Marcelo la pregunta le cayó como un bloque de cemento en el estómago. Era lo último que se esperaba. Trató de disimular la incomodidad con una sonrisa y respondió afirmativamente con un gesto educado.

—¡Sos igualito a tu papá! Yo hice el servicio militar con él. En la cuadra teníamos las camas casi al lado. Además, éramos compañeros de imaginaria.

—Ah, no sabía. No hablo mucho de estas cosas con mi padre.

En realidad no hablaba de eso ni de nada con él desde hacía más de dos años. El último contacto no lo habían tenido en una fecha cualquiera, pero de haberlo sido, Marcelo recordaría aquel día y aquel padre con el mismo odio.

—Es que de esto hace mil años —respondió el viejo restándole importancia—. La verdad es que ni siquiera recuerdo la última vez que nos vimos. Puede que haya sido en el servicio militar, realmente salgo muy poco por el pueblo.

La probabilidad de que dos personas de las dos mil quinientas que vivían en Puerto Deseado pasaran mucho tiempo sin verse era remota. Tarde o temprano todos se terminaban cruzando con todos. En el supermercado, en el banco, en el correo, en misa o en algún entierro. Era cuestión de tiempo hasta toparse cara a cara con cualquiera. Sin embargo, don Olivera era una de las pocas excepciones. Se había pasado casi toda su vida navegando, y cuando estaba en el pueblo prefería descansar en casa y disfrutar de la compañía de su familia.

—Me llamo Marcelo.

—Marcelo, ¿qué te trae por mi casa?

—Esta mañana en el colegio, un compañero habló de un barco hundido en Deseado, y el profesor Garecca dijo que él también había oído esa historia. Cuando terminó la clase, le pregunté qué más sabía, y me mandó a hablar con usted.

El viejo sonrió y lo invitó a pasar.

—Esperame un momento. Sentate si querés —dijo señalando un sofá de cuero negro—. Voy al cuartito del fondo a ver si encuentro algo que creo que te puede interesar.

Las paredes del salón estaban repletas de cuadros. En tres de ellas no había orden aparente en la mezcla de óleos de pájaros, acuarelas de paisajes y antiquísimos retratos de personas, quizás antepasados. La cuarta, que era lo primero que se veía al entrar a la casa, era diferente. La recorría una chimenea de piedra que ayudaba a olvidarse del frío que hacía afuera.

Sobre el tiraje había cinco cuadros como los cinco puntos en la cara de un dado. Los de las esquinas eran nudos marineros hechos de soga y enmarcados sobre un terciopelo azul. En el centro, un Olivera al menos veinte años más joven posaba en blanco y negro junto a una bella mujer morena frente al glaciar Perito Moreno.

—Esa pared —dijo Olivera mientras dejaba sobre una pequeña mesa una caja polvorienta— representa mi vida entera.

Los nudos que tuve que hacer millones de veces durante mi carrera como marino y en el centro mi mujer, el único motivo para desear volver a tierra firme cuando estaba embarcado. De eso ya no queda nada, ahora estoy jubilado y viudo.

—¿Y no tiene hijos? —preguntó Marcelo arrepintiéndose al instante. Si los tuviera, estarían en la foto del centro.

—Es lo único que nos faltó a Margarita y a mí para que la felicidad fuera completa —dijo el viejo ofreciendo una sonrisa rendida—. Pero bueno, de vez en cuando algún compañero me visita y nos pasamos largas horas recordando viejas historias de altamar. ¿Un amargo? —ofreció, dándole un mate de metal que tenía pintada una bandera argentina de colores mucho más vivos que la que flameaba en el patio.

—De la Swift —continuó el hombre— casi nunca hablo con nadie. No porque yo no quiera, sino porque no suele salir el tema. Muy poca gente cree en la historia.

—¿Y usted cree?

—Eso es lo que menos importa —dijo indicándole con la cabeza que se acercara a examinar la caja.

—Como verás —continuó, tras quitarle con la mano el polvo de la tapa— esto está guardado hace mucho. Al recibirlo pasé varios meses escuchando el relato e imaginando cómo habrían sido las cosas en aquel momento. Después decidí guardar la caja hasta que alguien se interesara por el tema. Si no, tenía pensado donarla a la biblioteca cuando fuera un poco más viejo.

—¿*Escuchar* el relato? —preguntó Marcelo devolviéndole el mate.

—Te enterarás en un segundo. Pero antes de empezar ¿por qué te interesa la historia?

—Soy buzo —dijo Marcelo sin dejar de mirar la caja— y si hay un barco hundido en la ría y sabemos dónde está, podríamos hacer algunas inmersiones para intentar encontrarlo.

—Ojalá fuera tan fácil —suspiró el viejo, abriendo la caja.

Dentro había una antigua grabadora del tamaño de una máquina de escribir. Uno de los carretes de la cinta tenía una etiqueta blanca con la palabra *AUSTRALIANO*.

—¿Y esto qué tiene que ver con el barco?

—Una de las pocas desventajas de ser joven es la falta de paciencia —dijo Olivera y desenrolló lentamente el cable del aparato, conectándolo a un enchufe en un rincón de la habitación.

Cuando los carretes comenzaron a girar, se oyó un leve zumbido y luego una voz femenina dijo:

—Informe de la pérdida del barco de guerra de Su Majestad, Swift, en una carta a un amigo.

En el momento en que el corazón de Marcelo comenzaba a galopar de la emoción, Olivera pausó el aparato presionando un botón.

—¿Es éste el barco al que te referís?

—Supongo que sí —titubeó Marcelo. Y aunque no lo fuera le daba igual. Quería escuchar lo que seguía.

El ex marino reanudó la reproducción con el mismo botón.

—Querido señor, habiéndole mencionado frecuentemente algunas circunstancias sobre la pérdida del barco de guerra Swift en las costas de la Patagonia...

La voz de mujer comenzó a narrar la aventura vivida por noventa y un hombres británicos cuyo barco se hundió el martes trece de marzo de 1770 en las costas de Puerto Deseado. El relato estaba en primera persona y lo redactaba Erasmus Gower, teniente de la Marina Real Británica a bordo de la corbeta de guerra Swift.

La Swift había partido de Puerto Egmont, el único apostadero británico en las islas Malvinas en aquel entonces, con el objetivo de explorar el litoral de la desierta Patagonia. Pero seis días después de zarpar, una gran tormenta agotó las fuerzas de la tripulación, forzándolos a parar en *Port Desire*, para recuperar energías y secarse las ropas.

Port Desire era como el corsario británico Thomas Cavendish había rebautizado —en homenaje a su nave, el *Desire*— al estuario de la costa patagónica que Magallanes llamó Bahía de los trabajos, tras tener que recalar en él para reparar sus naves. Figuraba en todas las cartas náuticas, sí, pero en 1770, cuando la Swift se adentraba en él por primera vez, faltaban veinte años para que los españoles construyeran un fuerte y una planta de aceite de ballena que no sobreviviría más de dos décadas. Ni hablar del pueblo en el que vivía ahora Marcelo: Puerto Deseado se fundaría ciento catorce años más tarde y heredaría, deformado, el nombre de la nave de un pirata. Los hombres de la Swift se encontraban aquella mañana con una costa tan desierta como el resto de la Patagonia.

Al entrar en la ría, el barco encalló en una roca no cartografiada. Tras deshacerse de todo lo que los lastraba, incluyendo gran parte del agua potable, lograron liberarse. Pero la alegría duró solo unos minutos: el viento desplazó la embarcación hasta golpearla contra una segunda roca. Y esta vez fue fatal, para la nave y tres de sus tripulantes.

A las seis de la tarde de aquel martes trece de marzo, la corbeta Swift, armada con catorce cañones y doce pedreros, se hundía en el fondo de lo que Marcelo y todos los habitantes del pueblo conocían como la Ría Deseado.

3

Lo más desesperante de la situación, según relataba el teniente Gower en la voz de aquella mujer, era que al zarpar no habían dado un parte detallado del itinerario planeado al capitán de la Favourite. Eso significaba que la única otra embarcación británica en Malvinas no sabía cuándo ni dónde empezar a buscarlos. Dicho de otra manera, dependían solo de ellos mismos y su suerte en uno de los rincones más áridos y hostiles del planeta.

Para procurar un refugio a la tripulación en aquella tierra sin árboles ni gente, se ordenó que algunos de los marinos nadasen hacia los mástiles, todavía visibles después del hundimiento, para recuperar parte de las velas e intentar construir toldos con ellas.

Pero eso resolvía solo una parte del problema. Gower describía las peripecias del día a día en la Patagonia mientras se decidían entre intentar ir por tierra a Buenos Aires o volver con uno de los pequeños botes a Malvinas: las ratas diezmaban las pocas provisiones que habían podido salvar, los animales que intentaban cazar se volvían más huidizos y el invierno se cernía sobre ellos, amenazando con congelarles la vida.

Cuando se les acabó la munición, usaron piedras para disparar con sus mosquetes a los pocos lobos marinos y cormoranes que se les ponían a tiro. Pronto, también se quedaron sin agua potable, y el único pozo que fueron capaces de encontrar solo les proporcionaba un líquido turbio y podrido.

Finalmente, los carpinteros reforzaron una de las chalupas, un pequeño bote de siete metros de largo por dos de ancho, para enviar siete personas en un viaje suicida a las islas Malvinas, a casi seiscientos kilómetros. Pero la noche del día que zarparon, se desató una tormenta lo suficientemente fuerte para robar toda esperanza a los ochenta y un hombres que se habían quedado en tierra.

Bastaron unos pocos días para que se terminaran de convencer de que el milagro no sucedería, y decidieron que el mismo Gower y otros cuatro hombres bordearían la costa hasta Buenos Aires para intentar pedir auxilio. Pero la mañana en que se preparaban para partir, aparecieron las velas de la Favourite en el horizonte. Los siete hombres que creían muertos habían logrado llegar a las Malvinas con poco más que una brújula.

Veintiocho días después del naufragio, la tripulación de la corbeta Swift iniciaba el retorno a Puerto Egmont, sana y salva.

Todos excepto los tres que se habían hundido con la nave, y de los cuales solo habían podido enterrar a uno cuando el agua llevó su cuerpo hasta la orilla. El cocinero.

Un mes y medio después de volver a Malvinas, una fragata española entró a Puerto Egmont para pedir agua. Tres días más tarde se le unieron otras cuatro: habían llegado para expulsarlos, reclamando las islas como parte del Reino de España. Tras forzarlos a esperar casi un mes, los españoles obligaron a todos los británicos en la fortificación —es decir a la tripulación de la Swift y la Favourite— a retornar a Inglaterra, donde arribaron luego de sesenta y ocho días de navegación.

Dicho esto, la voz de la mujer anunció el fin del relato.

—Hay algo que no me queda nada claro —dijo Marcelo mientras daba involuntarios golpecitos al suelo con su pie izquierdo—. Estamos hablando de un naufragio hace más de doscientos años de un buque inglés. ¿Cómo puede ser que exista una cinta con una grabación? ¿Y cómo puede ser que esté en castellano?

—¿Y cómo puede ser que hagas estas preguntas? —bromeó Olivera—. Hablando en serio, yo creo que alguien que tenía en su poder una copia del relato original, en inglés, lo tradujo a nuestro idioma. Esa misma persona, o quizás otra posteriormente, grabó la traducción en esta cinta. Esa es mi teoría.

—¿Su teoría? ¿Me está diciendo que desconoce la procedencia de esta cinta?

—Sé de dónde viene. Lo que no sé es quién la grabó.

No hizo falta que Marcelo le dijera que no estaba entendiendo nada.

—Hace unos dos años, el director de la radio LRI 200 vino a mi casa con esta grabadora. Fuimos juntos al colegio y sabe que colecciono todo lo que tenga que ver con el mar. Me dijo que la habían encontrado haciendo una limpieza del archivo y me la regaló.

—¿Y esa etiqueta? —preguntó Marcelo señalando la palabra *AUSTRALIANO*.

—Lo mismo le pregunté yo al director. Según él, es probable que corresponda con lo que estaba grabado antes del relato. Me dijo que es muy común reutilizar estas cintas para abaratar costos. Además, Australia no se conocía como tal en 1770.

—A mí la voz —dijo Marcelo— me resulta muy familiar. No sé dónde, pero estoy casi seguro de haberla oído antes.

—Eso sería una gran ventaja. Si dieras con quien sea que grabó esto, podrías preguntarle de dónde lo sacó y determinar si es una crónica verdadera o no.

Marcelo se quedó callado, la mirada clavada en la cinta. ¿Podía haber un barco hundido en el fondo de la ría en la que había buceado tantas veces? ¿O se trataba de una versión más elaborada de otro de los tantos rumores falsos?

—Me encantaría quedarme charlando —dijo Olivera—, pero tengo que estar en media hora en el médico. A mi edad uno se pasa la mitad del tiempo entre consultorios y farmacias. Si te interesa, podés venir cuando quieras y copiarla en papel ¿Mañana a la misma hora, por ejemplo?

—Genial.

Durante los siguientes tres días, Marcelo fue religiosamente a la casa del viejo a las tres de la tarde. Mientras él transcribía el relato, Olivera resolvía crucigramas a una velocidad de casi una revista al día.

Cada uno se dedicaba a lo suyo en silencio junto a dos pequeños vasos de anís. Bebían el licor lentamente con la intermitente voz de la cinta de fondo.

Cuando llegaba la hora de despedirse, el hombre enjuagaba los vasos y los guardaba junto a la botella de anís y la grabadora en el gran aparador de algarrobo del comedor hasta el día siguiente.

El jueves, Olivera acompañó a Marcelo hasta la puerta. Los tres días anteriores lo había despedido en su sillón junto al fuego.

—¿Ves este adoquín? —preguntó, tocando con la punta del pie el empedrado que bordeaba la casa.

Marcelo asintió. La piedra era completamente igual a todas sus vecinas.

—Debajo del décimo a partir de éste hay una copia de la llave de la casa —dijo el viejo señalando otro adoquín dos metros hacia la derecha—. Si algún día tengo que ir al médico y querés venir a escuchar el relato, te doy mi autorización.

Marcelo miró la piedra gris incrustada en el suelo. Apenas se notaba más floja que el resto. Se preguntó qué posibilidades tenía un acto de confianza como aquel en una ciudad grande. No pensaba en cualquier ciudad. Pensaba en Bahía Blanca.

—Gracias, aunque no creo que sea necesario. Ya no me

queda mucho. De hecho quizás lo termine de transcribir mañana y ya no lo molesto más.

—Para mí no es una molestia, al contrario. ¿Te vas a acordar que son diez los que tenés que contar?

—Claro, como el número de Maradona.

—No, como Kempes —dijo el viejo guiñándole un ojo—. El día que ese Maradona gane más torneos que El Matador, entonces recién ahí se merecerá que rebautice el adoquín.

Marcelo rió y comenzó a caminar hacia su casa. Eso de contar diez adoquines era demasiado sofisticado. Todos en Puerto Deseado tenían un escondite para las llaves, pero nadie se tomaba la molestia de levantar un empedrado. En general las guardaban debajo de una piedra suelta o dentro de un tronco hueco. Además, ¿qué sentido tenía esconderlas si al fin y al cabo la gente terminaba dejando la puerta abierta casi siempre? *Animales de costumbres*, pensó, y apuró el paso para combatir el frío.

4

—Lo más importante debajo del agua es respirar, Cabeza.

Así había empezado la primera clase de submarinismo de Marcelo Rosales, cuando todavía no había cumplido dieciséis años. Ni él ni Claudio Etinsky, su instructor, podrían haberse imaginado entonces que esas primeras palabras determinarían el sobrenombre de Marcelo para el resto de una relación que, poco a poco, se convertiría en amistad. Era febrero y el agua estaba a catorce gloriosos grados.

Ahora, más de dos años y medio después, Marcelo flotaba en la superficie tras su inmersión número ciento cuatro. Junto a él, Claudio nadaba de espaldas con la máscara todavía sobre los ojos.

—La peor visibilidad en mucho tiempo —dijo Marcelo, poniéndosele a la par.

—Malísima. En un momento estiré el brazo y no me veía la mano. Se supone que en invierno se tiene que ver mejor, si no para qué nos exponemos a una hipotermia metiéndonos en agua a... cinco. No, cinco y medio —dijo mirando el termómetro que llevaba junto a la brújula en su muñeca izquierda.

Claudio Etinsky tenía treinta años y había buceado por primera vez a los trece. Su padre era un pionero del buceo en la Argentina, y había entrenado al primer cuerpo forense de la Policía Federal especializado en investigaciones submarinas. En ese entonces, los Etinsky vivían en Bahía Blanca, *una ciudad con todas las letras*, como la llamaba Claudio cuando se quejaba de que Deseado era pequeño y aburrido.

Claudio y Marcelo buceaban juntos al menos una vez cada fin de semana. Al principio Marcelo le pagaba por las clases, pero con el tiempo las salidas se convirtieron en una actividad entre amigos.

—Menos mal que no vino Ariel —dijo Marcelo mientras se subía a la Piñata, que era como llamaban al bote de Claudio.

—Cuando le contemos se va a poner contento de haberse resfriado.

Ariel era la única otra persona del pueblo interesada en el buceo con menos de sesenta años de edad. Tenía diecisiete e iba al mismo colegio que Marcelo, solo que un curso por debajo de él. Había empezado a bucear ocho meses atrás, también como alumno de Claudio, y desde hacía cuatro no se perdía una sola inmersión con él y Marcelo los fines de semana. Pero ese día estaba resfriado.

Los resfríos eran uno de los mayores enemigos de un buzo. Impedían compensar la presión en los oídos al descender, causando un agudo dolor y, en casos extremos, lesiones graves en los tímpanos.

Una vez sobre la Piñata y ya sin la máscara, aletas, chaleco, botella de aire y cinturón de plomo, Marcelo comenzó a recoger el ancla. Claudio, también desprovisto de su equipo, tiraba de una cuerda para intentar arrancar el motor fuera de borda, mientras intentaba que las olas no le hicieran perder el equilibrio.

Cuando llegaron al club náutico, de donde habían salido una hora atrás, Ariel los esperaba en la orilla. Su cuerpo, más flaco aún que el de Marcelo, estaba enfundado en una gruesa chaqueta y una bufanda roja le envolvía el delgado cuello. Aunque su pelo rubio, lacio y extremadamente fino hacía que, visto desde atrás, pareciera una mujer, la boca enorme y su voz gruesa rompían rápidamente el espejismo.

—¿Qué tal anduvo? —les preguntó, con palabras más nasales de lo normal.

—Un desastre —dijo Claudio.

—¿Es para tanto o es éste que se queja como siempre? —le

preguntó a Marcelo, mostrando un diente partido al sonreír.

—Un desastre —ratificó Marcelo—. Mucho viento, y no se veía nada. A ver si la semana que viene hay más suerte. Che, ¿qué hacen esta tarde? ¿Tomamos unos mates en casa o tienen otro plan? Tengo algo para mostrarles.

—Yo no tengo nada que hacer —dijo Ariel—, pero para mí mejor un té con miel.

—Yo no sé, Cabeza —dijo Claudio—. La verdad es que preferiría ir al cine, o al zoológico, o meterme al agua y secarme al sol con este tiempo tan agradable.

Marcelo y Ariel ignoraron la ironía y comenzaron a caminar hacia el coche de Claudio, estacionado a solo unos metros de la orilla. Los dos, como buenos patagónicos, sujetaron las puertas al abrirlas, para que el viento no las embolsara. A Claudio, sin embargo, una ráfaga lo sorprendió desprevenido, arrancándole la suya de las manos y abriéndola bruscamente de par en par.

El Renault 12 modelo 1972 que Claudio llamaba el Coloradito estaba impecable tanto por fuera como por dentro. La única modificación desde que había salido de la fábrica era la bola de acero en el paragolpes trasero que le permitía remolcar a la Piñata, un bote inflable de la marca Zodiac.

—¿No cerraste con llave? —preguntó Claudio cuando Marcelo abrió la puerta de su casa con un simple giro del picaporte.

—Claudio, estamos en Puerto Deseado, no en Bahía Blanca. Acá somos pocos y nos conocemos mucho.

La casa de Marcelo no se parecía en nada al resto de las de su pueblo, en general de chapa y con piso de madera. La de él era de ladrillo y, aunque solo tenía una planta, había sido erigida sobre una enorme roca que la ponía a la altura de un cuarto piso.

En el centro del comedor había una mesa de madera y seis sillas, aunque solo una se usaba regularmente. En un rincón, junto a una estufa y la caja para la leña, una enorme mecedora de mimbre miraba directamente a la ventana del comedor. A través de ella se veía el agua azul de la ría en la que acababan de bucear.

Muy pocos en Puerto Deseado tenían el privilegio de disfrutar de aquellas maravillosas vistas cada día, pues la zona residencial del pueblo estaba inexplicablemente alejada de la costa.

La pared opuesta a la ventana estaba pintada de verde pistacho, el color favorito de Marcelo, y colgados en ella había dos mapas. El más pequeño, de medio metro de largo, era un planisferio sobre el que Marcelo había dibujado el itinerario del viaje que algún día haría alrededor del mundo. El otro era una enorme carta náutica de la Ría Deseado, el estuario sobre cuya margen norte se ubicaba el pueblo.

—¿Qué era lo que nos querías mostrar, Marcelo? —preguntó Ariel, apresurándose a adueñarse de la mecedora.

—Supongamos que encontráramos un barco hundido —dijo Marcelo mientras echaba leña a la estufa—, ¿qué equipo se necesitaría para reflotarlo?

—Algunos globos —respondió Claudio sin dudar.

—Para reflotarlo, no para festejarle el cumpleaños.

Los tres soltaron una carcajada y a continuación Claudio Etinsky contó una de las historias de su buzo favorito: Claudio Etinsky padre.

—Cuando vivíamos en Bahía Blanca, a mi viejo una vez lo contrataron para reflotar una lancha de aluminio de un pescador hundida en una tormenta. Yo insistí en acompañarlo y al final me dejó formar parte del equipo. Todo lo que tuvimos que hacer al bajar fue atarle varios globos e inflarlos para que empezara a subir lentamente. Técnicamente se llaman globos reflotadores y te puedo asegurar que teniendo la cantidad adecuada se puede hacer subir hasta el Titanic. ¿A qué viene la pregunta? ¿Algún tesoro escondido? Me vendría bien, necesito cambiarle el escape al Coloradito.

Marcelo negó con la cabeza al tiempo que sonreía. Lo que más admiraba de Claudio era su simpleza. Nunca usaba palabras difíciles cuando había una sencilla disponible. Dejaba los tecnicismos para situaciones en los que eran completamente imprescindibles. Eso, a los ojos de Marcelo, lo convertía aún en más grande.

Mientras preparaba mate y un té para Ariel, puso a sus amigos al corriente de lo que había averiguado en casa de don Olivera.

—Hay algo que no me queda claro —dijo Claudio tras escucharlo—. El viejo te hace escuchar un relato grabado en cinta sobre un barco hundido en Deseado hace más de doscientos años.

—Exacto.

—¿Y vos te lo creés?

—No es que me lo crea. Es que me parece una historia demasiado interesante como para ignorarla.

—Entre los tres tendremos unas... setecientas inmersiones en la ría, ¿no te parece que lo tendríamos que haber visto?

—Claudio, la ría es inmensa y la descripción de la ubicación es vaga. Cientos de puntos podrían coincidir con el que se describe en el relato. Dicen que chocaron contra una roca luego de entrar a la ría. Hay un montón de rocas que hundirían un barco. La de los mejillones, por ejemplo, o la roca del diablo. Seguro que hay muchas más que ni siquiera conocemos.

Sus dos amigos miraban la ría por la ventana.

—Además —continuó Marcelo— puede ser que esté enterrado. No hace falta que te explique cómo se mueve el sedimento con cada subida y bajada de la marea. ¿O sí?

—Si se hundió hace doscientos años no se puede reflotar, Cabeza. La madera estará completamente podrida, a lo sumo se podrían rescatar algunos objetos metálicos, por ejemplo los cañones.

—¿Y no te parece desafío suficiente? —intervino Ariel tras dar un ruidoso sorbo a su té— Reflotar cañones que vieron la luz por última vez hace más de dos siglos. No me digas que no sería una de las inmersiones más interesantes de tu vida.

—Pero ¿por dónde empezaríamos? —dijo Claudio tras un breve silencio.

Marcelo sonrió: los tres empezaban a hablar en plural. Fue corriendo a su habitación.

—Leyendo esto —dijo al volver, y puso sobre la mesa el borrador de la transcripción de la cinta—. Me falta pasarla en limpio, pero se deja leer.

Treinta minutos más tarde se habían terminado la primera tanda de mate y Ariel iba por el segundo té. Tanto él como Claudio acababan de leer por primera vez la transcripción y ninguno de los dos daba crédito a aquel relato surrealista.

—¿Y esto es verdad? —preguntó Ariel tras volver de la cocina con más agua caliente.

—No lo sé. Es casi imposible demostrar que es mentira, así que la única opción que tenemos es buscarla. Si la encontramos es porque es verdad.

—¿Y si no? —preguntó Claudio.

—Y si no lo único que podemos afirmar es que no la encontramos. Pero eso no probará que es mentira.

Los tres se quedaron en silencio, arrebatándose el uno al otro la copia del relato para corroborar algún detalle. Finalmente, Marcelo comenzó a hablar.

—Erasmus Gower —dijo como si estuviera exponiendo un caso de asesinato— era teniente de navío de la corbeta Swift en el momento del hundimiento. En su relato describe que parten de Puerto Egmont, en Malvinas, el día 7 de marzo de 1770. Según explica, la idea del viaje era explorar y descubrir las costas de lo que ellos llamaban "el continente Patagonia". El día martes 13 de marzo, después de una gran tormenta, buscan refugio en Port Desire, es decir, Puerto Deseado, que ya en esa época era conocido por los navegantes como un buen puerto natural al reparo de las tempestades de altamar. El problema fue que se toparon con una roca no cartografiada y el barco se dañó. Tras muchas horas de trabajo intentando quitar el agua y rescatar la nave, sobrevino el hundimiento.

—Según esto —dijo Ariel— el barco no se dañó ni hundió al chocar con la primera roca. Es decir, quedaron encallados pero el casco no sufrió ninguna avería. De hecho al subir la marea la corbeta quedó liberada. El problema fue que la corriente los arrastró hasta una segunda roca, esta sí la responsable del hundimiento. Nosotros buscaríamos la segunda, que es la que mandó el barco a pique.

—Si existe el barco —acotó Claudio.

—Si existe —respondió Marcelo restándole importancia—. Y lo que sabemos es que cuando encalló, la roca estaba a cuatro metros, pero en la popa la profundidad era de dieciséis. Teniendo en cuenta que se hundió deslizándose hacia atrás, el pecio debe estar a unos dieciocho metros, con marea alta.

—¿El qué? —preguntó Ariel.

—Pecio, animalito de Dios —dijo Claudio dándole una suave palmada en la cabeza—, es como se le llama a un barco hundido.

—Dicho en criollo, la corbeta —retomó Marcelo—. Gower dice que cuando bajaba la marea podían ver los mástiles. De hecho, agarrándose de éstos, algunos marinos bucearon para recuperar algunos objetos. ¿Se imaginan lo que debe haber sido eso? Sin ningún equipo, ni siquiera protección térmica, los tipos se sumergieron en un agua que en esa época del año está a trece grados. Sin máscara, la visibilidad es nula.

—Ese me parece un punto muy interesante del relato —dijo Ariel—. Gower describe que los tripulantes apenas tenían comida, que estaban débiles, que las ratas se estaban comiendo sus reservas. Sin embargo los envían a bucear, con el agotamiento que eso produce.

—Bueno —dijo Claudio—, pero la grabación también dice claramente que los tipos lo hicieron para recuperar las velas y utilizarlas como carpas y ropaje.

—Otro dato curioso —expuso Marcelo— es que no avisaran a la Favourite, la otra nave apostada en Malvinas, hacia dónde se dirigían. En esa época no había radio ni ninguna manera de comunicación que no fuera el acuerdo, previo a zarpar, de los lugares donde podrían encontrarse esperando rescate en caso de que algo fuera mal.

Continuaron discutiendo la narración por más de dos horas. Habían descolgado el gran mapa de la ría de la pared y sobre él imaginaban los posibles derroteros que podría haber tomado la Swift.

—Según el relato —dijo Marcelo—, las coordenadas del hundimiento son cuarenta y siete grados cuarenta y siete minutos latitud sur y sesenta y seis grados diez minutos longitud oeste.

—Eso es aproximadamente por acá —Ariel se apresuró a señalar en el mapa.

Su dedo estaba sobre un punto en el mapa tierra adentro, a unos tres kilómetros de la costa más cercana.

—¿Se dan cuenta? Esos datos son lo mismo que la nada para nosotros —dijo Claudio.

—Pero ¿por qué? —preguntó Marcelo.

—En primer lugar, no son para nada precisos porque Gower

solo menciona grados y minutos, pero no segundos. Esa omisión significa que la búsqueda la tendríamos que llevar a cabo en un área de dos kilómetros cuadrados.

—Pero eso no es tanto —dijo Ariel.

—¿No viste dónde tenés el dedo? —retrucó Claudio—. En la época de este barco no existían los medios para determinar la posición exacta, sobre todo la longitud. El error puede ser de más de diez kilómetros.

Las coordenadas de Gower no les servirían para reducir el espacio de búsqueda. Se enfrentaban a tener que explorar toda la ría y la única forma de acotar ese radio era estudiando cuidadosamente las descripciones de los accidentes geográficos de los que daba cuenta el relato e identificar posibles lugares.

—Mañana voy de nuevo a la casa de Olivera para darle la última repasada a la cinta —dijo Marcelo—. Luego voy a pasar el relato en limpio por triplicado con papel carbónico. Así cada uno puede tener una copia y estudiarla a fondo.

Sus compañeros asintieron sin levantar la cabeza del mapa. Ariel seguía con el dedo en las coordenadas inútiles de Gower.

—Además —agregó Marcelo— alguien tiene que encargarse de extraer los datos concretos. Medidas, profundidades, distancias, tiempos, todo aquello que podamos expresar con números. Así nos será más fácil hacernos una ficha técnica y no tener que buscar toda esta información una y otra vez en el relato.

—Yo me encargo —dijo Claudio—. En cuanto me des una copia, lo hago.

—Considerando tu letra de médico, hacelo a máquina o intentá recordar algo de las clases de caligrafía de cuando ibas al colegio. ¿Existía la caligrafía en aquella época? —sonrió Ariel, mostrando su diente partido.

Claudio le dio un puñetazo en el hombro y prometió una letra decente. A la una de la tarde dieron por concluida la primera reunión.

—Una última cosa, chicos —dijo Claudio—. Ya todos sabemos cómo corren los rumores en el pueblo. Si este barco no existe, o no podemos encontrarlo...

—No hace falta pensar en eso ahora, Claudio —dijo Marcelo.

—Yo trabajo de esto, Cabeza, y necesito que se me respete como buzo.

Claudio se ganaba la vida en el puerto. Era el único capaz de soldar o limpiar el casco de un pesquero debajo del agua, o liberar algo enredado en las enormes hélices de un mercante.

—Mantengamos esto en secreto —continuó— y si algún día encontramos algo, entonces lo damos a conocer con bombos y platillos.

Claudio tenía razón, pensó Marcelo. Quien más quien menos, todos en Puerto Deseado habían sufrido alguna vez un dolor de cabeza causado por los rumores, ciertos o no. Mantener aquello en silencio era mantenerse a salvo de las lenguas afiladas.

5

Finalmente sus amigos se fueron. La transcripción manuscrita del relato descansaba sobre la mesa y junto a ella, el mapa de la ría. Marcelo lo devolvió a su sitio en la pared del comedor y, una vez colgado, limpió con el puño de su pulóver la huella digital de Ariel. Luego se sentó en la mecedora de mimbre. Era su lugar favorito en la casa. Desde allí contempló por un largo rato la verdadera ría, enmarcada en la ventana del comedor y tras ella la meseta que solo acaba en el horizonte.

Con solo dieciocho años, Marcelo no solo era dueño de aquella residencia sino también de una pequeña casita no muy lejos de ahí. La alquilaba a un matrimonio de maestros de escuela primaria y con el dinero del alquiler hacía llegar a fin de mes su austera vida de estudiante.

Para cualquiera de sus compañeros de colegio aquello habría sido un sueño. Sin embargo, nadie le envidiaba ni por un segundo la manera en que había terminado siendo el único propietario de esas dos casas a los dieciocho años. El pueblo no olvidaría nunca que tan solo tres años atrás, en la casa de la roca vivía el matrimonio Rosales con su hijo flaco y de ojos azules. Tampoco se cansarían de especular, aunque jamás cuando él estuviera presente, cuánto debía haber sufrido el pobre Marcelito con la muerte de su madre y lo que pasó después con su padre.

Era por eso que tenía que encontrar la corbeta. Quería empezar ese mismo día. Necesitaba demostrarse que podía ponerse metas importantes y alcanzarlas. Que lo sucedido dos años atrás lo había dejado solo, sí, pero no desprovisto de sueños ni de la fuerza necesaria para hacerlos realidad. Si lograba convencerse a sí mismo, lo que dijera el resto ya no importaría.

Se dirigió a su habitación y abrió el tercer cajón de la cómoda. Sobre una pila de ropas que ya no usaba había un cuaderno de tapas de cuero marrón con su nombre grabado en relieve. Los hilos dorados que le cruzaban el lomo le daban un aspecto de libro sin título y las hojas blancas y sin renglones invitaban a llenarlas de letras. La única página escrita era la primera. La leyó por segunda vez en dos años.

Marcelito,

Las páginas en blanco son un desafío a la creatividad. Espero que puedas llenar éstas con historias interesantes.

Feliz cumple.

Abu

El cuaderno que Marcelo sostenía en sus manos había sido uno de los dos únicos regalos para su cumpleaños número dieciséis. Tres meses antes de morir, su abuelo se lo había enviado por correo desde Buenos Aires, donde vivía con su tercera esposa desde antes de que Marcelo hubiera nacido.

El segundo regalo no había llegado por correo, aunque tampoco se lo entregaron en persona. Era una carpeta marrón de parte de su padre. Contenía el golpe más fuerte que se le podía pegar a un hijo.

Dolía. Cada día un poco menos, pero dolía.

Volvió a leer la dedicatoria de su abuelo, concentrándose en el regalo que sí le había causado ilusión. Por aquella época Marcelo estaba fascinado por la idea de ser escritor. De hecho, le habían publicado uno de sus cuentos y se sentía orgulloso. Soñaba con que las palabras que él escribiese fueran leídas por personas que no conocía ni conocería jamás.

Con el tiempo, el buceo se convirtió en una pasión a tiempo completo y fue dejando de escribir sin llegar nunca a estrenar aquel regalo. Nunca hasta aquel día.

Sentado en su cama, escribió en él por primera vez.

Domingo, 26 de julio de 1981

Hace tres días que vengo recolectando información sobre una supuesta corbeta inglesa hundida en las costas de Puerto Deseado en 1770. Hay datos muy claros sobre todos los sucesos previos y posteriores al naufragio gracias a una grabación de procedencia desconocida que me facilitó don Marcos Olivera. La pregunta a responder es si se trata de un relato real o simplemente una creación literaria. Si fuera lo primero, existe cierta posibilidad de encontrar los restos hundidos en algún lugar de la ría. Vamos a bucear con Claudio y Ariel en los puntos que coincidan con la descripción del relato para dar con el pecio.

Al párrafo introductorio le seguían tres páginas completas con todos los detalles de lo que Marcelo había ido conjeturando a lo largo de aquellos tres días.

6

La semana siguiente transcurrió con normalidad. Marcelo asistía al colegio durante la mañana y luego se dedicaba a atender los quehaceres domésticos, jugar al básquet y estudiar el relato de Gower. Su diario totalizaba quince páginas con bocetos de mapas, frases y conjeturas.

Aunque creía haber copiado el relato fielmente, lo oiría una vez más para corroborar que fuera correcto y que, entre sesión y sesión, no se hubiera olvidado ningún trozo. Al fin y al cabo, le había tomado cuatro visitas a la casa del viejo hasta acabar la cinta. Algo se podría haber traspapelado.

Olivera lo había visitado en su casa para avisarle que recibiría parientes de Comodoro Rivadavia que lo tendrían ocupado hasta el jueves. Se verían el viernes.

Marcelo fue el último de quinto año en abandonar el colegio tras la última clase de la semana. Como todos los días a la misma hora, tenía un hambre voraz. Se dirigía a la casa del marino sin pensar en el relato ni en la corbeta. Solo podía imaginarse los ñoquis que el viejo había prometido amasar. Según sus propias palabras, "ñoquis a la marinera".

Desde la esquina de la casa del marino pudo ver, como las otras veces, la bandera deshilachada ondeando en el viento patagónico. Al llegar a la verja tuvo una sensación extraña. Algo estaba fuera de lugar, pero no podía precisar de qué se trataba.

Golpeó la puerta pero no oyó la voz pronta del marino indicándole que entrase. Intentó otra vez, y otra vez hubo silencio. Tuvo que bloquear el reflejo del sol con las dos manos para mirar hacia adentro por la ventana baja del comedor. Entonces se dio cuenta. Las cortinas estaban cerradas y no le permitían ver absolutamente nada. Siempre, desde el primer día, habían estado abiertas de par en par.

Todo permanecía en absoluta quietud a excepción de la bandera que luchaba contra el viento. Tanteó el picaporte, no sin cierta duda, y la puerta cedió con un suave empujón.

Soltó un grito.

Olivera estaba sentado en su sillón, frente a la chimenea. La cabeza, inclinada hacia un lado, se apoyaba sobre el respaldo como si durmiera una siesta. Pero no respiraba. Un hilo amarronado le atravesaba la cara, uniendo el orificio en la frente con la mancha de sangre que había cuajado a un lado de la barba blanca.

Había sido un disparo. El agujero de salida, en algún lugar detrás de la cabeza, no se veía, pero la sangre había teñido casi toda la butaca y formaba en el suelo un charco coagulado de color granate. Olía a hierro oxidado.

Aunque no cabía duda, se acercó y le tocó el arrugado cuello con su dedo índice. Estaba frío y rígido. Lo que quedaba de Marcos Olivera tenía la boca y los ojos abiertos, y sobre el regazo yacía boca abajo su inseparable revista de crucigramas.

7

Volvió a mirar la sangre oscura y luego a su alrededor. En un rincón del comedor había una pequeña mesita con un teléfono negro. El número de la policía era el 7777.

Se dirigía hacia el aparato cuando notó un pequeño bulto en la madera del suelo, a unos tres metros del cadáver. Se puso en cuclillas y descubrió, enterrada entre astillas, una bala de color cobrizo. Prefirió no tocarla, porque era lo que había visto en películas y porque un escalofrío le recorrió la espalda al pensar que ese objeto le había quitado la vida a un hombre.

Se incorporó y marcó el 7777. Un agente escuchó atentamente la historia de Marcelo y le indicó que no abandonara el lugar ni tocara nada. Enviaban un patrullero inmediatamente.

Al colgar el auricular, tuvo un presentimiento que no pudo reprimir. Se acercó con miedo al armario de algarrobo donde el viejo atesoraba el anís. Improvisando un guante con la manga de su guardapolvo abrió una de las pequeñas puertas y se le detuvo el corazón en seco por unos instantes.

Desde aquel primer encuentro en el que Olivera le reveló el contenido de aquella caja polvorienta, el viejo había guardado la grabadora en el armario de los licores.

Al abrir la puertita, Marcelo vio por primera vez el aparato sin la cinta. Revisó el resto de las puertas y los cajones, e incluso echó una breve mirada en la habitación del viejo. Ni rastro de la cinta.

Olivera nunca la había sacado de la grabadora. Incluso dentro de la caja olvidada durante años, la cinta y el aparato habían sido siempre una sola cosa.

Pensaba en esto cuando la silueta de un hombre corpulento se dibujó en el umbral de la puerta, que había permanecido abierta desde que Marcelo había entrado.

—Buenas tardes, soy el oficial Debarnot, ¿es usted quien llamó por teléfono a la comisaría?

—Sí, soy yo. Lo acabo de encontrar así —respondió Marcelo señalando a Olivera.

—¿Su nombre? —preguntó el policía mientras examinaba el cadáver.

—El mío, Marcelo Rosales. El de él, Marcos Olivera.

—¿Hace cuanto llegó usted a la casa?

—Aproximadamente, unos treinta minutos.

—¿Es usted pariente de la víctima?

—No, simplemente un amigo. Últimamente venía seguido a conversar con Olivera sobre aventuras marinas.

—¿Tiene una copia de la llave?

—No, la puerta estaba abierta. Me pareció raro que las cortinas estuvieran cerradas y entré para ver si todo estaba...

Debarnot no lo dejó terminar. Descolgó de su cinturón una radio negra y dijo en tono rutinario.

—Llamando Debarnot. Atención, homicidio con arma de fuego en calle Estrada número ciento quince. Repito, homicidio, Estrada ciento quince.

—Adelante Debarnot. Aquí comisaría —Marcelo creyó reconocer la misma voz con la que había hablado por teléfono.

—Necesito al menos un agente más para comenzar la inspección del domicilio. El cuerpo fue descubierto por un joven que se encuentra actualmente en el recinto, necesito que sea trasladado a la comisaría y que se le tome declaración. ¿Pueden enviar a alguien a buscarlo?

—Afirmativo, Debarnot. Enviamos a Moreira inmediatamente.

—Espere un momento afuera por favor —dijo el policía volviendo a dirigirse a Marcelo—. Lo van a venir a buscar en breve y lo llevarán a la comisaría para que dé su testimonio.

Marcelo se sentó en el escalón de la puerta, cerrándola tras salir. Estaba helado. Improvisó un asiento con su carpeta de geografía y perdió la noción del tiempo mientras pensaba en lo que acababa de ver. ¿Quién le había pegado un tiro al viejo marino? ¿Qué había pasado con la cinta? ¿Estaba una cosa relacionada con la otra?

La sirena del coche de la policía lo devolvió al mundo real. Del vehículo se bajó una rechoncha y familiar figura. Marcelo conocía al oficial Moreira de toda la vida. De hecho, eran casi vecinos. Solo dos casas separaban a Marcelo de la pequeña vivienda prefabricada donde el policía vivía con su esposa y sus tres pequeños hijos varones.

—¿Qué hacés Marcelito? ¿En qué lío te metiste?

—No sé, no entiendo nada. Llegué y me encontré al viejo con un tiro en la cabeza. Yo creo que lleva varias horas muerto porque está tieso y la sangre completamente coagulada.

—Esperame un segundo, ahora vuelvo y vamos a la comisaría así te tomo una declaración formal —dijo Moreira palmeándole la espalda y se metió a la casa.

Al cabo de quince minutos, Moreira ya no tenía una sonrisa amable debajo del bigote.

—No hace falta que te explique el procedimiento de prestar declaración formal, ¿o sí?

—No, —respondió Marcelo— me acuerdo de la otra vez.

—Me imaginaba —dijo el policía abriendo la puerta del coche.

Evidentemente, en la comisaría los rumores corrían tan o más rápido que en el pueblo. Siete meses atrás, en una de sus pocas salidas de noche, un compañero del colegio se había visto involucrado en una pelea callejera. En el momento en que Marcelo empezaba a intervenir para separarlos, apareció la policía quién sabe de dónde. Por ser menores de edad, a los dos pendencieros los tuvieron que ir a buscar sus padres. Él, en cambio, había podido irse a casa solo, aunque también tenía diecisiete años.

Cuando llegaron a la comisaría, Moreira lo condujo a su oficina. Era un pequeño cuartito de paredes beige con un escritorio sobre el cual descansaba una máquina de escribir Olivetti de color verde. Dos sillas, una a cada lado, completaban el mobiliario.

Moreira se sentó en la más cómoda y puso la gorra azul sobre la mesa. Invitó a Marcelo a tomar asiento y de uno de los cajones del escritorio sacó una hoja en blanco que introdujo en la máquina. A pesar de utilizar solo sus dedos índices, escribía rápidamente. Durante los primeros minutos, mecanografió en silencio. Finalmente levantó la cabeza y comenzó con las preguntas.

—¿Nombre completo?

—Marcelo Alejandro Rosales.

Mientras transcribía la respuesta, pronunciaba la siguiente pregunta.

—¿Fecha de nacimiento?

—Ocho de julio de mil novecientos sesenta y tres.

—Estudiante, soltero y argentino nativo, ¿no?

—Sí —respondió Marcelo, aunque el policía conocía de memoria esos y muchos otros datos más. De hecho, cualquier persona de Puerto Deseado conocía vida y obra de cada uno de sus vecinos.

Pasado aquel preámbulo monótono, Moreira por fin le indicó que contara todos los hechos con el mayor nivel de detalle posible. Explicó todo lo sucedido, poniendo énfasis en cómo había abierto el armario y descubierto la desaparición de la cinta una vez avisada la policía.

Aquello llevó a otra serie de preguntas sobre su relación con la víctima. Explicó que había estado yendo a la casa del marino para transcribir el relato y que aquel día completaría la tarea. También se explayó en cómo, junto a un par de amigos, comenzarían a buscar el naufragio del que hablaba la cinta ahora desaparecida.

Moreira retiró la tercera hoja de la máquina de escribir y la puso detrás de las dos anteriores, empujándolas con los dedos hacia el otro lado del escritorio. Marcelo las leyó y firmó al pie de cada una.

—¿Ahora me puedo ir? —preguntó a su vecino en rol de policía.

—Todavía no. Tenés que esperar a que venga Debarnot de la casa de la víctima. Seguramente querrá leer tu declaración y hacerte más preguntas.

La espera se prolongó por varias horas. Técnicamente Marcelo tendría que haber aguardado a Debarnot en la sala de espera de la comisaría, pero Moreira le permitió quedarse en su oficina e incluso le trajo un sándwich y un vaso con agua.

Finalmente apareció Debarnot, llevando en la mano lo que Marcelo reconoció como la declaración que acababa de firmar. Rodeó el escritorio y se sentó donde unas horas atrás había estado Moreira. Debarnot no se quitó la gorra.

—¿Marcelo Rosales?

—Sí.

—Aquí usted declara —dijo señalando los papeles que tenía en la mano— que la relación que lo une a la víctima es la práctica del submarinismo.

—No exactamente.

—¿No exactamente? —preguntó Debarnot inquisidor.

—Lo que digo es que yo soy submarinista y que mi relación con don Olivera nace de esta actividad. Él tiene... bueno, tenía, conocimiento sobre el hundimiento de un barco inglés en las costas de Puerto Deseado. En ningún momento digo que don Marcos sea buzo o practicase submarinismo.

Debarnot levantó la cabeza con una sonrisa de labios apretados.

—Entonces no me negará, señor Rosales, que si un policía encontrara una referencia al buceo en la escena del crimen, sería lógico preguntarle a usted qué sabe del tema. ¿No le parece?

—Sí, pero ¿de qué está hablando? No lo entiendo —dijo Marcelo incorporándose en la silla.

—Estoy hablando de esto.

Debarnot metió su mano peluda en uno de los bolsillos del uniforme y extrajo una pequeña revista. La tiró sobre el escritorio y miró a Marcelo a los ojos.

—Ábrala en la página diecisiete.

Era la revista de crucigramas que el viejo había estado resolviendo en su último encuentro. De la página diecisiete, Olivera sólo había completado la mitad de las palabras.

Pero Debarnot no se refería a lo que estaba escrito dentro del crucigrama, sino fuera de éste. Al leer la frase garabateada al margen, Marcelo sintió un frío como si lo tiraran a la ría sin traje de neopreno:

CUIDADO CON LOS OTROS BUZOS.

Sin duda era la letra del marino. Sin embargo, aunque estaba escrito en imprenta, todos los trazos estaban conectados, como si no hubiera tiempo para levantar el bolígrafo.

—¿Se da cuenta a lo que me refiero, Rosales?

Marcelo asintió con la cabeza sin dejar de mirar aquellas cinco palabras que no estaban cruzadas.

—¿Hay algo que quiera agregar a su declaración? —preguntó amigable Debarnot.

—Todo lo que sé está escrito en esas páginas. No tengo ni la menor idea de si Olivera se refiere a nosotros o a alguien más con el término *otros buzos.*

—Tampoco existe forma alguna de averiguar cuándo exactamente fue escrita esa frase. Aunque considerando que todas las páginas posteriores están en blanco, me jugaría una buena suma a que fue una de las últimas cosas que escribió.

Y por el trazo lo había escrito bastante apurado.

—Sinceramente lo que más quisiera es ayudarle, pero no sé cómo —dijo Marcelo.

—No se aleje de la localidad por algunos días. Es probable que conforme avance la investigación necesitemos hacerle algunas preguntas más.

—¿Debería preocuparme? —preguntó Marcelo.

—Por ahora no. Llegado el caso, nos contactaremos con usted en su domicilio. Ahora si me disculpa, necesito terminar varias formalidades. Puede irse.

Sin saber bien por qué, agradeció al oficial antes de retirarse.

Llegó a su casa alrededor de las seis de la tarde. Se sacó el guardapolvo, que había llevado puesto todo el día, encendió la estufa y se sentó en la mecedora de mimbre junto al fuego. Sus ojos, fijos en el mar, solo veían al Olivera inmóvil con un charco de sangre a sus pies.

Cuidado con los otros buzos.

¿El viejo habría escrito esa frase para Marcelo? Si era así, ¿quiénes eran los otros buzos? Marcelo sólo conocía a dos personas en el pueblo que bucearan, además de él: Claudio y Ariel. Era imposible, pensó, que Olivera se refiriera a alguno de ellos.

Claudio era para él casi un hermano mayor, y había estado a su lado incondicionalmente, sobre todo desde su nefasto cumpleaños número dieciséis. La relación con Ariel, por otra parte, no era tan cercana. Sin embargo, se conocían de toda la vida y aunque no pondría por él las manos en el fuego como lo haría por Claudio, de ahí a pensar que era capaz de pegarle un balazo en la cabeza a alguien había un largo trecho.

Olivera tenía que haberse referido a alguien más, pensó Marcelo. ¿Pero a quién? Quien fuera, había matado a quemarropa y se había llevado una cinta que no le pertenecía.

Permaneció allí hasta que se hizo de noche. Quizás, se dijo, lo mejor sería irse a la cama e intentar descansar un poco. Pero ¿quién podía dormir después de un día como aquel? No importaba, las otras opciones eran cenar o salir a caminar, y no tenía ni hambre ni ganas de encontrarse con nadie.

Una vez en la cama, estiró la mano y apagó la única luz que quedaba encendida en la casa. Cerró los ojos resignado a una gran batalla contra el insomnio. Cinco segundos más tarde los volvió a abrir. Encendió la luz que acababa de apagar y caminó hacia el comedor.

Junto a la puerta de entrada a la casa, un jarrón de cerámica ocre descansaba sobre un mueble de madera de pino. Lo vació sobre la mesa y entre los pequeños objetos que quedaron desparramados, escogió una llave. La introdujo en la cerradura de la puerta y le dio dos vueltas por primera vez en su vida.

8

Cuando se despertó ya era de día y alguien golpeaba la puerta como si la quisiera tirar abajo. Se puso la ropa del día anterior que había colgado en una silla a los pies de la cama y fue al comedor. Giró el picaporte helado pero la puerta permaneció inmóvil. Tras ver a Claudio y Ariel redondeados por la mirilla, giró la llave y abrió.

—Dale, Cabeza, que vamos al llegar tarde para la pleamar. ¿Te quedaste dormido?

Evidentemente, desde la tarde anterior sus amigos no habían ido al supermercado ni al correo ni a ningún otro lugar donde la conversación entre cliente y empleado habría empezado con la pregunta *¿Te enteraste de quién se murió?*

—Mataron al viejo Olivera —dijo Marcelo sin anestesia, mirando a Ariel y luego a Claudio.

—¿Cómo? —preguntaron los dos al unísono.

Marcelo los hizo pasar y les relató todo, desde la salida del colegio hasta el final de las largas horas en la comisaría. Cuando terminó, sus compañeros permanecieron en silencio. Ariel tenía las dos manos sobre su cara y entre los dedos se veían sus ojos negros más abiertos que nunca. Solo se movió para servirse un vaso con agua, pero no pronunció palabra. Fue Claudio, que estaba cruzado de brazos y miraba fijamente al suelo, quien rompió el silencio.

—Qué amargura, che. Tener que encontrarte con algo así sin tener nada que ver. Debe haber sido horrible.

—Fue realmente horrible. Aunque lo que más me atormenta es, justamente, que no estoy seguro de no haber tenido nada que ver.

Ariel se atragantó con el agua y empezó a toser sin parar.

—¿Qué estás queriendo decir, Marcelo? —dijo cuando se compuso.

—No me pregunten por qué —respondió Marcelo mostrando las palmas de las manos—, pero mientras esperaba a la policía pensé en el relato. Me sentí una porquería, pero no pude resistir la tentación de abrir el mueble donde Olivera guardaba la cinta. No estaba. Estaba la grabadora, pero faltaba la cinta.

—¿Y eso qué tiene que ver? —dijo Ariel— A lo mejor el viejo la guardó en otro lugar. O quizás quería limpiar el aparato. Hay mil razones para sacar una cinta de su grabadora, Marcelo. No tiene por qué estar relacionado con un asesinato.

—Quizás estoy un poco paranoico, no lo niego, pero el viejo jamás sacó la cinta de la grabadora enfrente de mí. Y me acuerdo perfectamente que el primer día que fui a su casa, la trajo en una caja polvorienta que dijo que hacía años nadie tocaba. Cuando la abrió, la cinta estaba puesta en la grabadora. O sea que si es por guardarla, el viejo prefería guardarlas juntas.

—Insisto —dijo Ariel— en que no tiene por qué haber una conexión entre una cosa y la otra.

—Es que eso no es todo. La policía encontró en la revista de crucigramas que Olivera estaba resolviendo la frase *cuidado con los otros buzos.* Estaba escrita al margen, con trazo apurado.

—¿Qué querés decir? —preguntó Ariel.

—El viejo era fanático de resolver crucigramas. Cada uno de los cuatro días que fui a su casa, se la pasó enfrascado en las palabras cruzadas mientras yo copiaba el relato. Y cada día empezaba una revista nueva porque se había acabado la anterior. ¿Entienden lo que quiero decir?

Las expresiones de Claudio y Ariel no afirmaban ni negaban.

—La policía —siguió Marcelo— encontró la frase en un crucigrama a medio resolver. Todos los de las páginas anteriores estaban completos y todos los de más adelante completamente vacíos.

—¿Estás pensando que el viejo escribió esa frase poco antes de morir? —preguntó Ariel.

—Yo diría —retrucó Marcelo— que la escribió *justo* antes de morir. Trazo apurado, crucigrama sin terminar, tiene sentido. Me pregunto qué significa esa frase y dónde está la bendita cinta.

Claudio le puso una mano firme en el hombro y lo miró a los ojos antes de hablarle.

—Cabeza, realmente esto es muy fuerte para cualquier persona. Yo creo que no deberías sacar conclusiones apresuradas por ahora. Además, para investigar está la policía. Basta con que les digas toda la verdad y ellos se van a encargar del resto.

—Pero Claudio, no me digas...

—Además el viejo era marino —continuó Claudio— y la vida de altamar es muy diferente a la de tierra firme. A mí esto me huele a vendetta. En el agua hay reglas que si no respetás, tarde o temprano te lo hacen pagar. ¿O no te acordás de lo que le pasó al Pucho?

—Por supuesto que me acuerdo de lo de Pucho —dijo Marcelo.

En enero, Jesús "Pucho" Arancibia había sido asesinado de cuatro disparos en el pecho a la salida de un local nocturno. Después de una semana, la policía había logrado detener al autor. Tanto el verdugo como la víctima habían trabajado juntos en varias oportunidades en un barco pesquero de la compañía Argenpesca.

Las declaraciones del asesino todavía daban que hablar en las colas del supermercado. Si bien había alegado estar ebrio al matarlo, admitió que en todo momento sabía lo que hacía. El motivo, dijo, fue que Arancibia no le había pagado una deuda contraída en altamar. A pesar de las obvias sospechas de que se trataba de un caso de narcotráfico, el acusado declinó revelar detalles y asumió los cargos del caso.

—Pero no vas a comparar —intervino Ariel—. Este tipo estaba retirado, tenía una carrera de toda una vida, ¿por qué va a estar metido en algo turbio?

—¿Qué tiene que ver una cosa con la otra? —respondió Claudio alterado— ¿O te tengo que nombrar a los *respetables* del pueblo que todos sabemos que no son trigo limpio?

—Al menos en algo Claudio tiene razón —dijo Marcelo en un tono considerablemente más calmado que el de sus amigos—, estoy bastante sobresaltado y es demasiado pronto para sacar conclusiones. ¿Por qué no vamos a bucear? En honor al viejo, hoy empezamos oficialmente la búsqueda de la Swift.

—¿Estás seguro, Cabeza?

Marcelo asintió. Un poco de agua fría le vendría bien para aclarar sus ideas.

La corriente ría adentro confirmaba que la marea estaba subiendo. Por las marcas de verdín sobre las rocas, Marcelo estimó que la pleamar sería en una hora y media. Luego, como siempre, el nivel del agua se mantendría por poco más de quince minutos para comenzar a bajar entre cuatro y seis metros.

Las mareas eran decisivas en las inmersiones. La corriente hacia afuera durante la bajante arrastraba sedimento desde ría adentro reduciendo la visibilidad a menos de dos palmos. Con marea alta, en cambio, el agua limpia del océano inundaba la ría de claridad.

Habían decidido que comenzarían la búsqueda con una serie de diez inmersiones alrededor de la isla Chaffers. A pesar de su nombre, dos veces por día era isla y dos veces, península.

Todo dependía de la marea.

La isla Chaffers era el último punto de la margen sur de la ría, totalmente deshabitada. Más al este, el mar abierto se extendía por decenas de miles de kilómetros y una línea recta paralela al ecuador no encontraría tierra hasta llegar al extremo sur de Nueva Zelanda. Y si bien el relato de Gower parecía indicar que el hundimiento había sido en la margen norte, no era lo suficientemente claro como para descartar la costa sur, tan llena de peligros sumergidos como la otra.

Al momento de tirar la Piñata al agua, Claudio se dio cuenta de que había olvidado inscribir el viaje en el libro que el club náutico llevaba como control. En el caso de no volver a la hora prevista que apuntaban en el libro antes de zarpar, el club daba aviso a la prefectura para que los fueran a buscar a donde habían declarado como destino.

Mientras Ariel completaba esa formalidad y Marcelo daba la última mirada al equipo de buceo, Claudio acercaba el coche hasta la orilla marcha atrás, sumergiendo poco a poco el remolque en el que llevaba la embarcación hasta que ésta comenzó a flotar. Cuando finalmente estuvo todo listo, se metieron en el agua hasta la cintura y saltaron a bordo.

Una vez rodearon Punta Cascajo, apareció a lo lejos la isla a la que se dirigían. Ariel notó algo extraño.

—¿Y esa lancha en la Chaffers? No la había visto nunca.

—Debe ser el viejo Cafa que anda pescando. Le gusta salir temprano los sábados —respondió Marcelo.

—Imposible, —intervino Claudio— el bote de Cafa es rojo, de madera y mucho más grande. Éste es inflable y de color naranja, como el nuestro.

Los restantes quince minutos de navegación transcurrieron sin que nadie pronunciase palabra.

Al llegar a la isla, Claudio detuvo el motor dejando entre la Piñata y aquel bote forastero no más de cinco metros. Las tres personas a bordo tenían puestos los mejores equipos de submarinismo que Marcelo había visto nunca.

Cuidado con los otros buzos.

II. LOS OTROS BUZOS

9

La primera en hablar fue una mujer.

—Precioso día para una inmersión, ¿verdad? —dijo con un inconfundible acento español.

—Lindo, sí —fue todo lo que pudo decir Marcelo.

—Mi nombre es Diana, ellos son Pablo y Leandro.

Los otros dos buzos saludaron sin derrochar simpatía. Porteños, no solo el acento los delataba. Ni siquiera se habían quitado las máscaras para dejarse ver las caras.

—Marcelo, Ariel y Claudio —dijo Marcelo señalándose y señalando luego a sus amigos—. Encantados.

—Llegamos la semana pasada —explicó la española— y ésta es nuestra tercera inmersión en la ría. No teníamos idea de que había otros buzos en la zona. De hecho, sería muy bueno para nuestra investigación poder hablar con alguien con experiencia en estas aguas.

—¿Son arqueólogos? —preguntó Ariel.

Claudio y Marcelo lo fulminaron con la mirada. Marcelo estaba a punto de decir algo para intentar cambiar de tema pero la española le ganó de mano.

—¿Qué te hace pensar que somos arqueólogos?

—No sé —titubeó Ariel, su enorme boca reducida a un orificio por el que apenas lograban salir las palabras—, me lo imaginé cuando mencionaste una investigación.

—Pues no, somos biólogos —dijo ella—. Estudiamos el comportamiento de los tiburones en la ría.

—Interesante tema de estudio —dijo Marcelo.

Se hizo un silencio incómodo, de esos que obligan a despedirse. Marcelo les deseó, estrictamente por protocolo, una buena inmersión y que disfrutaran de la estancia en el pueblo. Luego le hizo señas a Claudio para que continuaran el viaje.

Solo pudo aguantar con la boca cerrada el tiempo justo para alejarse y no ser oídos.

—Esto va más allá de una coincidencia. Es imposible que después de lo que pasó, aparezca de la nada un grupo de buzos que nos miente sobre sus propósitos y no haya ninguna relación entre las dos cosas. Tienen algo que ver, se cae de maduro.

—¿Nos mienten sobre sus propósitos? —preguntó Ariel.

—La fiesta de la pesca del tiburón —expuso Marcelo— es en febrero. Los tiburones llegan en noviembre y recién estamos en agosto. No hay un solo tiburón en la ría ni lo habrá por al menos tres meses.

Su argumento era irrefutable. Tanto Ariel como Claudio sabían perfectamente que los tiburones, que podían alcanzar los dos metros y superar los noventa kilos, todavía estaban muy lejos de la ría.

—Además —continuó— el tiburón gatopardo es un animal extremadamente huidizo. ¿Acaso alguno de nosotros ha visto alguna vez uno?

Sus amigos negaron en silencio.

—Estos tipos no tienen ningún interés en los tiburones. Están buscando otra cosa. Además, ¿qué hacían con esos globos? ¿Qué es eso tan pesado que un científico de tiburones necesita reflotar?

Claudio, que se había sacado la capucha de neopreno y se rascaba la incipiente barba enérgicamente, levantó la mano como si pidiera permiso para hablar.

—Me parece que no nos lo deberíamos tomar tan a la tremenda, Cabeza. Incluso imaginando lo peor: suponiendo que al viejo lo mataron por la cinta y que fueron estos tres, ¿te parece que se van a poner a buscar el barco al otro día? Sería demasiado evidente.

—Sería evidente —contestó Marcelo— si alguien pudiera

establecer la conexión entre el asesinato y la corbeta. Pero te recuerdo que lo más probable es que el asesino, o los asesinos, no sepan de esa frase al margen del último crucigrama.

—Es verdad —intervino Ariel—. Si el que mató a Olivera se hubiera dado cuenta del mensaje en la revista, la habría hecho desaparecer.

Se quedaron los tres sin hablar, acunados por el vaivén de las olas al ritmo del sonido del agua contra el bote. Marcelo repasaba mentalmente los hechos y concluía una y otra vez que aquello era demasiado para una coincidencia. El asesinato, la cinta y aquellos buzos tenían que estar relacionados de alguna manera. Necesitaba pensar en ello tranquilamente, pero aquel no era el momento ni el lugar.

—Buceemos —dijo, y sus amigos parecieron despertar del letargo—, que ahora más que nunca nos vendrá bien un poco de agua fría.

—¿Pero adónde? —preguntó Claudio—. Se supone que el primer punto de inmersión era exactamente donde estaban ellos.

—Vamos del otro lado de la isla y empecemos con alguno de los otros que teníamos planeados —dijo Marcelo sin despegar los ojos de los forasteros que todavía no se tiraban al agua.

Tras rodear la isla, tiraron la pequeña ancla a unos treinta metros de la costa y esperaron en silencio a que tocara fondo. No podían verlos ni oírlos, pero no estaban a más de doscientos metros de los nuevos buzos. Los *otros buzos*.

Al caer, Marcelo sintió cómo el agua helada se le metía en el traje. Era el momento más desagradable de la inmersión. En pocos minutos, esa misma agua se calentaba al nivel de su temperatura corporal y lo protegía de la pérdida de calor, veinte veces más rápida que en la superficie. Sin traje, sufriría una hipotermia casi de inmediato.

Bajaba lentamente agarrado al cabo del ancla. Compensaba la presión del agua en los oídos tapándose la nariz y soplando suavemente. Al contrario de lo que la mayoría de la gente creía, eran los primeros metros del descenso y no los últimos los que causaban la mayor molestia en los oídos.

La recompensa de ser el último en bajar era que le permitía nadar entre las burbujas que soltaban sus compañeros. Las cosquillas que le hacían en la cara le recordaban la primera vez que había buceado. Había sido una gran sorpresa descubrir la verdadera forma de las burbujas. No eran redondas, sino semiesféricas, como medusas nadando rápidamente hacia la superficie.

Sus compañeros lo esperaban en el fondo junto al ancla de la Piñata. La visibilidad era excelente. Probablemente, unos quince metros. Claudio permanecía inmóvil observando algo en una roca a un palmo de su nariz. Ariel intentaba volver a ponerse una de las aletas que se encaprichaba en salirse de su sitio.

Aferrado a la soga, todavía a cinco o seis metros del fondo, Marcelo vio una rápida sombra entre las dos columnas de burbujas que exhalaban sus compañeros. Otras dos se unieron a la primera.

10

Con una de las sombras nadando directamente hacia él, sintió un chorro de agua salada colársele garganta abajo. Notó que su respiración se aceleraba e intentó tranquilizarse, repitiéndose a sí mismo una de las frases célebres de Claudio: *la mejor característica de un buzo, Cabeza, es tener un témpano de hielo en lugar de cerebro.*

De a poco, la mancha negra fue revelando también partes blancas, hasta transformarse en una imagen nítida y cercana. Marcelo no pudo evitar reírse de sí mismo al comprobar que no tenía nada que ver con lo que se había imaginado. Después de tantas inmersiones, lograba verlas.

No recordaba dónde ni de quién había escuchado por primera vez que la tonina overa era el delfín más bonito del mundo, pero era verdad. A su juicio, ni siquiera los rosados del Amazonas, que solo había visto en documentales, podían competir en belleza con los que habitaban su ría. De hecho, eran el motivo por el que había empezado a bucear.

No solo él las encontraba adorables. Los pocos turistas que recibía el pueblo quedaban maravillados al descubrir que en aquel rincón del planeta había delfines casi enanos de color blanco y negro.

Tres toninas nadaban ahora sobre él, y le parecía que jugaban con sus burbujas. Miró hacia abajo y descubrió que sus compañeros también contemplaban, inmóviles, el espectáculo. Parecía que cualquier movimiento fuese a romper la frágil magia de tenerlas tan cerca y, si hubiera podido dejar de respirar para no espantarlas, lo habría hecho.

Incluso habiéndolas visto cientos de veces nadar junto a la Piñata o surfear las olas que producía la embarcación a su paso, nada podía compararse con esto. Ahora compartía con ellas el agua y si estiraba el brazo las podría tocar. Había soñado con algo así desde el primer día en que se había calzado el traje de buzo.

Ellas también parecían felices. Alternaban entre jugueteos con las burbujas de Marcelo y descensos en picada hasta donde estaban Ariel y Claudio. Con toda esa gracia, además de maravillarlos, les dejaban claro cuan torpes eran ellos, los humanos, dentro del agua.

Se fueron sin anunciarlo, como habían llegado.

Marcelo permaneció estático por casi un minuto, esperando que regresaran, pero no lo hicieron. Finalmente, continuó el descenso hasta unirse a sus compañeros.

Mediante señas poco estándares pero efectivas, quedó claro que los tres estaban igualmente sorprendidos. Ariel se acercó a Marcelo y le arrebató la pizarra sumergible, un pedazo de plástico blanco unido a un lápiz mediante un hilo.

—*LA MEJOR INMERSIÓN DE MI VIDA* —escribió.

—*TODAVÍA NO HA LLEGADO* — le contestó debajo Marcelo.

Después de tamaño comienzo, todo iría, indefectiblemente, a menos. La comunión con las toninas solo podría superarse encontrando una corbeta que ni siquiera sabían si existía. En lugar de eso, solo vieron tres centollas.

Al salir, Ariel no pudo esperar a subir al bote para resumirlo todo con una palabra.

—¡Increíble!

—Se mueven más rápido de lo que yo creía —dijo Claudio—. ¿Las dos más grandes serían una pareja y la chiquita, la cría?

—¿Hace cuánto que vivís en Deseado, Claudio? —preguntó Ariel— ¿Cómo puede ser que no sepas distinguir un macho de una hembra?

—Discúlpeme, licenciado. Le recuerdo que soy buzo y no aspirante a biólogo como usted.

—Si alguien va a tu casa y le gusta un cuadro colgado en la pared, querrá saber quién lo pintó o de qué año es. Y si no le podés explicar lo básico, pensará que sos un ignorante, ¿no te parece? Esto es lo mismo. Deseado y la Ría son ahora, te guste o no, tu casa. Y tendrías que empezar a conocer al menos los cuadros más importantes que tenemos colgados.

—Perfecto, poeta.

—¿Encima me tomás el pelo? Cuando te ponés así me dan ganas de pegarte una patada en el culo y que aterrices en tu querida Bahía Blanca. No te digo que seas un experto, pero tenés que saber lo básico. Las dos más grandes eran hembras. Primero, porque eran más grandes, y segundo, porque la mancha en la panza tenía forma de herradura. La de los machos es como una lágrima ¿Tan difícil es? —dijo escupiendo el agua que las olas le metían en la boca.

Mientras sus dos compañeros discutían flotando, Marcelo se había subido al bote y quitado todo el equipo, menos el traje. Estaba sentado con la mirada fija en la costa, intentando en vano ignorar el frío que le hacía castañetear los dientes.

Después de un rato, sintió una mano en el hombro.

—Disculpanos, Cabeza. Vos pasando por un momento así y nosotros peleándonos como nenes.

—Es verdad, perdón —agregó Ariel.

Marcelo los miró, asintió silencioso y empezó a levantar el ancla. De camino al club náutico vieron la lancha de Diana y los dos porteños completamente vacía. En la superficie se distinguían tres grupos de burbujas.

Nadie lloraba en el velatorio de Marcos Olivera. En el aire, mezclado con el humo de cigarrillos negros, flotaba la rabia de los marineros que hablaban en voz baja alrededor del féretro. Marcelo conocía a casi todos.

A los pies del cajón cerrado descansaba una única corona de flores cuyas letras doradas decían: "TUS AMIGOS DEL MAR". Se sentó en un largo banco junto a ella, y un minuto después tenía a su lado a uno de los amigotes del finado, dándole el pésame como si Marcelo fuese un familiar y preguntándole detalles del momento en que había descubierto el cadáver. Al rato se les sumó uno más, y después otro.

Media hora más tarde, el humo del tabaco y el hartazgo de tener que responder cien veces a las mismas tres preguntas lo habían obligado a abandonar la sala. Caminó hasta su casa con el viento empujándolo por la espalda.

Aprovechó el resto del sábado para limpiar. No era muy amigo del orden, pero cuando el nivel de suciedad había ido más allá de lo aceptable no paraba hasta dejar todo reluciente. Además, le ayudaba a pensar.

Quizás Ariel y Claudio tuvieran sus dudas, pero él no. Al tercer escobazo decidió que no se creía ni un décimo del cuento de los estudiosos de tiburones sin tiburones.

Fregó y barrió hasta que su cuerpo dijo basta. Se acostó muy temprano, molido. La vida en Puerto Deseado no lo tenía acostumbrado a tantos acontecimientos en un solo día. Con todo su esfuerzo logró olvidarse del encuentro con los otros buzos y el ataúd de Olivera para concentrarse en el recuerdo, todavía fresco, de las toninas nadando a su alrededor.

Una de ellas se le acercaba y lo empujaba con la cabeza. Luego, se ponía delante de él, como si quisiera que lo siguiera. Él se dejaba llevar, abandonando a sus dos compañeros y quebrantando así una regla de oro: nunca bucear solo. Pero no le importaba. Nadaba por horas sin preocuparse por la brújula, el profundímetro o el aire que le quedaba en la botella. Estar junto a ella le proporcionaba la seguridad de que nada malo podía pasarle.

El pequeño delfín lo llevaba hasta una gran roca. Al rodearla, veía tres grandes mástiles desplegando unas velas que hacía doscientos años habían flameado con el viento. Ondulaban ahora debajo del agua, tan impolutas como el primer día fuera del astillero. La madera del casco tampoco denotaba el paso del tiempo y, en lugar de peces, vio marinos fregando la cubierta. Hundida, la Swift seguía navegando. Desde la proa, con un extraño sombrero de capitán en la cabeza, el viejo Olivera lo saludaba con la mano.

Se despertó trece horas más tarde. A través de la ventana se filtraba la luz de una farola de la calle y las agujas de centro fosforescente del despertador marcaban las seis en punto. De la mañana, supuso.

Puso agua a calentar y esperó el silbido frotándose las manos junto a la hornalla. Se preparó un té con un chorro de leche y sacó de la alacena las últimas dos galletas que le quedaban. Desayunó de pie sobre la mesada de la cocina. Jamás se sentaba para hacerlo, herencia de aquel padre, ahora ausente.

Masticó y sorbió con la mirada perdida en el rincón del comedor entre la mecedora de mimbre y la estufa. No hubiera querido despertarse de aquel sueño y, al no poder continuarlo, lo repasaba una y otra vez, proyectándolo en su cabeza.

11

Decidió que no iría al entierro de Olivera y se pasó la mañana trabajando en una monografía sobre la revolución industrial para la clase de historia. Al mediodía, el hambre y la alacena vacía lo obligaron a hacer un viaje al supermercado.

Milagrosamente, ninguno de los empleados ni clientes del local le preguntaron acerca del marino y lo sucedido dos días atrás. Mejor, pensó, así se ahorraba tener que dar explicaciones a quien no tenía por qué. Volvió a su casa cargado con dos bolsas en cada mano y después de comerse una polenta con tomate se volvió a sumergir en la máquina de vapor y el nacimiento de la burguesía.

La única compañía que tuvo durante toda la tarde fue su mate amargo. Para la tercera vez que se levantó a calentar más agua, se había hecho de noche. Al terminar con la monografía no se sentía cansado, pero así y todo planeaba irse a dormir. Si se quedaba despierto sin nada en que ocupar la mente volvería a pensar en Olivera y la Swift, y la verdad era que necesitaba un descanso de todo aquello.

A las nueve en punto, cuando se había levantado de la silla para irse a su habitación, golpearon la puerta. Se acercó con sigilo y al otear por la mirilla solo vio un círculo de oscuridad.

Quien fuera que estuviese del otro lado volvió a llamar, esta vez tocando el timbre. Marcelo bajó la mirada y sintió un ligero alivio al ver la llave puesta en la cerradura. Le había dado dos vueltas al volver del supermercado.

—¿Quién es? —preguntó con voz más fuerte y grave de lo normal.

—Una napolitana y una hawaiana.

Reconoció a Claudio y soltó un largo suspiro recordándose que tenía que cambiar la bombilla de la luz de afuera. Al abrir la puerta vio que su amigo traía en las manos dos cajas de la pizzería El Gato que Pesca.

—Pensé que no tendrías ganas de cenar solo, Cabeza. Espero que no hayas comido porque hay una para cada uno —dijo mirando las cajas.

Marcelo había ido descubriendo con los años que detrás del personaje bruto y ordinario que Claudio se empeñaba en venderle al mundo, había una persona que entendía mejor que nadie el significado de la palabra amistad. En menos de dos meses Claudio le había confirmado tres veces que era un amigo hecho de la mejor madera.

El tercer domingo de junio de aquel año se había aparecido por su casa temprano con la Piñata enganchada al Coloradito. Tras forzarlo a desayunar, lo había subido al coche y llevado a casa de Claudio Etinsky padre para desearle juntos feliz día. Pasaron el día pescando a bordo de la Piñata, comiendo y tomando mate como si aquella fuera su familia. Aquel día del padre, Claudio le había prestado al suyo para que no se sintiera tan solo.

Dos semanas más tarde del día del padre, cuando Marcelo cumplió dieciocho años, Claudio lo había invitado a comer a su casa. Le había preparado un asado y con amigos y compañeros de colegio y, sabiendo que a Marcelo le encantaba observar los pájaros de la ría, le había obsequiado unos pequeños binoculares marca Eyeflex.

Ahora eran las pizzas la manera que Claudio elegía para demostrarle que él siempre estaría ahí en los momentos difíciles. Y eran precisamente aquellas actitudes las que hacían que Marcelo siguiera siendo su amigo, tolerándole con humor, entre otras cosas, que se siguiera quejando del pueblo y elogiando a su Bahía Blanca natal después de tantos años en Deseado.

Antes de sentarse a comer, Marcelo puso un casete de Pappo's Blues no tanto porque fuese fanático del grupo, sino para que hubiera algo sonando de fondo. Los ruidos que hacía Claudio al masticar con la boca abierta eran intolerables estando en silencio.

Al terminar de comer, Claudio liberó todos los gases que tenía acumulados en el estómago dejando escapar un rugido asqueroso. Luego, se inclinó sobre la mesa y le dio una palmada en el hombro a Marcelo que casi le disloca el brazo.

—Vámonos a tomar una cerveza al Caribe —dijo mientras se quitaba con la uña del meñique restos de comida entre los dientes.

—No estoy para ir a ningún bar, Claudio.

Su amigo lo miró y negó con la cabeza. Se sacó el dedo de la boca y esbozó la sonrisa que pone un profesor cuando un alumno consulta una duda y él se sabe conocedor de la respuesta perfecta.

—No te lo estoy preguntando. Te estoy informando.

Marcelo prefirió no responder. Aquella era una pelea perdida desde antes de subirse al ring.

—Me pregunto si debería avisar a la policía de los otros buzos —dijo Marcelo cuando cada uno tuvo enfrente una cerveza.

—Eso va en cada uno. Obligado no estás —dijo Claudio dibujando con el dedo en el vidrio empañado de su vaso.

—No, pero ¿vos qué harías?

—Yo no les diría nada. A mí los milicos nunca me cayeron bien, así que mientras menos contacto, mejor. Ahora, en tu caso es diferente. Vos te hacés la cabeza un montón y seguro que si no hablás te vas a sentir culpable.

—Es que me siento de alguna manera en la obligación ¿me entendés? Si hay algo a mi alcance para hacer justicia por el viejo, yo lo tengo que hacer.

—Cabeza —dijo Claudio levantando la mirada de su vaso—, yo te apoyo. Si necesitás que te salga de testigo, decime dónde hay que firmar. Aunque sinceramente...

Claudio dejó aquella frase colgada.

—¿Sinceramente qué?

—La verdad —dijo poniéndose la mano junto a la boca como quien cuenta un secreto—, yo preferiría que esos tres fantasmas fueran inocentes. Sobre todo ella.

—¿Y eso por qué? —preguntó Marcelo deteniendo la cerveza a medio camino entre la mesa y su boca.

—Sería una lástima que un bombón así tuviera algo que ver con un asesinato. ¿Viste cómo está? Yo diría que al menos es una ciento diez —Claudio dibujaba con sus manos dos esferas a la altura del pecho.

Marcelo no pudo menos que soltar una carcajada.

—Definitivamente lo tuyo es un problema. ¿Cómo hacés para imaginarte un par de tetas debajo de veinte kilos de equipo de buceo?

—Justamente. Si está así de buena con el neopreno puesto, entonces no me quiero ni imaginar lo que debe ser vestida de civil. Encima con ese acento, ¡por dios!

—Esto es como hablar de los abdominales de Amstrong habiendo visto sólo el momento del alunizaje —observó Marcelo.

—Es muy diferente, Cabeza. Uno: ésta es una mina. Dos: la vimos en persona a escasos metros. Tres: reconozco una mina que está buena si la veo a escasos metros.

Lo que siguió fue una serie de teorías en torno a las mujeres, que eran su tema favorito después del buceo. Recurrió una y otra vez a frases hechas y a clichés. Remataba cada conclusión pidiendo dos cervezas más y pronunciando una sentencia que al parecer consideraba reveladora.

—Es todo muy complejo —decía.

A la hora de cerrar, el gallego que regenteaba el Caribe los invitó a retirarse y Claudio le propuso a su amigo que continuaran la conversación en El Pescadito.

—Ni loco, Claudio. Mañana tengo que ir al colegio y ya estamos medio mamados. Vámonos cada uno a su casa y la seguimos otro día.

—Dale, Cabeza, nos tomamos la última allá para coronar la noche. Pago yo.

—No es por la guita. Además solamente decís "coronar la noche" cuando estás en pedo.

—Por eso.

—¿Por eso qué?

—¡Por eso vamos! Vos sabés que cuando yo me propongo levantarte el ánimo soy imparable —le dijo y le dio un beso enérgico en la frente.

Evidentemente era demasiado tarde para intentar encontrarle lógica a las palabras de su amigo. Aunque estaba cansado y hubiera preferido mil veces irse a dormir, la tortilla se estaba dando vuelta y ahora era él quien sentía la obligación de estar junto a Claudio, no del todo en condiciones.

—Bueno, pero una sola y me voy a dormir ¿está claro?

—Como el agua mineral.

A pesar de su pequeño tamaño, Puerto Deseado contaba, fiel a su naturaleza portuaria, con un buen número de burdeles. Marcelo había estado en todos, y no porque fuera partidario de pagar por sexo. De hecho, solo había tenido relaciones sexuales en contadas ocasiones. Dos, concretamente. Ambas con chicas de su edad que no podían ser más diferentes, para bien y para mal, de una prostituta.

La razón por la que él conocía todos los puticlubs de

Puerto Deseado era una de las mayores causas de divorcio en el pueblo: se trataba de los únicos sitios donde se podía tomar una copa con amigos a partir de ciertas horas.

De todos, El Pescadito era el más antiguo y el de menos categoría.

Al entrar, el oscuro aire viciado por el humo de mil cigarrillos y otros tantos perfumes de mala calidad se clavaba en la nariz mientras una canción de José Luis Perales intentaba sin éxito darle un tinte romántico a aquel antro en penumbras. Antes de que se le acostumbraran los ojos y los pulmones, dos mujeres con minúsculas ropas interiores clavándose en carnes no del todo tersas se les acercaron con miradas que ofrecían un trato tácito pero claro. Ellos pagarían un precio razonable por las copas que consumieran mientras que las que invitaran a cualquiera de las *chicas* a cambio de mimos y compañía valdrían bastante más. Luego de compartir algunos tragos, si se terciaba, se podía arreglar un encuentro más íntimo.

Claudio, que según sus propias palabras iba *adobadito,* accedió a pagar por un rato de las mujeres ignorando las miradas afiladas de su compañero.

—No me hagas quedar mal, Cabeza —le dijo al oído tras liberarse de las manos traviesas de la mayor, una morena entrada en años y caderas que sonreía mostrando un diente de oro.

Aquello, en jerga nocturna, significaba que prestara atención a la chica más joven, que esperaba jugueteando con los hielos de su vaso.

Dijo llamarse Abril y no tendría más de veinticinco años. Después de presentarse preguntó a Marcelo su nombre.

—Renzo, qué nombre más bonito. Suena como a italiano, ¿no?

—Es japonés —respondió Marcelo.

—Pero esos ojos preciosos son bien redondos —insistió ella.

Marcelo pegó un sorbo a su cerveza, cinco veces más barata que la aguada copa de ella, y la miró sin pronunciar palabra. Entonces Abril, o como fuera que se llamase, continuó con un guión pulido a base de repetición.

—¿Y a qué te dedicás, Renzo?

—Estudio.

—Qué casualidad —exclamó ella, pareciendo entender que aquel Renzo no era de lengua muy suelta—, yo también estudio.

—No me digas. ¿Y qué estudiás?

—Psicología, en la Universidad de La Plata. En un par de meses tengo que dar una materia. Durante el día estudio para alguna vez llegar a ser una profesional y no tener que hacer más esto.

—Eso está muy bien —sugirió él—. ¿Y cómo se llama la materia que estás preparando?

—Personalidad —dijo ella seriamente.

Marcelo pensó por un instante en cómo se llamaría el resto de las asignaturas del plan de estudios que la muchacha se acababa de inventar: Locos 1, Locos 2, Infancias traumáticas, Adolescencia.

La conversación continuó por otros diez minutos entre nombres, carreras y pasados inventados hasta que Claudio, creyendo que su amigo comenzaba a disfrutar de la compañía, se ofreció a pagar otra ronda. La negativa de Marcelo fue rotunda, evitando sacar a colación que tenía que irse a dormir porque en cuatro horas estaría vestido de blanco entrando a un colegio. Sin duda Abril pensaba que Marcelo sería un estudiante de universidad y no un simple adolescente terminando la secundaria. O eso quería creer él. Intentó arrastrar consigo a Claudio pero su amigo consultó el reloj y le soltó otra de sus frases nocturnas.

—Después de las tres de la mañana no hay vuelta atrás,

Cabeza. Da lo mismo que te acuestes a las tres y cuarto que a las siete.

Sin entender la lógica por segunda vez en la noche, se despidió del filósofo y al intentar hacer lo propio con Abril, ésta le dijo:

—Espero que nos volvamos a ver prontito. No te olvides de que te llamás Renzo. Me gusta demasiado ese nombre.

Él abrió la boca para contestar pero ella se la silenció con un pulgar pintado con esmalte verde. Le guiñó un ojo y se dio media vuelta para pavonearse suavemente hasta un viejo que tendría la edad de Olivera. Se sentó junto a él y a escasos cinco o seis metros de Marcelo comenzó a hablarle con el mismo interés con el que se había dirigido a él.

Al salir de El Pescadito, una ráfaga helada y limpia le inundó la nariz borrándole de un plumazo todo rastro de aquel aire viciado y turbio. Empezó a andar con las manos en los bolsillos y la boca tapada con la bufanda.

Le pareció escuchar que alguien caminaba detrás de él, pero al girarse no vio a nadie. Apuró el paso, convenciéndose a sí mismo de que lo hacía para combatir el frío.

Después de cerrar con llave la puerta de su casa, reavivó el fuego y atiborró la estufa con leña. Tras una breve ducha se metió a la cama para dormir las tres horas y media que le quedaban antes de que sonara el despertador.

Pasó la mañana en el colegio sin prestar atención a una sola palabra de las historias de Garecca ni de las clases de Lengua o Historia. En los recreos, alumnos y profesores se le acercaban a preguntarle sobre el episodio del viernes anterior pero se desembarazó de todos con fría cortesía, alegando que la policía le había prohibido hablar del tema.

12

El martes se multiplicaron por dos las preguntas del lunes, y así cada día. Cuando salió del colegio el viernes, la sensación de fin de semana le hizo revivir el fallido encuentro con Olivera exactamente siete días atrás. Desde entonces, la policía no había vuelto a contactarlo y las dudas crecían en su cabeza tanto como las preguntas en el colegio.

Después de unos fideos con atún y una siesta, se dispuso a resolver algunos ejercicios para la clase de Garecca. Una hora más tarde, no había terminado siquiera el primero. La Swift y Olivera no le permitían concentrarse.

Se abrigó y salió a caminar.

No había viento. Marcelo no recordaba la última vez que había paseado sin que las ráfagas le arrancaran lágrimas de los ojos, le llenaran la boca de tierra y dieran a su pelo, de por sí rebelde, el aspecto de un voluminoso montón de paja.

Los pies lo llevaron sin que él se enterase a Punta Cascajo, una pequeña península junto al club náutico que ofrecía algunas de las mejores vistas de la ría. A la izquierda, el océano Atlántico continuaba hasta convertirse en horizonte; y a la derecha, el puerto.

Decenas de barcos pesqueros descansaban después de semanas en altamar mientras enjambres de estibadores les vaciaban las bodegas. En cuestión de días, poco más del cuarenta por ciento —el resto era festín de gaviotas— de cada una de las toneladas de merluza, abadejo o mero volvería a ese mismo puerto, después de haber sido procesada en una de las cinco plantas pesqueras del pueblo. Los mismos estibadores cargarían, en turnos de dos horas para no congelarse en las bodegas, las cajas con filetes y otros productos en barcos mercantes destinados a Estados Unidos, Brasil, España, Rusia o Japón. Además del pescado, estos países compraban la producción entera de langostino y calamar.

Pero de todos los paisajes que podía ver desde Punta Cascajo, Marcelo prefería el del otro lado del estuario. La tierra casi desierta le transmitía una sensación de paz tan grande como su extensión.

Se sentó en la playa, abrazándose las rodillas. La marea, en su punto máximo, dejaba una franja de solo un metro entre el agua y la calle sin pavimentar. El sol ya se había escondido detrás del horizonte, aunque todavía quedaba un rato de claridad. El aire olía ligeramente a sal y el arrullo leve del agua, que de tan quieta parecía aceite, solo era interrumpido por algún coche paseando familias, enamorados o solitarios melancólicos. Un atardecer así adelantaba la primavera.

Fijó sus ojos azules en el agua planchada. Había ido a ese mismo lugar la primera vez que le había dolido el estómago al pensar en una chica y, por supuesto, tras descubrir el sobre marrón que le había dejado su padre para su cumpleaños número dieciséis. Ahora meditaba sobre el extraño asesinato de Olivera. La desaparición de la cinta y el mensaje en la revista de crucigramas no podían ser casualidad. No eran casualidad.

Miró al otro lado de la ría. La piedra Toba y a la izquierda una casa sola, impertinente, eran todo lo que se erigía en la inmensa estepa. La roca, con forma de horqueta, era una de esas formaciones naturales que el ser humano se resiste a creer que son producto del azar, o de la erosión. En medio de una inmensa planicie, parecía que alguien la hubiera puesto allí adrede, apuntalándola con piedras más pequeñas para que pudiera resistir miles de años de viento. Marcelo había estado a sus pies infinitas veces y estimaba que tendría al menos unos quince metros de altura. Era raro que Gower no la mencionara en su relato.

A un poco más de un kilómetro hacia el este, sobre la costa, una casa completaba el paisaje de cada día de los deseadenses. Hacía años que nadie la habitaba de forma permanente, pero en otro tiempo había sido la residencia principal de la estancia La Cantera. Las tierras pertenecían a don Ceferino Cafa, la única persona del pueblo que se ganaba la vida con la pesca artesanal. Era raro, pensó Marcelo intercalando miradas al puerto y a aquella vivienda, que aunque el motor de la economía del pueblo era la industria pesquera, solamente había en Puerto Deseado una pescadería y un único pescador que la proveía. Al fin y al cabo, se dijo, por algo su país se jactaba de ser el mayor consumidor de carne del mundo.

Comprando las tierras que miraba ahora Marcelo con el dinero de una herencia, Cafa no solo se había convertido en un terrateniente sino que había pasado a ser parte del puñado de afortunados que podían ir a su campo y volver cada día. El hombre se dedicaba durante las horas de sol a la pesca y a atender la estancia, y volvía por las noches a descansar en la comodidad de su hogar en el pueblo junto a su familia. Sin dudas, un tipo afortunado.

Marcelo, Claudio y Ariel se lo solían cruzar de camino a alguna inmersión. El hombre de la eterna boina verde, que siempre iba solo en su barca roja, saludaba con una mano en alto mientras con la otra sujetaba el timón.

Igual que con la piedra Toba, Marcelo había visto de cerca la casa de don Cafa infinitas veces. Era en realidad más pequeña de lo que parecía, como si tanta nada alrededor la engrandeciera. Estaba tan deshabitada como la iglesia del pueblo a la hora de la siesta.

Una vez, después de una inmersión junto a uno de los precipicios de la costa sur, él y Claudio habían comido a la sombra del alero del techo. Al recostarse junto a la puerta, Marcelo había descubierto la llave de la casa debajo de una maceta sin planta. Tras dudarlo por unos instantes, decidieron no meterse en problemas.

Un cormorán interrumpió la quietud del agua y su pensamiento. El pájaro aprovechaba la poca claridad que quedaba para pescar, o al menos eso le pareció a Marcelo al verlo zambullirse y salir varias veces. Se quedó mirando al bicho trabajar hasta que la oscuridad privó a uno del alimento y al otro del espectáculo.

Al ponerse de pie para irse, vio que una luz brillaba en la casa del otro lado. Probablemente, pensó, el viejo Cafa habría tenido demasiado trabajo y se quedaría a dormir en la vivienda solitaria para no tener que navegar de noche.

Marcelo volvió a su casa, se cambió de ropa y se fue al entrenamiento de básquet, el único deporte que realizaba además de esporádicas excursiones en kayak.

Como jugador estaba muy por debajo de la media, y en los torneos contra equipos de otras localidades siempre era de los que estaban más minutos en el banco que en la cancha. Entrenaba porque le gustaba hacer ejercicio y porque se divertía, pero sabía que su juego solo podía mejorar marginalmente. Nunca podría cruzar esa línea que dividía al grupo en dos: los que tenían talento y los que no.

Al finalizar la práctica, alargó su ducha como de costumbre para no llegar demasiado temprano a la redacción de El Orden, el periódico semanal de Puerto Deseado. Salía oficialmente los sábados, pero podía conseguirse los viernes a partir de las once de la noche si uno no tenía inconvenientes en acercarse a la redacción.

Le gustara o no, Marcelo había heredado de su padre un hábito que no concordaba nada con sus dieciocho años. Los sábados por la mañana —cuando no se quedaba dormido y lo despertaba Claudio a bocinazos— se sentaba con una taza de café con leche a leer El Orden en su sillón de mimbre junto a la estufa hasta que su amigo lo pasaba a buscar para ir a bucear.

Cuando llegó al pequeño edificio del semanario en la calle Don Bosco, los tres o cuatro adolescentes más jóvenes que él que hacían el reparto a domicilio por el pueblo aguardaban en la puerta para recibir sus periódicos. Él y el viejo Pigassi, sereno del hotel Sur, eran los únicos que se tomaban la molestia de comprar el diario del sábado los viernes.

A diferencia de Pigassi, que se lo llevaba para que le hiciese compañía durante su jornada nocturna en el hotel, Marcelo no leía el diario los viernes. Lo compraba un día antes simplemente para asegurarse que a la mañana siguiente, una vez el desayuno estuviera listo, podría dedicarse a leerlo sin depender de que el reparto llegara a tiempo.

La rutina se había visto interrumpida el viernes anterior a causa del asesinato.

Al recibir su ejemplar de las manos manchadas del impresor —también dueño y jefe de redacción—, Marcelo supo que esta sería la segunda semana consecutiva que no lo leería el sábado, café con leche en mano en su sillón de mimbre. Al ver una pequeña columna en la portada al pie de página que anunciaba *Misterioso asesinato en la localidad (pág. 3),* lo abrió para comenzar a leerlo mientras caminaba hacia su casa.

La tercera página de El Orden estaba compartida por dos artículos absolutamente inconexos. En la parte superior había una entrevista, foto incluida, a una mujer peruana que estaba de visita en el pueblo en su recorrido por Sudamérica vendiendo artesanía inca. Fue la segunda mitad, obviamente, la que leyó Marcelo a la escasa luz de las farolas de la calle.

REDACCIÓN — En la mañana del viernes 9 del corriente agosto, el marinero don Marcos Olivera fue hallado asesinado en su residencia de la calle Estrada. Se descarta el robo como motivo del crimen ya que la billetera de la víctima, encontrada en su bolsillo trasero, contenía una cantidad considerable de dinero.

Fue un joven de nuestra localidad, amigo del ex marino, quien lo encontró con un disparo en la frente en el sillón de su casa. Las pericias forenses estiman la hora del homicidio entre las ocho y las nueve de la mañana.

Restos de proyectil hallados en la vivienda fueron enviados a la subsecretaría provincial de balística en la ciudad de Caleta Olivia para un análisis científico. A pesar de que todavía no se dispone de los resultados, todo parece indicar que el arma que ejecutó a M. Olivera se trata de una pistola, ya que la vaina de la bala homicida fue encontrada en el recinto.

La policía local arrestó al día siguiente al señor Roberto Maidana, de profesión marinero, como presunto autor del crimen. Según fuentes cercanas a la comisaría, la víctima había realizado una denuncia policial contra Roberto Maidana por amenaza de muerte un año atrás. Tras ser interrogado, Maidana confirmó haber amenazado a Olivera por un altercado de larga data en altamar. Sin embargo, el sospechoso negó cualquier tipo de relación con el crimen. Mientras se realizan análisis de huellas dactilares en la escena del crimen y se intenta dar con el arma que ejecutó al marino retirado, Maidana se encuentra detenido en la comisaría local.

Al llegar a su casa, calentó agua y se sentó a tomar mate en la mecedora de mimbre con el diario en el regazo. Aunque en ningún momento la policía le había dicho explícitamente que lo consideraran sospechoso, era un alivio leer que los forenses estimaban que el asesinato se había producido a una hora en la que sus treinta compañeros de clase y varios profesores lo habían visto en el colegio.

Aquella, sin embargo, era su menor preocupación. Para él, que el robo —de dinero, al menos— hubiera sido descartado como móvil del crimen no era ninguna novedad. Además, su instinto le aseguraba que ese tal Maidana no había tenido nada que ver: no encajaba ni con el extravío de la cinta ni con la frase junto al crucigrama.

Por otro lado, pensó, si la policía había detenido a Maidana debía ser porque habían encontrado indicios suficientes tras una investigación apropiada. ¿O no? En cualquier caso, una denuncia por amenaza de muerte no podía considerarse poco.

¿Y si todo era fruto de una enorme casualidad? Quizás Claudio tenía razón y el viejo había quitado la cinta. A lo mejor aquella frase garabateada al margen de la revista no era más que un ayuda memoria, o una frase de alguna película, o vaya uno a saber qué. Lo cierto era que si el asesino no se había llevado la cinta, ésta tenía que estar todavía en la casa.

Solo había una forma de saber la verdad.

Se levantó de la mecedora y abandonó el mate y el periódico sobre la mesa del comedor. Echó en la estufa tanta leña como cupo y se metió en la cama.

El despertador sonó tres horas más tarde. En el comedor el fuego todavía ardía proyectando sobre las paredes sombras ondulantes. Fue a la cocina y puso el agua a calentar para prepararse unos mates. Abrió el cajón de los cubiertos y eligió el cuchillo más grande, aquel que solía utilizar su padre para cortar la carne en los asados de los domingos cuando tenía una familia. Lo envolvió con un trapo que colgaba de la puerta del horno.

Cambió de idea sobre los mates y quitó el agua del fuego. Se enfundó en una larga chaqueta de paño y metió el cuchillo en uno de los bolsillos internos. Antes de salir de su casa, pasó por su habitación y del primer cajón de la mesita de luz sacó una pequeña linterna a pilas. Eran las tres y cuarenta y cinco de la madrugada.

13

Caminó durante diez minutos con las manos en los bolsillos y el cuchillo contra el pecho, mirando hacia atrás en cada esquina. Al llegar a la casa de Olivera, la única sin humo en la chimenea, vio que alguien había arriado la bandera a media asta. Atravesó la verja de madera que rodeaba la casa hasta llegar a la puerta donde había hablado por primera vez con el marino.

Se agachó y gateó, contando diez adoquines. A simple vista, el décimo no parecía haber sido movido recientemente, pero la iluminación era pobre y no quería encender la linterna fuera de la casa. Desenvolvió el cuchillo e hizo palanca hasta levantar la piedra gris. Tal como el viejo le había dicho, debajo estaba la llave.

La casa estaba tan helada como el exterior. Sacó del bolsillo su pequeña linterna plateada que, al encenderse, proyectó un haz de luz amarillento, y volvió a guardarse el cuchillo.

Enfocó hacia donde había descubierto el cadáver de Olivera, frente a la chimenea, como si necesitara confirmar que no seguía aún allí. Se lo habían llevado, y también al sillón donde lo había encontrado. Un rápido repaso por el resto del comedor corroboró que alguien se había deshecho de aquella butaca. Probablemente, demasiadas manchas de sangre como para limpiarla.

Abrió el pequeño mueble de los licores y vio una vez más la grabadora sin cinta. Otra confirmación innecesaria, pensó. Se adentró por el pasillo en la parte de la casa donde no había estado nunca.

Eligió una puerta y, al atravesarla, se encontró en una habitación presidida por una enorme cama matrimonial. Las mesas de luz que la flanqueaban estaban atiborradas de fotos del marino y su esposa. En los cajones de ambas mesitas encontró algunas alhajas, una biblia y un pequeño pastillero con siete compartimentos, cada uno etiquetado con un día de la semana.

Se disponía a revisar el ropero en busca de la cinta cuando le pareció sentir un crujido en el suelo de madera. Se quedó inmóvil, pero solo oyó silencio. Meneó la cabeza intentando sacudirse el miedo que empezaba a invadirlo y abrió las puertas del ropero liberando un fuerte olor a naftalina.

Entonces sintió el crujido una vez más. Esta vez más claro, más cercano. Luego otro. Y otro. No era paranoia, alguien caminaba sobre el suelo de madera.

Apagó la linterna y se pegó a la pared, junto a la puerta. Los pasos se detuvieron por unos instantes, solo para reanudarse, cada vez más fuertes. Se dirigían hacia él.

Durante el tiempo que tardó la primera gota de sudor frío en recorrerle la espalda, se maldijo por no haber cerrado la casa con llave. El temblor de piernas apenas le permitía tenerse en pie y el estómago se le había encogido al tamaño de una nuez. Al llevarse la mano al corazón, en un intento vano de desacelerarlo, sintió el cuchillo contra el pecho. Lo sacó del abrigo y, en silencio, le quitó el trapo que lo envolvía. Al empuñarlo, vio reflejarse en la hoja la luz de la luna que se colaba por la ventana.

Los pasos estaban cada vez más cerca. Tres o cuatro metros calculaba Marcelo, que apenas respiraba por no hacer ruido. Aunque tenía en la mano un arma con la que defenderse, la sola idea de tener que usarla le daba más miedo que seguridad.

Otra vez, el silencio. Quien fuera que hubiese entrado a la casa se había detenido. Marcelo hubiera jurado que era capaz de escuchar la respiración del intruso. Tan intruso como él, pensó, al tiempo que sentía cómo se reanudaban los crujidos hasta detenerse frente a la puerta del dormitorio. No hay otra alternativa, se dijo, aferrando el cuchillo con firmeza.

14

Marcelo sintió que el alma le volvía al cuerpo al descubrir que los pasos no entraban a la habitación en la que se encontraba él, sino en la contigua. Es ahora o nunca, se animó en silencio, y echó a correr.

Se lanzó con todas sus fuerzas en dirección a la salida, pasando a un metro de la puerta por la cual se acababa de meter quien fuera que lo persiguiese. Una vez fuera de la casa corrió todo lo que sus piernas le permitieron hasta llegar a la calle. Miró hacia atrás y vio una silueta fornida y masculina saliendo detrás de él. Giró hacia la derecha, donde la calle era más oscura y no se volvió a dar la vuelta hasta llegar a la esquina.

La siguiente vez que se volvió para mirar no había nadie, pero siguió corriendo. Continuó en zigzag por las calles oscuras y heladas de Puerto Deseado hasta llegar a la suya. Miró hacia atrás una vez más. Al parecer solo la luna había podido seguirlo.

Una vez dentro de su casa, dio dos vueltas a la llave y se apoyó contra la puerta sin animarse a cerrar los ojos. Podía escucharse el corazón y su saliva tenía un ligero gusto a sangre, como las pocas veces que el entrenador de básquet lo hacía jugar un partido entero. Su respiración, en grandes bocanadas, parecía estar fuera de control, y a pesar de que los termómetros seguramente marcaban bajo cero, estaba empapado en sudor.

Permaneció así hasta recobrar parte del aliento. Cuando pudo volver a moverse, se arrastró hasta su habitación y se desplomó en la cama. No iba a dormir aquella noche, eso estaba claro, pero acostado sería más fácil recuperarse del susto y la carrera.

Mirando el techo, intentó reconstruir la imagen de su perseguidor en base a la fracción de segundo durante la que había visto su silueta, pero solo pudo recordar a un hombre de constitución física robusta. Quien quiera que fuese, lo había seguido: no se podía coincidir un viernes a las cuatro de la mañana en la casa de un muerto por pura casualidad.

15

Se despertó con el sol tan alto como cuando por fin había podido dormirse. Miró el despertador: faltaba media hora para la reunión con sus compañeros de buceo. Aquel día no harían inmersiones porque unos geólogos de Comodoro Rivadavia habían alquilado la Piñata, con Claudio incluido como timonel, para que los llevara a recoger muestras de ostras petrificadas a un estuario ría adentro conocido como los Miradores de Darwin.

Se arrancó como pudo de la cama y, tras cepillarse los dientes e intentar en vano arreglarse un poco el pelo, salió hacia el club náutico.

No parecía haber nadie en la botera, el gran galpón donde los socios del club guardaban sus kayaks y veleros. No le extrañó que Raúl, el encargado, no estuviese allí. Caminó los treinta metros hasta el bar y, al entrar, lo vio sentado junto a la barra de madera que imitaba el lado estribor de un galeón. Jesús, el barman del eterno trapo al hombro, le servía una cerveza cerca de la popa.

Raúl vivía en una de las pequeñas cabañas dentro de las instalaciones del club. Las otras cinco se alquilaban a los pocos turistas que se animaban a desviarse los casi ciento treinta kilómetros que separaban a Deseado de la principal ruta patagónica. Por lo visto, su contrato de trabajo no le impedía pasarse la mayoría del tiempo en El Galeón, el pequeño bar del club, haciéndole compañía a Jesús, que de otra manera pasaría días enteros sin servirle bebidas a nadie.

—Siempre lleno de mujeres este antro —dijo Marcelo saludando con la mano en alto tras cerrar la rechinante puerta del bar.

Raúl y Jesús, que en otro momento habrían contraatacado con algún comentario no apto para menores, le hicieron gestos para que se callara. Sus muecas, idénticas, le recordaron al cuadro de la enfermera que había en la sala de espera del hospital del pueblo. Estuvo a punto de decir algo al respecto, pero se limitó a preguntar qué les pasaba.

No hizo falta que le respondieran. Entendió todo de golpe cuando, al abrirse la puerta del baño de damas, se encontró ante la inusual imagen de una fémina entre las paredes amarillentas del tugurio.

Tardó un microsegundo en llevar a cabo el análisis de rigor: un nueve sobre diez. La chica —a Marcelo le pareció que no tenía más de veintiséis años— lo miró de costado y se le acercó blandiendo una sonrisa.

—Marcelo, ¿verdad? —dijo y acompañó sus primeras palabras con dos besos que desparramaron olor a cereza. Era la primera vez que alguien pronunciaba su nombre así.

La buzo española estaba irreconocible sin los siete milímetros de neopreno y desprovista del chaleco, la botella, el regulador, la máscara y el resto de la parafernalia. El pelo negro de rizo fino ya no se escondía debajo de la capucha, sino que ahora caía hasta los hombros. Tendría que pedirle perdón a Claudio: sin duda su amigo era capaz de verle los abdominales a un astronauta.

—Exactamente. Y tu nombre era... —respondió Marcelo fingiendo no recordar.

—Diana. Diana Carbonell.

—Diana, es verdad. Perdoname, soy muy malo para los nombres.

—No pasa nada. Es normal que no te acuerdes, si solo nos vimos dos minutos ese día en la isla Chaffers. Es que yo tengo muy buena memoria.

La mención del encuentro hizo que el hechizo se esfumara como el rastro de cereza que habían dejado sus dos besos. Verla tan distinta y sin la escolta de sus dos antipáticos compañeros hacía difícil relacionarla con las otras versiones de sí misma. La mentirosa, porque el cuento de los tiburones se lo podía ir a vender cualquiera, menos a él. Y probablemente la criminal, porque ellos eran los "otros buzos".

—¿Y qué estás haciendo por acá? —preguntó él, intentando que el tono de voz no le cambiara tanto como los ojos con los que la veía.

—Pues vivo aquí. Alquilamos dos cabañas y le confiamos el bote a Raúl, ¿no es cierto que tú nos lo cuidas de maravilla? —preguntó en voz alta guiñándole un ojo al encargado.

Raúl respondió con una sonrisa y un monosílabo tímido. Inmediatamente, volvió a refugiarse detrás de su cerveza.

—¿Vivís con los otros dos que estaban con vos ese día?

—Pablo y Leandro, sí. No son muy simpáticos de entrada, pero en confianza son muy majos.

Eso es porque te quieren hincar el diente, pensó Marcelo. Aunque, si alquilaban dos cabañas para tres personas, quizás ella y uno de los porteños eran pareja.

Aunque intentó recordar si alguno de los dos era corpulento, no logró hacerse con una imagen nítida. Pero ya habría tiempo para averiguar sobre ellos. Ahora no quería dejar pasar la oportunidad de intentar que Diana tropezara con su propia mentira.

—¿Y por qué una mujer española tan bonita estudia tiburones en un pueblito remoto de Argentina? —preguntó fingiendo el flirteo que cualquiera en su lugar habría intentado.

—¿Y por qué no?

Una forma elegante de desembarazarse, sí, aunque no la clase de respuesta que Marcelo quería oír.

—No sé, me parece extraño. Irte tan lejos de tu casa para ver unos bichos así de feos. ¿Qué es exactamente lo que estudiás de los tiburones?

—Su alimentación durante el proceso migratorio —dijo ella riéndose de lo de los bichos feos—. Básicamente, con qué peso se van cuando abandonan la ría y con cuánto vuelven al año próximo. Los primeros comenzarán a llegar en un par de meses, pero para entonces nosotros tendremos todo listo y los estaremos esperando.

Sonaba mucho más convincente que Abril y sus materias de psicología. Al menos, su excusa estaba bien pensada.

—Qué interesante —mintió Marcelo, sin arriesgarse a seguir preguntando—. Avisame si te puedo ayudar en algo.

—Gracias —dijo ella pronunciándolo diferente—. Es un trabajo interesante...

Cortó una frase destinada a ser más larga. A Marcelo le pareció que seguía un *pero* y luego alguna confesión, cierta o no, que él hubiera preferido oír. Sin embargo, ella se limitó a disculparse por tener que marchar y se despidió con otros dos besos y una sonrisa dedicada a Raúl y Jesús.

Cuando Diana Carbonell apenas había puesto ambos pies fuera del bar, el encargado y el barman se le acercaron y se arrodillaron a sus pies, alabándolo.

—¿Qué hacen, tarados? —dijo Marcelo riendo incómodo— Levántense, a ver si vuelve y los ve haciendo este papelón.

—No te mueras nunca, Marcelito —dijo Raúl y, tras incorporarse, le palmeó la espalda.

—Está muerta por vos —agregó Jesús—. Yo llevo días haciéndome el simpático y para lo único que se me acerca es para pedirme el café con leche a la mañana.

El rechinar de la puerta petrificó a los tres. Jesús todavía estaba de rodillas en el suelo y Raúl lo abrazaba como a quien acaba de meter un gol. Marcelo se giró, intentando improvisar una explicación que lo librara de esa humillación.

No hizo falta, era Ariel.

—¿Quién es ese camión con acoplado que acaba de salir? —preguntó frotándose las manos.

—La novia de tu amiguito —respondió Jesús dándole a Marcelo dos besos exageradamente ruidosos en cada mejilla.

Tras librarse de ese par, que parecían el eslabón perdido entre el hombre y el perro en celo, Marcelo se llevó a Ariel a la mesa más alejada de la barra y le explicó quién era. Los primeros comentarios de su amigo hicieron alusión a lo diferente que se veía cuando no estaba enfundada en un traje de buceo.

Claudio llegó minutos más tarde.

—¿Por qué tenés esas ojeras, Cabeza? —fue lo primero que dijo al unírseles en la mesa.

Marcelo culpó al café por una noche de insomnio y evitó comentar el episodio de la madrugada anterior en la casa de Olivera. No quería ocultarles nada, pero tampoco deseaba quedarse solo buscando la corbeta.

Sin darle tiempo a arrepentirse, Claudio puso sobre la mesa las tres copias de la ficha con los datos técnicos extraídos del relato. No era nada que no supieran, pero resultaba mucho más útil tener todas las medidas, distancias y demás información numérica concentrada en una sola hoja en lugar de buscarla entre quince páginas escritas a mano.

Marcelo miraba los números sin verlos. Era imposible centrarse en lo que tenía a un palmo de su nariz, porque su cabeza todavía no había salido de la casa de Olivera. Las voces de sus amigos se convertían en un murmullo lejano y sobre el papel que le acababa de dar Claudio no podía más que proyectar la silueta corpulenta que lo había obligado a huir con el corazón saliéndosele por la boca.

Diana Carbonell y sus amigos tenían algo que ver.

—¿Dónde te parece que puede estar enterrado? —le preguntó Ariel, asiéndolo del brazo como si fuera fuerza física lo que se necesitaba para traerlo de nuevo a la mesa en El Galeón.

—¿El qué? —preguntó Marcelo con la poca lucidez de quien se acaba de despertar.

—¿De qué estamos hablando, Cabeza? Del cocinero de la corbeta.

—No sé dónde puede estar. Perdón, no estaba prestando atención.

—¿Te pasa algo? —preguntó alguno de los dos.

—No, nada. Bueno, en realidad sí. Me estoy cayendo de sueño. Me parece que me voy a ir a dormir porque mi cabeza no da pie con bola.

Y en menos de un minuto estaba camino a su casa, con el viento azotándole la cara.

16

Dedicó el resto del día a deambular por su casa. Con el fin de mantener sus miedos a raya, se refugió en una actividad aburrida pero que demandaba tanto esfuerzo físico como intelectual. Reorganizó la que había sido la biblioteca de su padre, a la cual más de una vez había considerado prender fuego, deseo que contuvo únicamente porque consideraba que destruir un libro era un pecado mortal. Además, quemar cosas que habían pertenecido a Diego Rosales no mitigaría nada, y mucho menos la rabia.

Sobre las once de la noche, como casi todos los días, Marcelo apagó la única luz que quedaba encendida en toda la casa: la de su habitación. Esta vez, sin embargo, no se metió en la cama a dormir. Se calzó a tientas el suéter de lana que le había tejido su tía Inés y sobre él la chaqueta de paño que todavía albergaba el cuchillo en el bolsillo interno. Siempre en la más absoluta oscuridad, completó el atuendo con una bufanda negra y un gorro de lana gris.

Salió por la puerta trasera, la del lavadero. Saltó la pared del fondo, que lindaba con la propiedad de la señora Carballo y, tras pasar con sigilo junto a la casa de su vecina, salió a la calle Colón. Si alguien montaba guardia frente a su casa, eso bastaría para engañarlo.

El club estaba cercado y, en teoría, la única forma de entrar era a través de una calle de tierra que bordeaba la costa. Sin embargo, una pequeña puerta en el rincón más alejado del agua —y más cercano al pueblo— permanecía siempre abierta.

De lo contrario, quienes acudían a pie tenían que bordear todo el alambrado, convirtiendo un trayecto de cincuenta metros en uno de cuatrocientos.

Raúl le había contado que, a veces, los turistas que se alojaban en el club le pedían que cerrara ese acceso, pues todo el mundo pasaba junto a las cabañas. Él se negaba rotundamente, alegando que le lloverían quejas. Cambiar algo que *siempre había sido así* era una de las mejores formas de ganarse enemigos en un pueblo como Deseado. Y esa puerta siempre había estado abierta durante los tres años que él llevaba como encargado del club. Además, había dicho, no tenía idea de dónde podía estar la llave.

Al llegar al umbral de la polémica puerta, Marcelo distinguió dos luces dentro del predio del club. La del bar, lejana y tenue, y la de una de las seis cabañas, que no veía directamente porque las ventanas estaban del otro lado.

Su plan era intentar identificar las dos cabañas donde se alojaban Diana Carbonell y sus amigos con la esperanza de descubrir algo. Oír una conversación quizás era lo más probable. La de la luz encendida tenía que ser una de ellas, pues dada la época del año, era improbable que hubiera alguien más alojándose en el club. Volvió a preguntarse quién dormiría solo y quién no.

Acercarse, sin embargo, suponía un problema que Marcelo no había tenido en cuenta. Los treinta metros que lo separaban de esa pequeña cabaña que le daba la espalda era una pendiente de canto rodado suelto. Caminar por allí era tan discreto como ir tocando las castañuelas, pero había que arriesgarse, pensó, y comenzó a avanzar. Por suerte el viento le soplaba de cara, haciendo más difícil que sus pasos fueran oídos por quien estuviera dentro.

Finalmente alcanzó la pared trasera, de tronco, a excepción de la chimenea de piedra. Se permitió permanecer unos instantes al reparo del viento junto al calor que dejaban escapar las rocas. Se levantó el gorro de un costado y pegó la oreja descubierta a uno de los troncos.

Silencio sepulcral.

Con pasos mudos cambió la cálida pared trasera por una de las laterales y, finalmente, la del frente. Vio cómo la luz se colaba por debajo de la puerta y por la gran ventana a través de unas cortinas de color naranja. Gateó hasta debajo de la ventana. Miró hacia arriba y descubrió que entre las dos cortinas había un espacio de unos diez centímetros que le dejaría ver el interior si asomaba la cabeza. Comenzó a incorporarse lentamente.

El corazón le latía tan rápido que parecía que en cualquier momento se le escaparía por la boca. Estaba a punto de ver entre las cortinas naranjas cuando sintió alguien a sus espaldas.

Retrocedió sobre sus pasos lo más rápida y silenciosamente que pudo, y se quedó inmóvil contra la pared lateral. Los que se acercaban eran dos hombres, abrazados, que de repente empezaron a desafinar un tango. La puerta de la cabaña se abrió bruscamente.

—¿Qué queréis? —su voz y su acento eran inconfundibles.

—¿Nosotros? irnos a dormir. Y vos gallega ¿qué querés? —retrucó uno arrastrando todas las erres del mundo.

El portazo hizo temblar la pobre estructura y fue tan repentino que Marcelo no pudo reprimir un pequeño salto.

—¡Qué carácter podrido, che! —dijo el otro de los borrachos, y siguieron hacia la puerta trasera, por la que acababa de entrar.

Marcelo volvió a pegar la oreja a la pared. Esta vez hubo algo más que silencio.

—Me cago en su puta calavera. Le dije mil veces al imbécil de Raúl que cierre esa puñetera puerta y el tío pasa de mí y de todo lo que le digo.

—Diana, quedate tranquila —la consoló una voz masculina con acento porteño—, la gente del interior es así. No van a aceptar nunca que venga alguien de afuera a decirles cómo tienen que hacer las cosas.

Por su otra oreja, enterrada bajo el gorro de lana, oía alejarse las risas y los pasos en el ripio de los dos borrachos.

—¿Por qué no nos vamos a tomar una cerveza y nos tranquilizamos un poco? —dijo la voz masculina.

—No sé, es un poco tarde —respondió Diana.

—Te va a venir bien. Además mañana es domingo y no tenemos que trabajar.

—Sí, pero me quería despertar temprano para terminar de escribir el ensayo sobre las rutas migratorias.

—¿No te quedaban dos meses para terminar ese artículo?

—Pues sí, pero prefiero quitármelo de encima lo antes posible. Quiero dedicarle el cien por cien de mi tiempo al buceo cuando empiecen a entrar los tiburones. No pienso perderme una sola inmersión por no haber terminado un artículo dos meses atrás.

La entendía, pero un trago le sentaría bien y le calmaría un poco los nervios, insistía el tipo. Ella fue de a poco bajando la guardia, hasta que finalmente accedió.

La luz de la cabaña se apagó y los oyó cerrar la puerta con llave. Desde su escondite, detrás de la pared lateral, los vio alejarse en dirección al bar.

Entonces, por primera vez desde el encuentro en la isla Chaffers, Marcelo consideró seriamente la posibilidad de que aquellos tres buzos no hubieran tenido nada que ver en el asunto de Olivera y sintió cierto vértigo ante la posibilidad de haberse equivocado. Continuar creyéndolos culpables después de lo que acababa de oír era pura obcecación. Nada parecía indicar que aquellos tres hubieran tenido algo que ver en el asunto.

Nada excepto la frase junto al crucigrama.

Cabía una posibilidad remota, rayana a la paranoia, de que

la investigación de los tiburones fuera parte del paripé y que dos —o incluso solo uno— del equipo tuvieran otro objetivo. Y aunque era tan probable como un día de playa en esa época del año, estando donde Marcelo estaba, no le costaba nada echar un vistazo.

Cuando el porteño abrió la puerta del bar, dejó pasar a Diana primero y entró tras ella, Marcelo repitió la secuencia de movimientos hasta volver a ganar la posición debajo de la ventana. Con sus manos empapadas de sudor a pesar del frío, comprobó que habían cerrado con llave. Intentó mirar por la ventana pero se encontró con una penumbra apenas quebrantada por las brasas de la chimenea. Era arriesgado, pero si quería ver algo necesitaría usar su linterna.

Al pegarla al vidrio, la luz amarillenta alcanzó la pared del fondo, iluminando dos camas cuchetas junto al tiraje de piedra. Aunque las cortinas le impedían ver a los lados, sabía que a la izquierda había un armario de metal y a la derecha una pileta y una pequeña cocina. Lo sabía porque había estado más de una vez en la casa de Raúl, que era idéntica a las demás.

Al inclinar la linterna hacia abajo descubrió una mesa junto a la ventana. Sobre ella había una taza blanca, dos bolígrafos y una pila de libros. La luz le alcanzó para leer los títulos en algunos lomos. *Guía de tiburones del hemisferio sur* de M. B. García, *Buceo en agua fría: inmersiones a menos de 13 grados* de Ulrike Wombat y *La cadena alimentaria en el océano Atlántico Sur* de P. Segatto. Junto a los libros, había un cuaderno con anotaciones a mano que a Marcelo se le antojaron menos legibles que una receta del doctor del pueblo. Solo distinguió el dibujo de un tiburón entre toda aquella cursiva.

Apagó la linterna y comenzó a desandar el camino hacia su casa, vueltas y salto del cerco de la señora Carballo incluidos. Aunque no fueran ellos los "otros buzos", alguien lo había estado siguiendo la noche anterior y no pensaba arriesgarse.

17

Al término de la última clase del lunes, Marcelo decidió quedarse en la biblioteca del colegio buscando información para la monografía que la profesora de geografía les había encargado. Tenían que escribir sobre la historia de un país que no estuviera en América ni en Europa. Marcelo, que todo lo pensaba en clave Swift, no olvidaba la etiqueta en la cinta desaparecida. Eligió Australia.

Lo primero que consultó fue la enciclopedia británica. Tras una parrafada de datos numéricos y cuatro oraciones magras sobre los más de cuarenta mil años de población aborigen, una página entera explicaba al detalle cómo, a pesar de varios arribos europeos previos a la isla continente, no fue hasta la llegada del inglés James Cook en 1770 cuando se comienza a hablar de la Australia moderna.

Ingleses en 1770. No pudo evitar pensar en Farmer, tan capitán de la marina inglesa como Cook. En el mismo año uno marcaba el inicio de un nuevo continente y al otro se le hundía el barco en un rincón olvidado del mundo que los mapas llamaban Port Desire.

Leyó todo lo que pudo durante una hora, hasta que su estómago comenzó a demandar atención. De las tres galletitas de agua y el té con leche que había desayunado a las siete de la mañana no quedaba ya ni el recuerdo. Se despidió del señor Flugel, el bibliotecario del colegio, y comenzó a caminar hacia su casa. El mediodía estaba nublado y el frío le cortaba la cara.

Caminaba y pensaba en cómo encajaban las piezas ahora que los *otros buzos* eran una incógnita casi despejada en esa complicada ecuación. No solo hablaban de tiburones sino que, hasta donde él había podido ver, leían y escribían sobre ellos. ¿Pero entonces qué significaba la frase escrita junto al crucigrama? Imaginaba, una tras otra, posibles explicaciones que encajaran con los datos que tenía hasta ese momento. Ninguna le convencía.

Pensaba en esto cuando un grito casi desesperado lo devolvió a la realidad.

—¡Cuidado! —dijo una voz femenina.

Sentada en el suelo junto a la entrada del Banco Nación, una mujer de tez morena y pelo negro recogido en una trenza brillante señalaba un paño rectangular que invadía media vereda.

—No me pise usted la mercadería por favor.

Reconoció a la artesana peruana cuya foto había visto días atrás en el diario, junto a la crónica del asesinato de Olivera.

—Discúlpeme, no la había visto.

—¿Quiere comprar alguna quena o un *siku*? —arremetió la mujer sin preámbulos.

Marcelo echó un vistazo a los artículos que había estado a punto de hacer añicos. Una veintena de instrumentos hechos de caña poblaban la tela azul.

—No, señora, le agradezco mucho pero para la música soy de madera.

—Pero también quedan bien de adorno —esgrimió la mujer—. Además con esto me ayuda, ¿sabe? Mi sueño es llevar mi trabajo a todos mis hermanos de Sudamérica.

—Sí, eso lo sabía. Vi una entrevista que le hicieron en el diario. Me imagino que, con tanta publicidad, clientes no le faltarán, ¿no?

Dijo aquello solo para ganar tiempo y pensar en una excusa para negarse a comprarle, pero sus propias palabras estaban destinadas a proporcionarle mucho más. Tras pronunciarlas, algo hizo clic en su cabeza y lo vio tan claro que casi involuntariamente se dio una palmada en la frente por no habérsele ocurrido antes.

Australiano, pensó, y visualizó aquella palabra escrita en uno de los carretes de la cinta desaparecida.

—¿Qué te pasa? ¿Estás bien? —preguntó la mujer al ver a Marcelo autoflagelándose.

—Más que bien, señora —dijo, reprimiendo las ganas de plantarle a la artesana un beso en el medio de la frente—, pero me acabo de dar cuenta de que me tengo que ir. Usted me dio una idea que si llega a funcionar, le prometo que vuelvo y le compro un *siku*. O una quena. Es más, le compro uno de cada uno.

La mujer rió mostrando unos dientes pequeños.

—Ahora vuelvo es lo que dicen todos —dijo, poniéndose en la boca una de sus quenas—. Ya veremos —murmuró entre dientes y comenzó a tocar una melodía del altiplano.

—Se lo prometo —le gritó Marcelo, que ya se había puesto en marcha.

18

El cartel sobre la puerta de madera causaba la envidia de cualquier creativo publicitario: *Semanario "El Orden", publique su anuncio con nosotros.* Al empujarla, lo recibió un soplo de aire tibio que olía a papel viejo.

La redacción del diario era un local pequeño donde solo cabían dos escritorios de madera con sus sendas máquinas de escribir. Sentada en uno de ellos, una mujer atrincherada detrás de pilas de periódicos que apenas se mantenían en pie, mecanografiaba frenéticamente mordiéndose la lengua. Parecía no haber notado la presencia de Marcelo en la diminuta oficina.

—Buenos días, señora Basanta.

Sus ojos, detrás de unos anteojos gruesos y pasados de moda, tardaron un par de largos segundos en desclavarse del papel.

—Buenos días, joven. ¿Cómo sabe usted mi nombre? ¿Nos conocemos?

—Usted me entregó el premio literario "El Orden" hace dos años. ¿Recuerda que publicaron mi cuento "Gato por liebre"?

—¡Por supuesto! —exclamó la mujer juntando las manos para pedirle perdón—. Los años me van cambiando neuronas por canas. Mil disculpas, nene. ¿Qué te trae por nuestra redacción? Ya sé, no me digas nada. ¿Estás trabajando en otro cuento y lo querés publicar?

—Nada de eso en esta ocasión —respondió Marcelo esgrimiendo la que Claudio llamaba una sonrisa *comprasuegras*—. Resulta que estoy haciendo una monografía sobre Australia para el colegio, y se me ocurrió pasar a preguntar si El Orden ha publicado alguna vez una entrevista a alguien de ese país. Como ustedes siempre entrevistan a visitantes extranjeros...

—Australianos que yo sepa solo uno, pero era un loco de atar —exclamó la mujer luego de una breve recapitulación—. Se la pasó un mes entero preguntándole a Dios y María Santísima por una historia de un barco hundido muchísimo antes de que se fundara el pueblo. No sé de dónde habría sacado algo así, la verdad. Le hicimos la entrevista de rigor para "Deseado Desde Afuera", la sección donde publicamos este tipo de reportajes, pero no le dimos mayor cabida.

El corazón de Marcelo se aceleró a un ritmo poco saludable por enésima vez en aquellos días.

—¿Y recuerda usted de esto cuánto hace?

La mujer se quitó los anteojos y se echó hacia atrás en su silla, cruzándose de brazos. Clavó la mirada en el techo, dejando de parpadear y murmuró algo que a Marcelo le parecieron números. Al cabo de unos instantes, volvió a mirarlo, triunfante.

—Mil novecientos setenta y cinco. Yo diría en marzo o abril, a lo sumo principios de mayo.

Marcelo no daba crédito a lo que acababa de oír. Hacía apenas seis años de aquello. Él estaba vivo, tenía doce años, cuando un australiano apareció hablando de barcos hundidos.

—¿Y ustedes tienen una copia de esa entrevista?

—En el archivo tiene que estar, pero te aviso que es perder el tiempo porque a ese tipo le faltaban un par de caramelos en el frasco. De cualquier modo, si querés echar un ojo yo no tengo problema.

Tras asentir sin palabras a la oferta de la mujer, ésta abrió la única puerta interior de la diminuta oficina, dando paso a una trastienda húmeda y fría. El olor a tinta y a papel, de tan fuerte era nauseabundo. Lo que parecía una máquina de tortura gigante descansaba en el medio de una habitación enorme con las paredes forradas casi por completo con tapas de ediciones viejas.

—Ésta es la máquina rotativa —dijo la mujer con tono de guía turístico señalando la mole—. Cada semana imprimimos alrededor de novecientos ejemplares. Vendemos unos ochocientos en el pueblo y el resto van a estancias, municipios vecinos y a la capital de la provincia.

Marcelo intentó en vano poner cara de asombro.

La mujer lo condujo hasta el archivo y encendió una potente luz blanca. En el centro de la habitación, aún más pequeña que la redacción, había una mesa y una única silla. En un rincón, junto a una máquina que Marcelo no supo si era un lavarropas o una heladera, una escalera con tres peldaños.

La pared opuesta a la puerta tenía empotrados archivadores desde el techo hasta el piso. Según le comentó la señora Basanta, aquellas ocho columnas de cinco cajones contenían todo el material editado por el semanario a lo largo de más de sesenta años. El de la esquina superior derecha tenía la etiqueta "1917-1919", y así cada uno albergaba tres años. Las etiquetas llegaban hasta 1998-2000, en la mitad de la segunda fila. Marcelo no pudo evitar sentirse ridículo tras abrir el correspondiente a 1995-1997 y encontrarlo vacío.

—Cerramos dentro de una hora —dijo la mujer mirando el reloj en su muñeca—. Si necesitás más tiempo, podés volver mañana. Estamos a partir de las siete.

Marcelo agradeció a la señora Basanta y la mujer se excusó de no poder ayudarlo a buscar porque tenía que terminar de redactar un artículo.

Al quedarse solo, lo primero que le vino a la mente fue cuánto le habría costado a Claudio llegar al corazón de un periódico en una ciudad como Bahía Blanca. Aunque su amigo se empeñara en negarlo, vivir en un pueblo tenía sus ventajas.

Los años 1974-1976 estaban en la tercera fila. Sin necesidad de usar la escalerita, Marcelo puso sobre la mesa 13 ejemplares correspondientes a los meses de marzo, abril y mayo de 1975.

De no haber demasiadas noticias en el momento de la visita —y si los del diario no lo hubieran tomado por loco—, un australiano paseando por aquellos pagos lejanos hubiera sido sin duda mencionado en la portada del semanario. Un primer escrutinio reveló que una huelga de trabajadores ganaderos se había adueñado casi por completo de las ediciones de esos días. Tendría que hurgar en cada ejemplar hasta encontrar el rincón dedicado al visitante.

Repasó página a página cada una de las ediciones en orden cronológico. No había mención del australiano en marzo ni en las primeras tres de abril. Al llegar a la última de aquel mes, que advertía en la portada *Se suman varios gremios a la huelga ganadera,* Marcelo empezaba a hartarse de los refritos de la misma noticia semana tras semana. Sin embargo, en la tercera página, leyó el titular *Visitante de las Antípodas* sobre las dos columnas de la derecha.

Comenzó a examinar el texto cuidadosamente, comprendiendo rápidamente lo que la señora Basanta había querido decir con entrevista de rigor. Era poco más que un cuestionario tipo que se le habría podido realizar a cualquier forastero que anduviese por la zona. Las primeras preguntas apuntaban al lugar de origen. Revelaban que Patrick Gower venía de una pequeña ciudad al norte de Sídney llamada Newcastle. Luego se le preguntaba qué opinaba de los argentinos, a lo cual respondía con cortesía casi inglesa. Finalmente y sin demasiado entusiasmo se le invitaba a explicar el propósito de su viaje.

¿Qué lo trae por estas tierras lejanas?

El hermano del bisabuelo de mi tatarabuelo, siempre en la línea paterna, se llamaba Erasmus Gower y era teniente de la corbeta H.M.S. (siglas del inglés "barco de su majestad") Swift. En un viejo arcón de la familia encontré un relato donde él mismo cuenta que la corbeta estaba apostada en las islas Malvinas y zarpó en un viaje exploratorio por la Patagonia en marzo de 1770. La nave no sobrevivió al choque con una roca en la ría de Puerto Deseado, y se encuentra hundida en algún lugar no muy lejos de donde estamos hablando en este momento. Ya me he puesto en contacto con una traductora para pasar el relato al castellano y compartirlo con quien quiera leerlo.

¿Cuánto tiempo tiene pensado visitarnos?

El tiempo que haga falta, en realidad. Enviudé hace poco y mi único hijo vive en Inglaterra, así que no tengo demasiados motivos para estar en Australia. Me retiré de la Armada hace un año, con lo cual tampoco tengo un trabajo que me ate. La gran asignatura pendiente de mi vida es encontrar la corbeta Swift, así que quizás me tengan de visita durante una temporada larga.

¿Cómo tiene pensado buscar la corbeta?

Bueno, lo primero que pienso hacer es hablar con la gente del pueblo que pueda llegar a tener alguna información y constatar el relato con el paisaje para determinar los puntos probables del hundimiento.

¿Cómo puede ponerse en contacto con usted la gente interesada en brindar información?

Estoy alquilando una casa no muy lejos del club náutico. La dirección es Belgrano 226.

Al terminar de leer, Marcelo no podía creer que no le hubieran hecho más preguntas. No mencionaba nada de quién bucearía para encontrarla, ni si tenía colaboradores para el proyecto. Tampoco aclaraban si hablaba castellano o había sido entrevistado en inglés y luego traducido.

Al pie de la columna, una pequeña fotografía mostraba un hombre de entre cincuenta y sesenta años, sin canas y con rasgos claramente anglosajones.

Solo seis años, pensó Marcelo. Así de reciente era la edición de El Orden donde una persona declaraba explícitamente haberse cruzado medio mundo para buscar la Swift. ¿Cómo era posible que Olivera no lo hubiera mencionado? Recordó entonces que por aquella época, el marino se pasaba meses enteros en altamar, aislado del mundo.

¿Qué se había hecho del visitante? ¿Había logrado dar con el barco de su antepasado y se había largado del pueblo satisfecho? Imposible. Alguien dispuesto a compartir el relato abiertamente no podía actuar de manera tan mezquina una vez localizado el pecio. ¿O sí? De cualquier manera, una noticia de ese calibre se habría esparcido por el pueblo con la velocidad con la que viaja el fuego en un reguero de pólvora. Su búsqueda se debía haber interrumpido. ¿Se habría dado por vencido? ¿Se habría dejado desanimar por la reticencia de algunos locales?

—Me tengo que ir —dijo la señora Basanta asomando la cabeza en el archivo.

—Acabo de encontrar lo que buscaba.

La mujer le arrebató el periódico de las manos y lo miró por unos instantes. Negó con la cabeza con gesto resignado.

—El mundo está lleno de charlatanes. ¿Te sirve para tu monografía al menos?

Marcelo asintió y la mujer levantó la tapa de la máquina con pinta de electrodoméstico, colocando la noticia que a Marcelo le interesaba boca abajo sobre una superficie de vidrio. Luego cerró la tapa y apretó un botón.

—Es la única fotocopiadora del pueblo —dijo la mujer sonriendo mientras aquel armatoste hacía todo tipo de ruidos y emitía un destello verdoso—. La compramos hace tres meses.

Finalmente la máquina escupió una hoja que la señora examinó y entregó a Marcelo. Era una copia de la noticia con casi la misma calidad que el original.

Marcelo le agradeció una y otra vez mientras volvían a la redacción. Antes de despedirse, le preguntó si tenía alguna información más sobre aquel hombre. Ella buscó con dedos ágiles en un cajón de su escritorio lleno de carpetas colgantes y sacó una con el rótulo *G-H*. Dentro había varias hojas etiquetadas con solapas y una de ellas decía Gower, Patrick. El magro contenido constaba de un recorte de la entrevista, el original de la fotografía que había sido publicada y una tarjeta personal del hombre. La mujer copió los datos en un pedazo de papel que luego entregó a Marcelo.

Patrick Gower
6, 61 Nesca Pde
Newcastle
New South Wales
Australia

Al llegar a su casa, el reloj marcaba las tres y media de la tarde. Tras quitarse el abrigo y el guardapolvo blanco, abrió una puerta en la parte baja del mueble del comedor y sacó el último de una pila de al menos cuarenta diarios. Aquellos, a diferencia de los que acababa de inspeccionar, tenían un propósito más mundano. Arrancó un par de hojas y las utilizó, junto con un puñado de pequeños trozos de leña, para encender la estufa.

Mientras la casa y su nariz se templaban, se preparó un churrasco a la plancha.

Con el estómago lleno, se sentó en la mecedora junto al fuego y clavó la vista en el agua de la ría. Gower no podía estar todavía en Puerto Deseado. Con la asiduidad que Marcelo navegaba y frecuentaba el club náutico, lo sabría. Le preguntaría a Raúl, pero tenía pocas esperanzas, pues no hacía siquiera cuatro años que era el encargado del club. Contactar con quien ocupaba el puesto en 1975 era imposible: don Gonzaga llevaba un año muerto.

Marcelo sacó del bolsillo el papel con los datos del australiano y se acercó al planisferio colgado en la pared pistacho, con los ojos fijos en la gran isla. Basándose en la escala y las distancias que conocía entre su pueblo y las pocas ciudades vecinas, estimó que Newcastle se encontraba a unos ciento cincuenta, tal vez doscientos kilómetros al norte de Sídney, sobre la costa este del país. Luego se sentó a la mesa y sacó una hoja en blanco de la carpeta de matemáticas. Comenzó a escribir en inglés.

Odiaba reconocerle nada a su padre, pero mientras redactaba la carta admitió por primera vez la utilidad de haberlo obligado a tomar clases de inglés desde primer grado. Había terminado siendo uno de los alumnos más avanzados de *Mrs* Caroline, lo cual era bastante lógico considerando que había asistido a sus clases todos los martes y jueves durante exactamente diez años.

Escribió una carta de dos páginas donde le contaba al australiano cómo se había enterado de la corbeta, primero, y de él, después. Explicaba que era buzo y estaba intentando dar con el pecio junto a un grupo de amigos y le solicitaba cualquier información que pudiera tener sobre el naufragio.

Al terminar de escribir, releyó el texto y se planteó las posibles consecuencias de enviarlo. Por un lado, el australiano seguramente contaría con información fundamental, pero ¿podía estar seguro de que no tenía nada que ver con todo lo que estaba pasando últimamente? Al fin y al cabo ¿qué sabía él de este hombre?

Arrugó la carta y la tiró a la estufa, que tenía la puerta

abierta. La pelota de papel rebotó en uno de los bordes y se salvó de las llamas, confirmándole lo que ya sabía: nunca sería un gran jugador de básquet.

19

Marcelo y Ariel comenzaron el ascenso cuidando de no sobrepasar a la más lenta de sus burbujas, como Claudio les había enseñado. No respetar esa regla incrementaba el riesgo de que el exceso de nitrógeno disuelto en el cuerpo durante la inmersión se expandiera, formando pequeñas cámaras de aire en todos los tejidos.

Ambos habían empezado a subir mientras Claudio liberaba el ancla, que se había clavado entre dos rocas. Varios metros sobre el fondo, Marcelo quitó los ojos del profundímetro y vio que Claudio había perdido el interés en el ancla. La espesa nube gris que se cernía sobre su amigo dejaba claro que estaba removiendo el sedimento del fondo. Marcelo tironeó del brazo de Ariel para llamar su atención y señaló hacia abajo.

Ariel, presa de la ilusión, comenzó a nadar hacia Claudio a toda prisa, pero Marcelo lo sujetó firmemente por una de las aletas antes de que descendiera demasiado. Las inmersiones debían seguir siempre el mismo patrón: bajar primero hasta el punto más profundo y luego desde allí ir subiendo. Si no, también había riesgos de que la sangre se convirtiera en champán.

El único tratamiento para la enfermedad de descompresión, cuyos efectos podían ir desde dolores pasajeros hasta secuelas irreversibles y, en casos extremos, la muerte, era recomprimir de inmediato al afectado hasta que las burbujas de nitrógeno se volvieran lo suficientemente pequeñas como para disolverse nuevamente. Luego el cuerpo las eliminaría lentamente mediante la respiración. El problema era que la cámara hiperbárica más cercana para realizar esta recompresión estaba en la capital, a dos mil kilómetros de donde buceaban ahora.

—Dios está en todos lados, pero tiene la oficina en Buenos

Aires —había oído Marcelo en más de una ocasión.

Claudio comenzó a subir lentamente agitando un objeto en su mano. Marcelo sentía que su regulador no le daba todo el aire que necesitaba en ese momento, pero la ansiedad se aplacó pronto. Lo que traía su amigo llevaba sumergido mucho menos de doscientos años.

Era un cuchillo de buceo enorme, de mango rojo, con una bola de acero en la punta de la empuñadura que amenazaba tanto como el filo. La funda estaba adosada a una especie de cinturón que se usaba para sujetarla a la cara interna de la pantorrilla.

Continuaron, los tres juntos, el ascenso hasta la superficie.

—Esto vale un huevo —dijo Marcelo una vez estuvo en la Piñata, al observar el reflejo del sol en la hoja.

—¿Quién bucea con un cuchillo así de grande? —preguntó Claudio— Seguro que es de la gallega tetona o de uno de sus amiguitos que tienen miedo de que se los coma algún tiburón. Mejor dicho *era*, porque ahora es mío.

Claudio hizo una pausa y miró a Marcelo, empuñando aquel sable submarino.

—Y como es mío, te lo regalo —le dijo dándole una palmada en el hombro—. Seguro que te queda bien.

Marcelo sonrió y se lo probó, sujetándolo con la correa a su pantorrilla. El cuchillo destacaba en su pierna abarcando todo el tramo desde el tobillo hasta la rodilla. Se sintió un liliputiense.

Una vez en su casa, después de una ducha caliente, Marcelo preparó mate y se sentó junto al fuego con su diario de buceo en el regazo. Detalló a lo largo de dos páginas los tecnicismos de una nueva inmersión sin señales de la Swift y, en una pequeña nota al pie, dio cuenta del cuchillo encontrado.

Cuando terminó de escribir, el mate ya se había lavado, pero así y todo no paraba de cebarse uno detrás de otro. Miró la ría por la ventana y se preguntó cuántos secretos se esconderían en esas aguas verdosas, navegadas por exploradores desde que Magallanes sospechó, errado, que eran la conexión entre los dos océanos más grandes del mundo.

Se levantó de la mecedora, se enfundó el abrigo y salió de su casa con rumbo al club náutico, llevándose consigo el cuchillo.

Los golpes tímidos resonaron en la puerta de troncos. Diana Carbonell la abrió casi instantáneamente.

—Hola Marcelo, ¿qué haces por aquí? Venga, pasa que está helado.

La chimenea estaba encendida y una lata al fuego impregnaba el aire con vapor de eucaliptus. No había nadie más en la pequeña cabaña.

—Estábamos haciendo una inmersión cerca de la isla Elena y me encontré esto en el fondo. Los únicos otros buzos que hay por acá son ustedes, así que deduje que sería tuyo o de alguno de tus colegas.

Mentalmente, le pidió disculpas a Claudio. Seguro que a él no le importaría el ligero cambio en la historia; al fin y al cabo podría haber sido él, Marcelo, quien lo hubiese encontrado. Además, Claudio era el primero que justificaría cualquier medio para llegar a ciertos fines, sobre todo si se trataba de féminas.

Mientras ella examinaba el cuchillo, Marcelo la examinaba a ella con todo el disimulo del que es capaz un chico de dieciocho años. Incluso con un pantalón holgado y una camiseta vieja y desteñida, seguía siendo atractiva. Era muy difícil reparar en su nariz aguileña o en su mentón ligeramente prominente. O, por lo menos, lo era para Marcelo.

—Pues ni mío, ni de Leandro, ni de Pablo —sentenció ella,

y él apartó la vista justo a tiempo—. Ya me gustaría a mí tener uno de estos. ¿Sabes tú la pasta que valen?

Marcelo asintió aunque no tenía idea del precio. Solo sabía que eran carísimos.

—A lo mejor —dijo ella— es de alguien que estuvo por aquí antes de que tú te mojaras los pies por primera vez.

—Puede ser —respondió él, evitando mencionar que casi no había verdín en las partes expuestas al momento de encontrarlo. Ese cuchillo no podía llevar en el fondo más de un par de semanas.

Hubo un silencio que sugería a Marcelo que era momento de despedirse, pero decidió que no quería todavía abandonar la cabaña, tan cálida como su inquilina.

—¿Cómo están los tiburones? —preguntó.

—Pues espero que bien, ya te lo diré cuando lleguen. Por lo pronto los esperamos preparándolo todo.

—¿Y qué es exactamente lo que tienen que preparar?

—Bueno, varias cosas, pero la más importante somos nosotros mismos. Somos biólogos y, aunque tenemos conocimiento de buceo, una cosa es el Mar Rojo y otra esta ría, con corrientes fortísimas y temperaturas tan bajas. Pero qué te voy a contar a ti.

—Entiendo. ¿Digamos que se están poniendo en forma?

—Digamos —asintió ella.

Se volvió a generar el silencio y Marcelo lo rompió antes de que se volviera incómodo.

—¿Y hace mucho que buceás?

—Qué va. Aprendí hace menos de un año, cuando me enteré de que había la posibilidad de participar en este proyecto al terminar mi doctorado. Antes del tiburón gatopardo, me dedicaba a los lobos ibéricos. Hay similitudes que te sorprenderían.

—¿Y hasta cuándo tenés pensado quedarte en Deseado?

—Pues inicialmente era por un año, pero hace una semana recibí una carta de los burócratas responsables del financiamiento del proyecto donde me dicen que "por cuestiones presupuestarias existe una alta probabilidad de que el plazo se acorte". Pero bueno —hizo una pausa para soltar un pequeño suspiro— me preocuparé llegado el momento, no antes. ¿Y tú hace mucho que buceas?

—Un par de años ya. Empecé la primera vez que vi saltar una tonina.

—¿Qué es una tonina? En catalán *tonyina* es atún ¿Quieres sentarte un rato? —dijo señalando dos sillas junto a la mesa con los mismos libros apilados que Marcelo había visto días atrás.

—No, gracias —respondió él contra su voluntad— ¿Cómo una bióloga no sabe lo que es una tonina?

—Usted perdone, caballero, pero en el mundo *sólo hay* más de un millón de especies de animales.

—Es verdad —admitió Marcelo—, disculpame. A veces cuesta entender que lo que para unos es cotidiano puede resultar exótico a otros. La tonina es un delfín. El delfín más lindo que existe en este planeta y alrededores. ¿No viste ninguna desde que estás acá?

Ella negó con la cabeza.

—Es el segundo cetáceo más pequeño del mundo. Son blancas y negras, y hay gente que al verlas por primera vez dice que son como orcas en miniatura. Aunque no se parecen en nada a una orca. Bueno, los colores.

—Con una descripción tan precisa, podríamos estar hablando de un cruce entre una merluza y un panda.

Ambos rieron y hubo una mirada de complicidad. Marcelo se arrepintió de no haberse sentado para quedarse un rato más cuando ella se lo había ofrecido, pero ahora no podía volver atrás.

—No estás muy lejos —dijo—. De hecho, la traducción de uno de los nombres que se les da en inglés es delfín panda. Ya las vas a ver, son bastante comunes en el centro de la ría. Y si no, un día vamos en kayak a un lugar donde me las encuentro nueve de cada diez veces. Si querés, obviamente.

—Me encantaría, pero no sé montar en kayak —respondió ella casi disculpándose.

—Es muy fácil —dijo Marcelo chasqueando la lengua—. Una persona como vos que navega y bucea, con un par de clases ya está remando a todos lados.

—Creo que me sobreestimas, pero en fin, intentaré no defraudarte. Además, si dices que son tan bonitas no me las puedo perder.

—Imaginate si serán increíbles que pueden hacer que un chico de dieciséis años se meta por voluntad propia en un mar a cuatro grados. Para bucear en la Patagonia, como entenderás, hay que tener una motivación extra. Y yo la encontré la primera vez que vi el salto de una tonina.

—¿Y te las has encontrado alguna vez mientras buceabas?

—Tuve que esperar un poco más de dos años, pero al final sí. Fue el día que nos encontramos en la Chaffers.

—Parece que te hemos traído suerte, entonces —dijo ella sonriente—. ¿Y valió la pena la espera?

—Absolutamente. Confirmé que bucear es una de las mejores decisiones que he tomado. El submarinismo te enseña. Te enseña cosas únicas.

Ella lo miró, intrigada.

—Me refiero a que, por ejemplo, bucear es la única forma de experimentar ingravidez. Salvo que uno pueda permitirse un transbordador espacial, que no es mi caso.

Diana soltó una carcajada y se volvió hacia el fuego para echar otro tronco.

—¿Y tus padres no lo consideran peligroso? —preguntó, todavía de espaldas.

Eso lo encontraba con la guardia baja.

—Hay mil cosas más peligrosas que el buceo —improvisó, y dio un paso hacia la puerta.

—Pues a mí me parece una actividad más arriesgada que la que practican el resto de los de tu edad.

Aquello podía considerarse un piropo o una ofensa, dependiendo de cómo se mirara. Antes de que Marcelo decidiera qué interpretación darle, ella volvió a hablar.

—¿Conoces el puente de Brooklyn, en Nueva York?

—¿Ese cuyo ingeniero se quedó atrapado en una cámara subacuática durante varias horas y cuando lograron sacarlo a la superficie la enfermedad de descompresión era ya tan severa que quedó postrado en una silla de ruedas, imposibilitado de caminar sobre su propia creación?

—Ese —dijo ella.

—No, no lo conozco.

Ambos rieron una vez más. Las carcajadas fueron dando paso a risas cortas y éstas a un nuevo silencio que solo interrumpía el crepitar de la madera.

—Bueno —dijo Marcelo mirando la silla que no había aceptado—, me quedo con el cuchillo huérfano entonces. Perdón por molestarte.

—Al contrario, te agradezco el gesto de venir a preguntarme. Estas cosas no suceden en la gran ciudad.

—¿Viste que tenemos nuestro lado bueno los pueblerinos?

—Yo jamás dije lo contrario —dijo ella, mostrándole sus manos abiertas.

Diana Carbonell, como buena española, lo despidió con un beso en cada mejilla y él aceptó gustoso el doblete perfumado de cerezas.

Al salir de la cabaña enfiló directamente para El Galeón.

—Corta la visita a tu novia —bromeó Raúl, como casi siempre el único cliente.

Marcelo asintió. Al fin y al cabo, era más fácil seguirle la corriente. Le pidió a Jesús un café con leche y eligió una mesa junto a la ventana.

A pesar de tener enfrente el espectáculo del atardecer tiñendo las nubes de rosa, no le sacó los ojos de encima al enorme cuchillo.

20

El lunes, al salir del colegio tras tres clases una más aburrida que la otra, Marcelo fue a su casa casi corriendo. Dejó los útiles y el guardapolvo tirados sobre su cama y se improvisó un almuerzo con una lata de paté y dos rebanadas de pan que comió en tiempo récord. Volvió a salir a la calle sin perder un minuto.

La casa de *Mrs* Caroline, a la que ella se refería como *my little hut*, era una construcción de madera pintada de color ocre con techo a dos aguas hacia los laterales. Un alero en el frente formaba un alto porche poblado de macetas y una silla de madera para las contadas ocasiones en las que el tiempo permitía pasar un rato fuera. La pared frontal, que daba a la ruidosa calle *12 de Octubre*, estaba adornada con una sólida puerta de madera flanqueada a cada lado por ventanas de vidrio repartido. Coronándolo todo, un ojo de buey anunciaba un altillo.

Sin encontrar un timbre que tocar, Marcelo golpeó con los nudillos la robusta puerta.

—¿Y se puede saber a qué debo yo tan distinguida visita? —dijo al abrir la mujer regordeta, con una sonrisa de oreja a oreja.

—Hola profesora, ¿cómo está?

—¡Marcelito querido! *How are you?* ¡Cuánto tiempo hace que no te veo! —dijo sobreactuando un poco detrás de unos anteojos de marco redondo.

—Es verdad, hace ya bastante tiempo. Desde que usted decidió tan cruelmente abandonarme, hace casi tres años.

En realidad se llamaba Carolina Rinaldi, pero todos en el pueblo la conocían como *Mrs* Caroline. Incluso aquellos que nunca habían tomado clases de inglés con ella y hasta los que nunca le habían hablado, en ningún idioma. Según le había contado a Marcelo, ella misma se había traducido el nombre para estar un poco más acorde con su profesión, a pesar de que nadie ignoraba la ascendencia italiana de su familia. En realidad, no importaba demasiado. Puerto Deseado tenía apodos más extraños y mucho menos justificados que aquel. Como el del mejor mecánico del pueblo: el *polaco* Naves, hijo de asturianos.

Mrs Caroline había sido para Marcelo una profesora inigualable. No solo era quien tenía mejor formación en la materia en todo el pueblo, sino que además era divertida, desacartonada y carente de las pretensiones de solemnidad que solían tener los maestros frente a los alumnos. Lo único que Marcelo podía achacarle era que se iba demasiado por las ramas en las conversaciones, hasta perder completamente el hilo.

No había sido nada agradable recibir la noticia de su jubilación tres años atrás. No era una tragedia, ni mucho menos, pero sabía que nadie en Puerto Deseado sería capaz de hacerle sombra.

—Ay, nene, no me digas eso que a esta edad los viejos lloramos por cualquier cosa. Espero que hayas continuado con las clases y que la nueva *teacher* sea de las buenas. Yo ya estaba vieja y realmente tenía ganas de descansar. Cuando uno lleva trabajando toda la vida, hay un momento en el cual solo piensa en dejar de hacerlo.

—Entiendo, entiendo. Lo digo en broma, por supuesto —dijo Marcelo evitando mencionar que la nueva *teacher* le había durado solo cinco clases.

—Vení, pasá. Disculpá el desorden.

Nunca había estado en aquella casa. Las clases de inglés siempre habían sido en un pequeño local de la calle Oneto que *Mrs* Caroline utilizaba de academia. Al entrar, Marcelo descubrió que las paredes de la que él siempre había considerado una de las más acogedoras casas del pueblo encerraban un caos inimaginable. Había pilas de papeles por todos lados y los muebles estaban atiborrados de todo tipo de objetos que le parecieron completamente inútiles. El artículo que más le llamó la atención fue un secador de pelo abierto por la mitad, como si alguien lo hubiera intentado arreglar. Al bajar la vista, sintió un repelús al descubrir la alfombra del comedor cubierta casi por completo por una pelusa blanca que no pudo ni quiso imaginarse de dónde provenía.

—Espero que no seas alérgico a los gatos —dijo la mujer como si le hubiera leído el pensamiento—. Sabrina pierde pelo por toda la casa, y aunque sé que tendría que limpiar más, siempre que me pongo a hacerlo aparece algo que me llama más la atención. Suelo dejar las cosas a medias, como podrás ver —dijo señalando el secador diseccionado.

Evidentemente, pensó Marcelo, el grado de confianza necesario para contar pequeñas intimidades como esa variaba dependiendo de la personalidad. Se ubicó a sí mismo y a su profesora en los dos extremos opuestos de la escala.

Tuvieron una charla introductoria para ponerse al día con sus cosas. Básicamente *Mrs* Caroline habló y él escuchó, respondiendo las pocas veces que tuvo la oportunidad de abrir la boca. Hablaron en inglés durante un rato.

—Para practicar un poquito, que no te vendrá mal —había dicho ella.

Sin embargo, cuando Marcelo tuvo que abordar el tema que lo había llevado hasta aquella casa, prefirió el castellano.

—Además de profesora usted es traductora, ¿verdad? —arremetió, harto de los preámbulos.

—Sí, y de eso no me dejan jubilarme. Hasta que no se mude al pueblo otro traductor jurado soy la única, y siempre la gente termina *coming to me.* Podría decirles que no, que estoy retirada, pero entonces tendrían que viajar doscientos kilómetros hasta Caleta Olivia para conseguir un papel.

—Bueno, es su oficio de traductora por lo que he venido. Quédese tranquila, que no vengo a darle trabajo sino a preguntarle si fue usted quien realizó esta traducción —dijo Marcelo extendiéndole una copia del relato de Gower.

La mujer arqueó las cejas, mirando a su ex alumno con una mezcla de admiración e intriga.

—¿Y vos cómo sabés que esto es una traducción mía?

—¿O sea que es suya?

La mujer afirmó sin palabras.

—Aquí —dijo Marcelo sacando de su bolsillo la fotocopia de la entrevista y tendiéndosela a la mujer—, Gower habla de una traductora. No hace falta ser un genio. Si el hombre tenía pensado traducirla en Deseado, entonces se estaría refiriendo a usted.

—¿Y qué tenés que ver vos con este hombre, Marcelito? —dijo devolviéndole el papel.

Entonces Marcelo se limitó a contarle cómo había dado con el relato y su interés en la historia de la corbeta lo había llevado a descubrir la entrevista. Omitió el resto de los detalles, especialmente la sospecha que relacionaba el barco con el asesinato.

La mujer se aclaró la voz y comenzó diciendo lo que Marcelo ya sabía.

—Hace unos seis o siete años, cuando vos no eras el hombre que sos hoy, este señor visitó nuestro pueblo. Tal como dice en la entrevista, decía ser descendiente de un teniente de navío de una corbeta inglesa hundida en aguas de Puerto Deseado. Venía a intentar averiguar qué se sabía del barco en el que había navegado su antepasado, pero nadie pudo aportarle ningún dato. De hecho, en el pueblo nadie había oído nada al respecto y algunos lo tomaron por mentiroso o loco. Ya sabemos la reacción de la gente ante lo desconocido. A mí al principio me costó acostumbrarme, y eso que solo tenía ocho años cuando nos mudamos. La gente todo el tiempo me remarcaba que yo era una TAF y ellos eran NYC.

—¿TAF? ¿NYC? —preguntó Marcelo, aunque no podía pensar en nada más que la historia del australiano.

—Me encanta que no sepas lo que quieren decir esos términos, especialmente siendo un NYC. Espero que no los utilices nunca —dijo la profesora acercándole un mate.

Tal y como la recordaba, la mujer no había tardado ni un minuto en desviar la conversación. Al menos, parecía que esta vez aprendería algo nuevo.

—TAF —dijo *Mrs* Caroline— es el acrónimo de "traídos a la fuerza". Los patagónicos distinguen entre los TAFs y los NYCs, que son los "nacidos y criados". No importa cuánto tiempo pase desde que una persona se radica en la Patagonia: siempre habrá alguien que te recuerde que no naciste acá. Pero bueno, no viniste a mi casa para escuchar cómo me quejo, ¿no?

Él puso cara de circunstancias. Realmente lo único que le importaba era la historia del barco, pero no quiso ser descortés con *Mrs* Caroline.

—Y este hombre, Patrick Gower —dijo para reencauzar la conversación—, acudió a usted para que le tradujera el relato de su antepasado, ¿no es así?

—Así es. Aparentemente era un tipo bienintencionado que quería que todo el pueblo compartiera con él el descubrimiento del barco que, según él, yacía en el fondo de nuestra ría. Pretendía publicar el relato traducido en el diario.

—¿Y usted sabe cómo su traducción terminó grabándose en cinta?

—Cómo no voy a saber, si fue mi hermana Regina.

Aquello explicaba por qué la primera vez que había escuchado la grabación, la voz le había sonado tan familiar.

—No sabía que tenía una hermana.

—Vive hace muchos años en Comodoro. Tiene un programa de radio a la mañana en una de las emisoras más populares de la ciudad. Fui yo quien le pidió a ella, en nombre de don Patrick, que grabara el relato para poder luego emitirlo en la radio. En El Orden se negaban a publicarlo.

—¿Y eso por qué? —preguntó Marcelo.

—Dijeron que por una cuestión de espacio, pero para mí fue una excusa. En Deseado lo que falta son noticias, y algo así habría sido la comida de los chismosos de siempre durante semanas. Un éxito editorial. Vos publicaste un cuento en El Orden, ¿no? ¿Cómo se llamaba?

—Gato por liebre.

—Gato por liebre, es verdad. Me gustó muchísimo.

—Muchas gracias. Me decía del relato de Gower...

—Ay, sí. Publicarlo en el diario habría sido un exitazo. Y si de verdad era una cuestión de espacio, lo podrían haber hecho en partes y habrían tenido a todos los lectores en vilo cada semana. Vos conocés el relato, Marcelito, y sabés lo interesante que es. Los problemas de espacio fueron claramente una excusa.

—¿Y el verdadero motivo para no publicarlo?

—Eso don Patrick jamás lo supo —dijo la mujer encogiéndose de hombros.

—¿Y puedo preguntarle cómo sabe usted todo esto?

—Don Patrick tenía confianza conmigo. Como para no tenerla, si yo era la única persona en el pueblo con la que el pobre hombre podía mantener una conversación como la gente. Para esa entrevista —dijo señalando la fotocopia que Marcelo aún tenía en la mano— tuve que hacerle de intérprete. Él chapurreaba dos o tres frases en español, lo justo para ir a comprar, pero nada más.

—¿Quizás fuera ese el motivo para irse del pueblo?

—No creo —dijo mientras se iba a la cocina a calentar más agua.

—Al tipo —gritó la mujer sin esperar a volver al comedor— se lo veía contento acá. Cuando me venía a visitar me hablaba con pasión sobre su antepasado y cuán duro habría sido aquel mes a la intemperie en nuestras costas heladas. Estaba ilusionado con el proyecto.

Ambos se quedaron en silencio hasta que la mujer volvió a aparecer en el comedor con la pava humeando.

—La verdad, me extraña mucho que no se viniera a despedir. No puedo evitar pensar lo peor cuando me acuerdo de él. La idea lo ilusionaba y contagiaba emoción. Mirá, Marcelito, yo no tengo idea de qué le pasó a ese hombre para esfumarse de un día para el otro, pero te puedo asegurar que tiene que haber sido algo muy fuerte. Si no, no se explica su desaparición.

Se quedaron unos instantes sin hablar, lo suficiente como para que cada uno se tomara un mate.

—¿Y a vos por qué te interesa toda esta historia, Marcelito?

A pesar de que consideraba a *Mrs* Caroline absolutamente inofensiva y de la máxima confianza, decidió mantener la promesa que había hecho con sus compañeros de buceo.

—Estoy haciendo una monografía para el colegio sobre mitos locales —improvisó—, y éste me parece uno de los más interesantes.

—Demasiado —respondió ella con una sonrisa pícara—. ¿Pero vos no sos buzo? A lo mejor tenés suerte y uno de estos días te encontrás el barco abajo del agua, ¿no?

—Lo veo difícil, pero nunca se sabe —dijo él esquivando el piedrazo.

Se despidió de su ex profesora prometiéndole con los dedos cruzados que la visitaría más seguido. Fueron juntos hasta la puerta y ella se quedó sentada en la silla del porche, viéndolo alejarse.

Lo primero que hizo al llegar a su casa fue recoger del suelo la carta que había intentado quemar días atrás. La extendió sobre la mesa y comenzó a pasarla en una hoja sin arrugas. Cambió ligeramente el contenido evitando mencionar que ya habían comenzado las inmersiones para buscarla. Simplemente se limitó a manifestar interés en el naufragio y comentar que sería un orgullo para él colaborar en la búsqueda.

Al confirmarle *Mrs* Caroline que era ella la traductora del relato, Marcelo había creído que se iría de aquella casa alfombrada en pelos de gato con muchas más respuestas que las que terminó obteniendo. Si ella, que aparentemente era una de las personas con las que Gower más hablaba, no sabía qué se había hecho de él, ¿entonces quién?

Parecía que dar con la respuesta a aquella pregunta no sería más fácil de hallar la verdad de lo que había pasado con Olivera. Sin embargo, a Marcelo todavía le quedaban dos cartas que jugar, una por cada incógnita.

La primera era intentar ponerse en contacto con el mismísimo australiano, cruzando los dedos para que todavía viviese en aquella dirección. Si es que todavía vivía.

Para jugar la segunda carta, necesitaba el Coloradito.

Sin perder un minuto más, al terminar de transcribir el mensaje al australiano, lo metió en un sobre y se dirigió al correo. Aunque llegó cinco minutos después de la hora de cierre, un empleado de mal humor le abrió la puerta y le permitió realizar el envío. Al salir, fue directamente a la casa de Claudio.

21

—¿Y para qué querés el coche, Cabeza?

—Una mina.

—Dale, te estoy preguntando en serio.

—De verdad, voy a salir con una mina —protestó Marcelo ante el descreimiento de su amigo.

—¿Y está buena? ¿Quién es?

—Claudio, no seas indiscreto por favor. Sabés perfectamente que un caballero no revela detalles.

—¿Indiscreto? Es mi auto, Cabeza. Creo que tengo derecho a saber a quién vas a subir.

—Debería alcanzarte con mi palabra de que te lo devuelvo sano y salvo.

—Más te vale. ¿Prometés cuidarlo?

—Gracias —exclamó Marcelo dándole una palmada en el hombro—, yo sabía que no me ibas a fallar.

—No te dije que sí todavía. ¿Prometés cuidarlo?

—Como si fuera un hijo mío. Además, el maestro que me enseñó a manejar es de por sí una garantía, ¿no te parece?

Claudio negó con la cabeza al tiempo que sacaba las llaves del bolsillo de su pantalón y se las tiraba para que las atajase en el aire. Había sido él quien le había enseñado a conducir, tapando uno de los tantos agujeros que había dejado don Rosales.

Al cuarto intento, el auto comenzó a moverse tosiendo humo blanco. Claudio, que lo observaba desde la puerta de su casa, se llevaba las manos a la cabeza y le repetía a los gritos una y otra vez el mismo consejo.

—Tenés que soltar el embrague bien de a poco, Cabeza.

Marcelo dio varias vueltas por el pueblo para refrescar sus escasos conocimientos sobre conducción. Desde la última vez que había estado al volante de aquel auto —el único que había probado— había pasado casi medio año. Entre ruidosos cambios de marchas y frenazos repentinos, se preguntaba si de verdad Claudio se había creído que saldría con una chica.

Estacionó junto al Banco Nación, en cuya vereda la artesana peruana levantaba su paño ante la inminente llegada de la noche. Tras preguntarle cómo le había ido, la mujer le insinuó amigablemente que cumpliera su palabra ofreciéndole una quena y un *siku*. Comprarlos significaba una pequeña debacle en sus finanzas, pero una promesa era una promesa.

Saldada la deuda, cruzó la calle San Martín y compró pan, jamón y queso en el supermercado. Pasó por su casa sólo el tiempo necesario para calentar agua y preparar el equipo de mate. Llenó hasta el tope dos termos y volvió a salir, cerrando la puerta con llave. Tenía todo para una noche larga.

Eran las ocho menos diez cuando estacionó el Coloradito en la calle Pueyrredón, justo debajo de una farola rota. Al apagar las luces, el coche quedó en penumbra y la presencia de Marcelo dentro de él, imperceptible. Desde aquel lugar tenía una vista perfecta del almacén naval El Deseadense, una casa especializada en artículos marinos.

Tardó poco en aburrirse y a las ocho y cinco encendió la radio. Mientras una voz en exceso dulzona daba la bienvenida a todos los oyentes de *La noche de los navegantes,* las luces del almacén naval se apagaron. Marcelo se incorporó en el asiento y apagó la radio. Agudizando la vista vio a Fernando, el único empleado, bajar la persiana y cerrarla con un candado.

Fernando y Marcelo se conocían exactamente desde que Claudio le había dado la primera clase de buceo. El primer ejercicio práctico había sido ayudar al instructor a descargar las pesadas botellas de acero en el almacén, el único lugar de Deseado con el compresor de aire adecuado para rellenarlas.

En su última visita, Marcelo le había preguntado a Fernando si conocía a alguien más que cargara aire allí, porque tenía intenciones de vender su botella de acero para comprarse una de aluminio, más liviana. Fernando había mencionado únicamente a la española (mordiéndose el labio y lanzándole a Marcelo una mirada pervertida) y a sus amigos.

Vio a Fernando subirse a su camioneta estacionada en la puerta del almacén e irse a toda velocidad pasando junto al Coloradito. Se encogió en el asiento y volvió a encender la radio. Ahora tenía que esperar.

A las nueve ya había soportado demasiada música vieja y excesivos saludos de mujeres con nombres inventados para marineros con esposas reales que escuchaban en altamar. Apagó la radio y preparó los primeros mates de la noche. La madera caliente a fuerza de agua humeante en sus manos le hizo olvidar por un rato el frío. También se hizo un gran sándwich, del cual comió sólo la mitad.

Terminó el primer termo a las once y cinco. Muy a su pesar, volvió a buscar distracción en la radio y escuchó la misma voz empalagosa anunciar que acababan de entrar en la segunda mitad del programa. Dos horas más de este castigo, pensó, pero estaba tan aburrido del silencio que decidió darle una segunda oportunidad a esa imitación sin éxito de la alegre cumbia colombiana.

Entre las doce y las dos de la mañana, mientras agotaba el segundo termo, se comía el resto del sándwich, y tarareaba tres o cuatro estribillos pegadizos, contó cuatro personas por la calle. Una multitud, para un martes a la madrugada. Dos habían pasado al lado del Coloradito conversando en una lengua a la que no pudo poner bandera. Marineros de algún lugar del mundo. Los otros dos eran borrachos a la deriva, probablemente buscando alguno de los cabarets de la zona del puerto.

Para las tres, cuando el cansancio se hacía insoportable, resolvió irse a casa. Volvería al día siguiente con sus casetes de rock y habiendo dormido un par de horas de siesta.

Estaba a punto de arrancar el motor cuando vio un Renault Torino blanco detenerse y apagar las luces exactamente en la puerta del almacén. El conductor, la única persona en el vehículo, se bajó, se acercó a la persiana y se agachó junto al candado. Al cabo de un instante, levantó sin dificultad la cortina de metal que Fernando había bajado siete horas atrás. Tenía una llave.

Marcelo no reconocía a aquel individuo alto cuyos pantalones holgados dejaban adivinar una complexión esquelética. O quizás era una mala pasada que le jugaban la oscuridad y la distancia. Lo que sí veía con claridad era que llevaba guantes negros y una bufanda de la cual asomaba la cabeza, casi rapada.

Lo que vino después justificó cada minuto de la prolongada espera. El personaje volvió al auto y sacó del baúl un gran cilindro amarillo que se llevó dentro del almacén.

—Bingo —dijo Marcelo en voz alta. Era una botella de buceo.

22

Si el cuchillo que habían encontrado días atrás en el fondo de la ría no pertenecía a Diana ni a sus amigos, entonces tenía que haber otros buzos. Si seguían buceando —y por lo que Marcelo tenía ante sus ojos estaba claro que seguían—, necesitaban aire. Cuando Fernando le había confirmado días atrás que nadie más recargaba botellas de submarinismo, solo quedaba una opción factible: las rellenaban cuando él no los podía ver.

El larguirucho descargó uno a uno cuatro cilindros de quince litros. Luego cerró el coche y se metió dentro del almacén bajando tras él la persiana. Marcelo, que conocía bien el compresor, supo que pasaría al menos una hora hasta que estuvieran llenas de aire a doscientas atmósferas de presión.

Metió tanto como pudo la cabeza en su gorro de lana gris y se bajó del Coloradito, entornando suavemente la puerta para evitar romper el silencio de la noche. Caminó lentamente con las manos en los bolsillos hacia el vehículo blanco.

La matrícula de la provincia de Buenos Aires explicaba por qué no había visto antes aquella cupé. Mientras intentaba memorizar los seis dígitos junto a la letra B, un rugido metálico proveniente del almacén lo obligó a darse vuelta y empezar a retroceder. Al tercer paso, se dio cuenta de que aquel sonido no era la persiana, sino el motor del compresor que acababa de arrancar. Menos mal que no tienen vecinos, pensó.

Se acercó nuevamente al Torino y memorizó cada uno de los números de la matrícula. Luego volvió al Coloradito y los anotó en su diario antes de que los nervios se los borraran de la memoria.

Tamborileó los dedos sobre el volante durante un poco más de una hora que se le antojó una eternidad. Finalmente el hombre salió del almacén, puso en marcha el coche y empezó a subir una a una las cuatro botellas. Los números verdes del reloj en el tablero del Coloradito marcaban las cuatro y veintiocho.

Sin darle tiempo a reaccionar, las luces del Torino se encendieron y barrieron por un instante la cara de Marcelo cuando el coche giró en "u" a toda velocidad. Se apresuró a arrancar el motor del Coloradito, pero al intentar moverlo, el auto se detuvo encendiendo varias luces rojas en el tablero. Maldito frío, pensó. Volvió a ponerlo en marcha, esta vez acelerándolo enérgicamente para que se calentase más rápido. Para cuando el Coloradito empezó a moverse dando corcovos, las luces del Torino se perdían a gran velocidad doblando la esquina de la calle San Martín.

Forzando el motor más de la cuenta siguió al coche hasta donde lo había visto perderse y, tras doblar la esquina, vio el par de luces rojas que volvían a desaparecer a unos quinientos metros. Calle Belgrano, estimó, y hundió el pie en el pedal para intentar acortar la distancia.

Técnicamente, el Renault 12 de Claudio no tenía ninguna oportunidad frente a aquel Torino. Pero si el hombre no se daba cuenta de que lo seguían, seguiría sin recurrir a toda la potencia de la que disponía bajo su pie derecho.

Otra esquina y reaparecieron las luces rojas, más cercanas, justo antes de perderse tras una subida. Se estaba acercando a fuerza de exigirle al Coloradito todo lo que éste podía dar. Cuando superó la loma, no había ningún rastro del larguirucho y su endiablado motor.

La calle se extendía por varios cientos de metros y, de haber seguido derecho, lo estaría viendo. Tenía que haber doblado, probablemente en la calle Piedrabuena. Al llegar a la intersección, Marcelo miró a ambos lados pero solo vio las amarillentas luces de la calle. Golpeó el volante con sus puños y se decidió a girar a la derecha. Siguió hasta incorporarse a la calle 12 de Octubre.

—¡No te mueras nunca, Marcelito! —se gritó a sí mismo. Volvía a verlo a unos doscientos metros. De hecho, estaba frenando. Redujo él también la velocidad para no levantar sospechas y pasó junto al auto blanco justo cuando éste se detenía en la puerta de la casa del pescador Cafa.

Marcelo Rosales, con el corazón tan acelerado como los pistones del Coloradito segundos atrás, tomó la primera curva a la izquierda y se detuvo dentro del patio de un taller mecánico. Allí, el auto de Claudio quedaba camuflado entre varios otros coches a la espera de un arreglo. En línea recta, estaba a solo cincuenta metros de aquel misterioso personaje.

Desanduvo a pie el camino hasta la esquina. Al asomarse, vio al hombre cerrar el baúl del coche tras bajar la que supuso era la última botella y perderse detrás de la casa del pescador. Caminó por la vereda opuesta hasta quedar frente al Torino y vio al tipo entrar al inmenso garaje de Cafa.

Salió medio minuto más tarde frotándose la cabeza casi calva con las manos enguantadas, y se subió al coche, que había dejado en marcha. Marcelo se agachó, escondiéndose tras un contenedor de basura que olía a pescado podrido hasta que oyó al Torino alejarse.

III. EL PESCADOR CAFA

23

El despertador sonó tres horas más tarde y Marcelo salió disparado de la cama con mucha más decisión que cualquier otro martes. La alarma, esta vez, no era para ir al colegio.

Rellenó los dos termos con agua caliente y los puso en una mochila junto al resto del equipo de mate, los binoculares que le había regalado Claudio para su último cumpleaños y un paquete de galletitas que descubrió en el fondo de la alacena. Con todo a cuestas, enfrentó la mañana helada.

El Coloradito entró en razones tras varios intentos fallidos y arrancó a los tirones. Condujo hasta el club náutico y se metió al bar, que a esa hora olía a pan tostado y a café aunque no había ningún cliente. Ni siquiera Raúl.

Se acercó a la barra y, apoyándose en la proa, saludó a Jesús con un apretón de manos y le pidió un sándwich caliente de jamón y queso y un jugo de naranja. Luego se sentó en la mesa que ofrecía la mejor vista hacia la rampa de cemento desde donde se echaban al agua las embarcaciones. A metros de allí podía ver a Raúl que, por algún motivo divino, aquel día había decidido darle un descanso al bar y trabajaba lijando enérgicamente el casco de un bote de madera.

No había terminado de acomodarse en la silla cuando vio la furgoneta azul del pescador estacionar frente a la botera. Marcelo, al igual que cualquier otro socio del club náutico, conocía los movimientos de ese personaje solitario a la perfección. El hombre repetía su rutina inalterable día tras día, probablemente desde antes de que él hubiera nacido.

Ceferino Cafa, destinatario ahora de suficiente aire para pasar tres horas a veinte metros de profundidad, solía salir a la mañana temprano a tirar sus redes grises que recogía con más o menos pejerrey. A media mañana, o a veces sobre el mediodía, vendía toda la captura a la única pescadería del pueblo.

Aquella mañana, al igual que todas las anteriores, la camioneta de Cafa remolcaba una amplia barcaza de madera pintada de rojo a la cual le asomaba por la popa un motor fuera de borda el doble de potente que el de la Piñata de Claudio. Una pequeña cabina nacía en la proa y se extendía casi hasta la mitad de la embarcación, proporcionándole reparo del viento y el agua a quien iba al timón. Sobre el casco granate, unas letras blancas escritas con mal pulso anunciaban el nombre: *La Golosa*.

Al bajarse de su furgoneta el pescador Cafa, corpulento y de cabello y barba pelirrojos, saludó a Raúl levantándose apenas la boina verde que parecía no sacarse ni para dormir y se metió en la botera. Marcelo supuso que sería para llenar el libro del club, pues no estuvo dentro ni dos minutos. Al salir, se subió de nuevo a su vehículo y con una precisión pulida a base de años lo condujo marcha atrás por la rampa hasta que el carrito que remolcaba quedó completamente sumergido. La Golosa comenzó a flotar.

En el preciso momento en que Cafa saltaba a bordo, Jesús trajo el sándwich y el jugo de naranja.

—¿Cuánto te debo? —preguntó Marcelo al camarero

—Cométeło primero y después te traigo la cuenta, que ayer aumentaron todos los precios y no quiero que te caiga mal.

—No, me lo llevo. Me acabo de acordar de algo urgente. Cobrame por favor.

Tras pagar —efectivamente el aumento causaba indigestión—, salió del bar y se metió de inmediato en el Coloradito. La Golosa, mientras tanto, comenzaba a moverse hacia el otro lado de la ría, la orilla deshabitada. O mejor dicho, habitada por una única casa: la de quien timoneaba.

Marcelo recorrió en el coche menos de un kilómetro y se detuvo en Punta Cascajo. Estacionó exactamente donde se había sentado a reflexionar unos días atrás, descubriendo por casualidad las luces encendidas en la casa del pescador. Sacó de la mochila los binoculares y mientras los sostenía frente a sus ojos con una mano, con la otra se llevó el sándwich a la boca.

Hasta donde Marcelo Rosales sabía, la relación de Cafa con el mar había sido exclusivamente la pesca con red. Sin embargo allí estaba el hombre, solo a bordo de un barco con botellas de buceo listas para utilizar.

En quince minutos el pescador estaba en la otra orilla de la ría, junto a una minúscula playa de canto rodado flanqueada por acantilados que caían al agua desde decenas de metros. El de la derecha se conocía como la Barranca de los Cormoranes y era de color blanco debido a la gruesa capa de excremento que habían ido dejando generaciones de pájaros que anidaban en la piedra.

Ceferino Cafa saltó del bote al agua, que le llegaba a las rodillas, y lo amarró a un poste de hierro clavado en el suelo. Luego empujó la embarcación cuidadosamente hasta dejarla varada en la pequeña playa.

Metió medio cuerpo dentro de la Golosa y extrajo unas bolsas que Marcelo no alcanzaba a ver con claridad, pero le parecieron de supermercado. Caminó los pocos metros que separaban la orilla de la vivienda e hizo el primer movimiento visiblemente sospechoso: golpeó a la puerta de su propia casa.

Alguien abrió y Cafa entró rápidamente sin que Marcelo pudiera ver más que un brazo. Se concentró en una de las ventanas, pero aunque las cortinas estaban abiertas no fue capaz de distinguir siquiera siluetas dentro de la casa. Tragó casi sin masticar el último pedazo de sándwich.

De no ser porque el reloj en el tablero del coche indicaba que llevaba quince minutos estacionado, hubiera jurado que había pasado más de una hora hasta que la puerta se volvió a abrir.

Detrás del pescador, dos personas vestidas de negro enfilaban directamente hacia la embarcación cargando ciertos bultos que Marcelo reconoció instantáneamente: equipo de buceo.

Apostaría un riñón a que a uno de estos dos le falta un cuchillo, pensaba, apretándose cada vez más los binoculares contra los ojos.

Uno de ellos llevaba el pelo recogido en una cola de caballo y parecía más bien flaco, aunque era algo difícil de determinar en la distancia. Al enfocar al otro, Marcelo tuvo la sensación de que se trataba de alguien de una complexión física mayor que la promedio.

Una vez estuvieron los tres a bordo, Cafa comenzó con las maniobras para soltar la única amarra y empezar a navegar. La imagen de los verdaderos destinatarios del aire embotellado no duró mucho pues, apenas se despegaron de la playa, las dos figuras negras desaparecieron dentro del casco de la Golosa.

Cafa puso rumbo ría adentro y Marcelo hizo lo mismo por tierra. Arrancó el Coloradito y salió a toda máquina enfilando hacia la entrada del pueblo, que era donde apuntaba la proa del pescador. Al mirarse al espejo retrovisor, una línea roja donde habían estado apoyados los binoculares explicaba la causa del ligero dolor en el puente de la nariz.

Dejó atrás el puerto y, tras pasar las últimas casas, tomó un desvío a la izquierda. Un camino de tierra hostil a coches bajos como el de Claudio bordeaba la ría, serpenteando por varios kilómetros a lo largo de la costa. Por momentos era casi salpicado por el agua y en ocasiones se adentraba para esquivar las grandes rocas de la costa, bloqueando la visión completamente. Lo bueno de no ver el agua desde el coche era que el coche tampoco sería visto desde el agua.

Había conducido lo más rápido que el camino le permitía en la dirección en la que había visto zarpar la embarcación, pero para llegar a donde estaba ahora había tenido que atravesar casi todo el pueblo, lo que le daba al pescador una buena ventaja. En el mar no había esquinas en las que frenar, ni curvas en las que girar, ni peatones a los que ceder el paso.

Al superar una alta loma, el camino continuaba casi recto, besando de a ratos la costa hasta perderse en el horizonte. El retrovisor revelaba que ya no había ningún rastro del pueblo tras él. Agudizó la vista y descubrió, a lo lejos, un punto rojo flotando a no más de cincuenta metros de la playa. No le hacían falta los binoculares para saber que eran ellos.

Marcelo conocía perfectamente el lugar donde habían anclado. De hecho, lo tenían en la lista de posibles sitios donde encontrar la Swift porque coincidía en varios aspectos con la descripción de Gower: estaba cerca de la costa, en la margen norte de la ría y con marea baja se podía ver la que los lugareños conocían como la Roca de los Mejillones. Aquella podría haber sido perfectamente la piedra que causara el naufragio.

Continuó avanzando hasta que el camino se escondió detrás de un pequeño acantilado y estacionó allí el Coloradito, a salvo de las miradas del mar. Fue más fácil trepar hasta la cima que encontrar un sitio al reparo del viento. Cuando finalmente dio con la trinchera ideal, se apostó en ella a mirar con los binoculares.

Las dos figuras enfundadas ultimaban los preparativos que Marcelo se conocía de memoria: ponerse el cinturón de plomos necesario para hundirse, asegurarse que la botella estuviera abierta y que el aire que proporcionaba no tuviese gusto raro, corroborar que el chaleco para controlar la flotabilidad se inflara y se desinflara correctamente.

Con todo el equipo puesto, los dos hombres se tiraron de espaldas, ambos del mismo lado de la barca, con una mano en la cara para evitar que el golpe al caer les arrancara de la boca el regulador por el que respiraban o de los ojos la máscara de vidrio templado. Una vez en el agua, tras la seña estándar de apuntar con el pulgar hacia abajo, comenzaron el descenso.

Menos de cinco minutos más tarde, Marcelo levantó las cejas detrás de los binoculares al ver que la Golosa comenzaba a moverse. Había dado por sentado que el pescador fondearía el ancla para que los buzos bajaran por el cabo hasta el fondo. Además, era una locura que la hélice del motor estuviera funcionando con gente abajo.

Lo que vino después lo desconcertó, si cabía, aún más. Cafa se había movido apenas unos veinte metros cuando comenzó a tirar al agua una red de pesca gris. Pescar tan cerca de los buzos, poniéndolos en peligro, escapaba a la razón de Marcelo.

Cincuenta minutos más tarde, el hombre recogía las redes mientras los buzos emergían a escasos metros de la embarcación. Según los cálculos de Marcelo, no habían estado a más de dieciocho metros, pues de otra manera habrían tenido que hacer largas paradas de descompresión, alargando considerablemente la inmersión.

Una vez los tuvo de nuevo a bordo, Cafa puso en marcha el motor de la Golosa y comenzó a moverse hacia el pueblo. Marcelo, mitad asombrado y mitad desconcertado, esperó escondido a que pasasen junto a la roca tras la que había ocultado el Coloradito, y comenzó a seguirlos.

Lo más probable era que hubiesen consumido todo el aire de las primeras dos botellas, pero tenían dos más a bordo. Y aunque lo normal era esperar un tiempo entre inmersiones para eliminar el exceso de nitrógeno acumulado en los tejidos, Marcelo no podía contar con que ese día nada se desarrollase de acuerdo a las leyes de la lógica.

Los perdió de vista entre grandes grúas y barcos cuando llegaron a la zona del puerto, y decidió que su mejor opción era volver a Punta Cascajo. Estacionó donde había comenzado la persecución y vio que Cafa bordeaba la Barranca de los Cormoranes con rumbo a su casa solitaria.

Cuando el pescador hubo amarrado sin ayuda la Golosa, los otros dos saltaron a tierra firme y, cargando todo el equipo, se despidieron de él con un ademán parco. Al quedarse solo, Ceferino Cafa recorrió apenas unos cien metros antes de comenzar a navegar en círculos, tirando y recogiendo lentamente sus redes por segunda vez en aquel día.

Mientras observaba al hombre que a simple vista hacía el mismo trabajo que había hecho toda su vida, Marcelo sentía que la cabeza le iba a estallar de tantas preguntas. En primer lugar, ¿quiénes eran estos tipos y por qué vivían del otro lado, sin electricidad, ni ninguna otra de las comodidades que podía proporcionarles el pueblo? ¿Qué tenían que ver con el pescador Cafa? Fuera cual fuera su relación, iba más allá de la convencional entre inquilinos y propietarios.

No terminaba allí el comportamiento extraño del hombre al cual Marcelo hasta hacía poco creía conocer. Minutos atrás, Cafa se había puesto a pescar tan cerca de los dos buzos que el más mínimo imprevisto habría puesto en juego sus vidas. Eso también le parecía inexplicable.

Por cada pregunta, se le ocurrían decenas de potenciales respuestas. Pero ninguna lo convencía.

Una explicación para algo así no se podía pensar, decidió. Había que encontrarla, y él estaba dispuesto a hacerlo.

24

A la mañana siguiente, volvió a faltar al colegio, prometiéndose que a partir del próximo día retomaría la rutina normal sin excepción. Considerando cómo se venían desarrollando los hechos, la promesa tenía más posibilidades de ser rota que cumplida.

Repitió la secuencia de la mañana anterior, solo que esta vez fue caminando hasta el club y procuró llegar a El Galeón un poco más temprano. No era supersticioso, pero se sentó en la misma mesa y pidió lo mismo que veinticuatro horas antes. A pesar de que esta vez tenía tiempo de disfrutar de su desayuno sin prisa, comía y bebía a toda velocidad sin dejar de golpear el suelo con las plantas de los pies.

En cuanto a los movimientos del pescador, aquella mañana fue un calco de la anterior. Cafa llegó, saludó a Raúl —que seguía lijando—, entró, salió y zarpó. Desde Punta Cascajo Marcelo lo vio bajar nuevas bolsas, llamar a la puerta, entrar y finalmente salir con aquellos escoltas forrados de negro. Volvieron a zarpar ría adentro.

La diferencia con la mañana anterior no radicaría en los movimientos de Cafa y sus inquilinos sino en los de Marcelo, que no tenía intención de volver a seguirlos. Sin perder un minuto, desanduvo sus pasos hasta el club y se dirigió a donde Raúl trabajaba, quién sabe por qué causa milagrosa, por segundo día consecutivo.

—Raulito, ¿cómo estás? —saludó Marcelo con aire casual.

—¿Qué hacés, Marcelo? ¿No tenés clases hoy? —dijo el encargado sin dejar de lijar.

—Hoy me tomé vacaciones.

—Ah, las ventajas de ser estudiante. Uno puede decidir

que un día necesita vacaciones y a los únicos que hay que rendirles cuentas es a los pa...

Raúl reprimió la última sílaba y comenzó a lijar al doble de velocidad.

—¿Te puedo ayudar en algo, Marcelo? —dijo al ver que el joven no rompía el silencio incómodo.

—Necesito un kayak.

—Marche un kayak para mi amigo Marcelo. Qué digo amigo, mi *ídolo* Marcelo. Desde que te comés a la gallega pasaste de categoría.

—Yo no me como a ninguna gallega, salame. Esa es una película que te montaste vos y el tarado de Jesús.

—Bueno, no te calentés que era un chiste, che. Pero si te molesta tanto por algo será. En fin, ¿adónde vas? ¿Cañadón Torcido? ¿Isla Larga?

—No. Voy al otro lado.

—Ahá, ¿y con quién vas?

—Con nadie. Hoy es un día en solitario.

Raúl paró de lijar y giró la cabeza polvorienta para mirarlo.

—Marcelo, dejate de joder. ¿Con lo que le pasó a Matrichuk todavía te quedan ganas de hacerte el macho?

Seis meses atrás, Sebastián Matrichuk había muerto cruzando la ría en kayak. Aquello había generado tanto revuelo en la comunidad que todos de repente parecían haber tomado conciencia de lo peligroso que podía ser el mar y, en especial, aquel deporte. Incluso un puñado de padres retiró a sus hijos de la escuela municipal de kayak, una de las pocas actividades al aire libre que Puerto Deseado ofrecía a niños y jóvenes. Como siempre, la magnitud de la tragedia había hecho que quedaran en el olvido algunos de los detalles más importantes, como que Sebastián había salido solo y en medio de una tormenta. Tampoco se supo jamás por qué el joven se embarcó en una empresa tan riesgosa la tercera vez en su vida que se subía a un kayak.

—Hoy el tiempo está tranquilo —respondió Marcelo—. Además, vos me conocés y sabés perfectamente lo responsable que soy con estas cosas. No va a pasar nada.

A pesar de que aquella conversación le hacía perder minutos valiosísimos, Marcelo prefirió no cortarla de cuajo. Como socio del club tenía derecho a utilizar uno de los kayaks cuando quisiera y Raúl, como empleado, estaba obligado a proporcionárselo sin pedirle explicaciones.

Finalmente, fueron dentro de la botera y Marcelo eligió uno de color verde, especial para travesías largas, algo más grande y estable que los estándares. Cruzar la ría a remo demandaba solo treinta minutos, pero incluso en los días tranquilos las olas perpetuas del centro hacían que hasta el más experto prefiriera verse dentro de un buen kayak.

Se inscribió en el libro del club justo debajo de Ceferino Cafa. Declaró que haría una excursión para avistar aves y que estaría de vuelta a las cinco de la tarde. En realidad pensaba volver mucho antes, pero le pareció demasiado sospechoso dejar constancia de una visita relámpago al otro lado de la ría.

Una vez completado ese simple renglón, que era todo el trámite requerido para que le permitieran zarpar desde el club náutico, bajó con el kayak al hombro caminando sobre la misma rampa que había usado el pescador momentos atrás para lanzar su embarcación al agua.

Puso su *canoa con techo,* que era como las llamaba Claudio, de tal forma que la parte delantera quedó en el agua y la trasera sobre la playa de canto rodado. Se sentó de frente al mar y empujó hacia adelante, de un lado con la pala del remo y del otro con la mano hasta que el ruido de la fibra de vidrio contra la piedra desapareció, convirtiéndose en el suave chasquido de diminutas olas golpeando bajo sus piernas. Flotar al ras de la superficie era una sensación preciosa que invitaba a remar.

Ajustó la pollerita, una especie de falda ceñida a la cintura que se enganchaba al kayak para evitar la entrada del agua, y comenzó a avanzar con la proa apuntando casi un kilómetro más hacia el este de donde tenía pensado llegar. La corriente ría adentro causada por la marea, que estaba subiendo, se encargaría de rectificar el rumbo.

A medida que se acercaba al centro, las olas se iban haciendo más grandes y el viento más fuerte. Aunque desde la costa el agua pareciera un estanque, al adentrarse se ponía más feroz. Siempre.

Cuando llevaba recorrido medio trayecto, la sangre le inundaba los bíceps con tanta fuerza que sentía que le iban a explotar. Los antebrazos tampoco la tenían fácil y se le habían puesto igual de duros que la madera del remo. No se encontraba lo suficientemente en forma como para un viaje como aquel. De hecho, de no ser por las esporádicas salidas que hacía con Raúl, no hubiera podido ni siquiera plantearse cruzar la ría solo en medio de aquellas olas de casi dos metros.

Al llegar al otro lado estaba molido. Bordeó la costa hasta la Barranca de los Cormoranes, pasando frente a la pequeña playita de la casa de Cafa. Casi no tenía que remar gracias a la corriente, aunque la marea se cobraría el favor a la vuelta, cuando la bajante lo arrastrase todo, incluso a él y su kayak, hacia el océano.

Eligió para el desembarco una pequeña cala de finísimo canto rodado. Apuntó la proa hacia la costa y remó a toda velocidad hasta sentir el fondo del kayak encajarse entre las diminutas piedras de la playa. Una vez en tierra firme, escondió la embarcación detrás de una roca para que no fuera visible desde el mar ni la casa. Guardó el chaleco salvavidas y la pollerita dentro de ella y comenzó a caminar hacia la casa ensayando una excusa por si hubiese alguien más: diría que se le había perdido la cantimplora en el mar y que necesitaba un poco de agua.

Por suerte, no hizo falta. Encontró sólo el silencio como

respuesta a su llamado a la misma puerta que Cafa había golpeado poco más de media hora antes.

Tanteó el picaporte y, al comprobar que estaba cerrado, se acordó de aquella vez que con Claudio habían descubierto por accidente el escondite de la llave. La maceta seguía allí, aún sin planta, pero al levantarla solo encontró un pequeño alacrán que se defendía con el aguijón en alto.

Rodeó la casa y descubrió un tragaluz en la pared opuesta a la ría que le daba cuarenta centímetros de esperanza. Por primera vez en su vida, ser así de flaco le vendría bien.

Se agarró del borde de la pequeña ventana y puso un pie sobre la pared. Intentó empujarse y subir de un salto pero los brazos agotados de tanto remar no fueron capaces de sostener el peso de su propio cuerpo. Al segundo intento, ignorando el dolor desgarrante en los bíceps, pudo apoyar su vientre en el marco. Como se lo había imaginado, la abertura daba al cuarto de baño.

Reptó hacia abajo asiéndose de una barra para colgar toallas primero y del inodoro después, aterrizando de manera poco decorosa en el suelo mugriento. La salida por suerte sería más fácil, ya que podría utilizar el inodoro y la barra para las toallas como puntos de apoyo para sus pies.

Esperó unos instantes, inmóvil, pero no oyó nada más que el viento azotando el techo de chapa. El baño daba a un pasillo con dos puertas a cada lado. Al fondo se veía un gran comedor presidido por un imponente hogar en el que todavía brillaban los últimos rescoldos.

Eligió al azar una de las cuatro puertas y ésta cedió al giro del picaporte. La sangre se le heló al dar el segundo paso hacia el interior.

Una de las paredes de la habitación estaba forrada con mapas cuya silueta Marcelo conocía a la perfección: la Ría Deseado. En cada uno había una cruz roja y junto a ella estaba escrita, siempre con la misma caligrafía, una fecha reciente. Marcelo buscó la del día anterior y comprobó que la cruz estaba exactamente donde los había visto sumergirse. Le bastó con un breve vistazo al resto de la pared para descubrir el denominador común entre todos los mapas: cada una de las cruces se encontraba junto a una roca.

En la pared contigua encontró dos planos de diferentes tamaños de lo que indefectiblemente era un barco. Ambos lo representaban tres veces: una de frente, otra de perfil y un dibujo del exterior del casco boca abajo. Marcelo Rosales contó catorce cañones y doce pedreros. Como si hiciera falta, comprobó en la escala lo que ya sabía. Tenía veintiocho metros de eslora.

En el más pequeño de los planos había una única anotación en color rojo. Era una flecha que salía de debajo de un recuadro en el que se leía en letra manuscrita *Farmer (m.p.)* y apuntaba directamente al camarote del capitán Farmer. En cuanto a las siglas *m.p.*, Marcelo no tenía la menor idea de qué podían significar.

El plano más grande, en cambio, estaba repleto de anotaciones a mano en inglés, muchas de ellas aportando datos de las diferentes partes del barco. Así fue como Marcelo se enteró de que aunque el diseño original indicaba dos mástiles, era probable que la Swift tuviera tres, pues se había construido en un período de transición durante el cual el tamaño del aparejo de los barcos de su clase había ido en aumento. Otros garabatos eran simples cruces que se limitaban a la palabra *prob.*, abreviatura en inglés de probablemente.

Estaba claro que las cruces indicaban la posible ubicación de lo que fuera que aquellos dos buzos estaban buscando. Si *prob.* era probablemente, pensó Marcelo, quizás *m.p.*, significaba *most probably*, es decir el sitio más probable donde encontrarlo. Luego, la pregunta del millón era: ¿qué pretendía encontrar quienquiera que fuese esa gente, una vez hallada la Swift? Con suerte, con toda la información que había en esa habitación no le costaría demasiado averiguar de qué se trataba.

Echó un vistazo al resto del dormitorio. Sobre un camastro sin sábanas se apilaban decenas de libros que resultaron ser sobre arqueología submarina, todos en inglés. También halló varias copias de lo que reconoció como el relato de Gower en su idioma original. Casi todos estaban considerablemente subrayados, con anotaciones en los márgenes y referencias a otros documentos de los que Marcelo nunca había oído hablar. No había entre tantos kilos de papel una sola página escrita en castellano.

Junto a la ventana que se adivinaba tras una gruesa cortina de felpa marrón, un escritorio de roble parecía a punto de ceder bajo tanto papel, en su mayoría libros y algunos cuadernos. Iba a comenzar a analizar aquella documentación cuando vio en un rincón de la improvisada oficina una cantidad considerable de equipo de submarinismo.

Al acercarse, comprobó que la pila de reguladores, chalecos, aletas y otros accesorios valían una no tan pequeña fortuna. Marcelo estimó que, incluso vendiendo todo su equipo, no le alcanzaría para pagar medio regulador de aquellos. Sin embargo, lo que más le llamó la atención fue que todo estaba tan nuevo y reluciente que no parecía haber tocado el agua ni siquiera una vez.

Si ese era el equipo de repuesto, pensó Marcelo mientras divisaba en la pila un cuchillo idéntico al que él llevaba ahora sujeto a la pantorrilla, no podía ni empezar a imaginarse lo que tendrían puesto aquellos dos en ese momento.

Cuando logró desencantarse de esa montaña de goma y plástico que era el sueño recurrente de más de un buzo, se volvió hacia el escritorio y se sentó frente a las enormes pilas de papel dispuesto a separar la paja del trigo, si es que había allí algo de paja.

Varios cuadernos escritos con la misma letra y en el mismo idioma que las anotaciones en los planos daban cuenta de las inmersiones realizadas en la ría. Según las entradas más viejas que encontró, los inquilinos de Cafa buscaban la *H.M.S Swift* desde hacía al menos un mes.

Notó que el día de la muerte de Olivera no habían realizado ninguna inmersión, confirmando sus peores sospechas. Entonces comenzó a abrir uno a uno los cajones del escritorio, buscando la cinta que le habían robado al viejo marino. El asesinato y toda la información que había dentro de esa habitación iban más allá de cualquier tipo de coincidencia. Solo faltaba aquel eslabón contundente en forma de dos carretes.

No tuvo éxito en el escritorio y continuó hurgando entre los papeles sobre la cama. Levantaba uno a uno cada libro, plano y copia del relato de Gower. La cinta tenía que aparecer en algún lugar de aquella habitación.

No oyó a nadie acercarse por detrás. Solo sintió el golpe, un estallido en su oído derecho. Aterrizó sobre la montaña de papeles y la poca luz del sol que se colaba entre las cortinas se le apagó de repente.

25

Se despertó con una brusca sacudida y un sabor salado en los labios. Lo primero que atinó a hacer fue mover las piernas, pero algo se interpuso al recorrido de sus rodillas. Pensó que lo habrían atado y que toda esa agua que le chorreaba por la cara se la habían tirado sus captores para despertarlo. Sin embargo, al abrir los ojos, la imagen no pudo ser más distinta.

Para empezar no estaba cautivo, más bien al contrario. Flotaba a la deriva, sin remo ni chaleco salvavidas, en su kayak verde que subía y bajaba al ritmo de las olas, dando latigazos sobre la superficie. La distancia que lo separaba de la costa no podía franquearse nadando.

Aunque la desesperación lo empujaba a gritar, a pedir auxilio a alaridos, cerró los ojos nuevamente y se obligó a tres respiraciones profundas para tranquilizarse. Cuando volvió a abrirlos comenzó una evaluación precisa de la situación.

Se encontraba en la boca de la ría y la corriente generada por la marea bajante lo arrastraba con fuerza hacia afuera, donde las relativamente tranquilas aguas reparadas se convertían en mar abierto. Estaba ya demasiado lejos del pueblo y por más que intentara hacer señas nadie lo notaría.

Por la posición del sol, que ya había empezado a caer sobre el oeste, estimó que serían alrededor de las tres de la tarde. Faltaban unas dos horas para que alguien mirara el libro del club y empezara a plantearse que Marcelo Rosales podía estar en problemas. Para aquel momento, la cáscara de nuez verde en la que flotaba estaría tan adentrada en el océano que no se vería un solo punto de tierra en todo el horizonte.

Intentó remar con sus manos, pero bastaron tres brazadas para darse cuenta de que así no iría a ninguna parte.

Entonces recordó que había elegido un kayak especial para travesías. Se levantó del pequeño asiento donde estaba encajado y comprobó con alivio que el remo de emergencia seguía enganchado al casco. También había una pollerita de repuesto que no tardó en colocarse por los hombros y ajustar al kayak.

El pequeño remo de madera tenía una única pala, obligándolo a remar una vez a cada lado de la embarcación. Aquello dificultaba considerablemente el avance, pero era mejor que sus palmas desnudas. En cuanto a dónde dirigirse, no tenía demasiadas opciones: la costa norte, la del pueblo, le era inalcanzable. Lamentablemente solo podía aspirar a volver a la margen sur, donde le quedaba claro que no era bienvenido. Se consoló pensando que si llegaba a tierra lo haría muy lejos de la casa de Cafa.

Sabía que intentar ir contra la corriente no le serviría de nada, sino que debía remar perpendicular a ella si quería salir de allí con vida. Lo hizo, con decisión primero y con desesperación más tarde, pero el avance era marginal comparado a lo rápido que la corriente lo empujaba hacia el océano.

Esos doscientos metros de ría furiosa que lo separaban de la costa podían significar la diferencia entre la vida y la muerte. Remó con todas sus fuerzas, ignorando los pinchazos en los bíceps, el gusto a sangre en la garganta y las lágrimas de rabia y miedo que manaban de sus ojos.

La costa que se alejaba frente a sus ojos no era otra que la Isla Chaffers, aquella donde ver a Diana y sus colegas por primera vez le había sentado como una patada al hígado. Ahora, pensó Marcelo, encontrarlos sería una bendición.

La isla era el último vestigio del continente. Un minuto más y se encontraría formalmente en aguas oceánicas. Miró hacia el mar abierto. Un puñado de islotes prolongando la península que no podría alcanzar era lo único que quedaba antes de que la masa azul lo devorara todo. Intentó desesperado remar más fuerte pero los brazos ya no le respondieron y el pequeño remo resbaló de sus manos, cayendo al agua.

Remó con sus dos manos juntas para intentar achicar la distancia a aquel pedazo de madera del que pendía su vida. Se estiró todo lo que pudo, pero apenas alcanzó a rozarlo con la punta de los dedos. Intentó acercarse un poco más y se estiró de nuevo hasta casi caerse del kayak. Esta vez sí, logró aferrarse al madero, pero para cuando estuvo en posición de remar, ya era tarde. Una ola demasiado grande lo embistió en el lado izquierdo y dio vuelta el kayak.

Con la cabeza debajo del agua, tenía dos opciones antes de que le faltara el aire e inundara sus propios pulmones con un espasmo instintivo. Una era salir de la embarcación y luego aferrarse ella. Dada vuelta actuaría de balsa pero quedaría flotando a la deriva. La otra alternativa era intentar una maniobra conocida como esquimotaje, que consistía en utilizar el remo como palanca y con un movimiento rápido del torso volver a darse vuelta, recuperando el control del kayak.

Aunque el esquimotaje era mucho más sencillo si se contaba con la gran palanca de un remo convencional en lugar de uno de emergencia, Marcelo lo había practicado alguna vez incluso sin remo alguno, utilizando solo sus brazos para propulsarse. Pero una cosa era estar con la cabeza fría en aguas calmas y otra era estar ahogándose en un mar que se movía como una lavadora.

Decidió intentarlo. Con la pala del remo apuntando hacia el fondo realizó un movimiento brusco tratando que el torso saliera a la superficie. Pudo sacar la cabeza durante un instante y hacerse con una pequeña bocanada de aire, pero la torsión no fue suficiente para que el kayak volviera a la posición de navegación. El segundo intento fue peor aún que el primero y sintió cómo el agua salada le bajaba por la garganta.

La tercera será la vencida, pensó, y lo fue. Logró voltear el kayak gracias a un quiebre de cintura más potente y a una mayor concentración en la técnica. Pero sin duda y por encima de todo, gracias a su instinto de supervivencia. Sintió cómo el aire llenaba cada rincón de sus pulmones.

Un instante antes de abrir los ojos, se imaginó que durante el tiempo que había estado luchando por sacar la cabeza del agua la corriente lo habría arrastrado hasta donde se morían las esperanzas, pero al abrirlos descubrió que por primera vez en aquel día la suerte se había puesto de su lado. La ola que lo había tumbado, la corriente y sus intentos de esquimotaje lo habían terminado llevando casi hasta la orilla de un pequeño islote rocoso muy lejos de la península, pero tierra firme al fin. Remó con sus últimas fuerzas hasta que finalmente la proa del kayak tocó aquel diminuto atolón de no más de diez metros de diámetro.

Lo primero que hizo cuando sus pies pisaron la roca forrada de mejillones fue subir el kayak hasta donde las feroces olas no pudieran alcanzarlo y se recostó junto a él para intentar recobrar el aliento. A medida que su corazón se desaceleraba, un nudo parecía apretarle la garganta con más fuerza. Rompió en un llanto desconsolado, de esos que uno únicamente se permite cuando ha pasado el peligro. Y cuando no hay nadie alrededor.

Poco a poco fue tranquilizándose, aunque al irse la angustia llegaron las preguntas. ¿Quién lo había atacado por la espalda? ¿Y de dónde había salido? Estaba claro que aquella gente no tenía escrúpulos y que lo habían intentado asesinar, pero ¿por qué no hacerlo de una manera más contundente?

Ya habría tiempo de pensar en eso, se dijo. Ahora era momento de intentar volver a casa.

Lo de tierra firme era una forma de decir, pues cuando la marea empezara a subir, el agua cubriría todos los islotes —incluyendo el que le había salvado la vida— y la costa quedaría inalcanzable. Solo tenía una oportunidad y, si no lo lograba, la noche se cerniría sobre él en el medio de la nada.

Lo intentaría durante la estoa, esos quince minutos de

quietud entre mareas, antes de que la corriente comenzara a desandar sus pasos, metiendo cantidades ingentes de agua dentro de la ría hasta subir el nivel unos cinco metros en seis horas.

Mientras esperaba, se quitó la ropa para retorcerla y quitarle algo de agua. El sol, aunque ya muy cerca del horizonte, todavía ofrecía sus rayos débiles, que eran mil veces mejor abrigo que la tela mojada. Al quitarse los pantalones, descubrió su pantorrilla desnuda: el cuchillo había vuelto con sus dueños.

Media hora más tarde la marea alcanzó el nivel mínimo. Marcelo Rosales aprovechó la calma para remar de una isla a la siguiente y así hasta finalmente volver a alcanzar el continente. Llegó exactamente a la punta donde la ría se convertía en mar.

Lo último que quería en aquel momento era caminar hacia el oeste. No solo debía mantenerse lo más lejos posible de la casa de Cafa si apreciaba su vida, sino que incluso si lograba pasarla sin ser descubierto, tendría que recorrer cuarenta kilómetros a pie para llegar al puente que permitía sortear el fino río en el que se convertía la ría tierra adentro. Luego serían casi otros cuarenta hasta el pueblo, el mismo que sus ojos veían a un tiro de piedra.

Intentar cruzar la ría con aquel remo era más un suicidio que una alternativa, y quedarse con los brazos cruzados esperando a que el club diera aviso a la prefectura y lo salieran a buscar le parecía aún más estúpido, considerando que a pocos kilómetros alguien lo quería muerto. Por descarte, apuntó hacia el sur.

Arrastró el kayak por encima de la línea de la pleamar y lo escondió entre unas matas que albergaban en sus raíces nidos de pingüino vacíos. En un mes llegarían las primeras parejas de su migración al norte y ocuparían exactamente el mismo nido que el año anterior, empollando y criando a sus polluelos hasta que éstos pudieran valerse por sí mismos.

Se metió las manos en los bolsillos mojados y comenzó a caminar a orillas del océano Atlántico. Sabía que a unos cinco kilómetros en aquella dirección encontraría ayuda en la estancia La Pizorra, donde podría pedir que lo llevaran al pueblo en el próximo viaje que hicieran por provisiones. Mientras tanto, estaría a salvo y no le negarían comida ni cobijo.

Aunque el gusto a sal en su boca intensificaba la sed y el cansancio, y el frío hacía rato que se le había calado en los huesos, lo peor de aquel peregrinaje era que con cada paso que daba, sentía un dolor punzante en donde había recibido el golpe. Tocándose descubrió que, aunque no sangraba, un enorme bulto detrás de la oreja parecía clavarle agujas en el cráneo al menor roce de los dedos.

26

Llevaba más de una hora caminando cuando vio aparecer detrás de una colina una casa y tres tinglados en el medio de la nada. Aquella era toda la infraestructura de la estancia La Pizorra, un campo de más de diez mil hectáreas.

Al acercarse a la vivienda, un perro ovejero lo recibió moviendo la cola y lamiéndole frenéticamente la mano.

Antes de que tuviera tiempo a golpear la puerta de madera con el barniz cayéndose a pedazos, un gaucho fornido apareció de detrás de la casa. Llevaba un balde de latón en cada mano.

—Buenas —dijo dejando los baldes en el suelo y acercándose con una mano abierta.

—Buenas tardes —respondió Marcelo estrechándole la suya.

—Verdúguez —dijo el hombre mirándolo a los ojos sin soltarle la mano.

—Rosales. Yo soy Marcelo Rosales.

—¿Y qué anda haciendo usted por acá, Rosales?

—Salí del pueblo en un kayak y cuando estaba llegando al otro lado de la ría perdí el remo. Por suerte tenía uno chico, de repuesto, que me sirvió para llegar hasta la costa, pero sería una locura intentar usarlo para volver.

—¿Y su kayak?

—Lo dejé en la pingüinera. Preferí caminar hasta acá.

—Pase que preparo unos mates —dijo el hombre y levantó los dos baldes.

Marcelo había dado por supuesto que entrarían a la casa principal, detrás de la cual había aparecido Verdúguez. Sin embargo, el hombre lo guiaba hacia una pequeña construcción a unos cien metros, cerca de las caballerizas.

Eran tres habitaciones contiguas cuyas puertas oxidadas daban a un pequeño porche de techo precario. El hombre se metió a la de la derecha, que tenía una chimenea cuyo humo sobrevivía apenas unos centímetros antes de ser borrado por el viento. Al entrar tras él, Marcelo vio una gran cocina a leña que calentaba la habitación y la impregnaba de un aroma ahumado. Verdúguez le indicó con un ademán que se pusiera junto a ella. Lo dejó solo por un momento y volvió con una toalla y una muda de ropa.

—Séquese y póngase esto que si no se va a enfermar. Son del mensual anterior, que era así flaco como usted.

Como para cualquier otro patagónico, para Marcelo la palabra peón se limitaba al ajedrez. En el sur de la Argentina, quienes trabajaban en el campo eran *mensuales*, denominación debida a la forma de cobrar el sueldo.

En un puñado de oportunidades Marcelo había tenido contacto con gente como Verdúguez, y sabía que su hospitalidad era solo comparable a su recato. Quizás ser la única alma en leguas y leguas a la redonda tenía que ver con que sus conversaciones fueran tirando a magras. Era mejor así, pensó, después de lo que le había pasado él no estaba para grandes tertulias.

Don Verdúguez tomó una pava de aluminio abollada que descansaba junto a la estufa, la sumergió en un balde de agua que había en un rincón de la habitación hasta llenarla y la puso al fuego.

Marcelo hubiera preferido que el hombre lo dejara solo un momento para poder cambiarse sin testigos, pero el mensual se había acomodado en un banco de madera. Sacó del bolsillo una bolsa con tabaco y papel y se puso a armar un cigarro del cual no quitó la mirada hasta que Marcelo se terminó de poner la muda seca.

—Muchas gracias, don Verdúguez.

—Para eso estamos —dijo mientras cebaba el primer mate.

Cuando cada uno hubo tomado un par, el hombre habló por primera vez por propia iniciativa.

—¿Quiere que avise por radio al pueblo?

—No sabía que tenía una radio. Sí, por favor. Avise al canal 57, que es el del club náutico. Dígales que estoy con usted y que se contacten con Claudio para que me venga a buscar. Ellos saben quién es.

—Si no pueden venir hoy, puede pasar la noche acá. Es su casa —ofreció el hombre.

—Muchas gracias.

El mensual le tendió un mate y se dirigió al otro extremo de la habitación. Abrió una caja de madera y presionó un botón en una radio negra. Al encenderse una luz naranja, un ruido blanco inundó la habitación. Verdúguez movió unas perillas y comenzó a hablar.

—Club náutico, ¿me escucha? Acá La Pizorra.

Al cabo de unos segundos, Marcelo reconoció la voz de Raúl.

—Sí, adelante, Pizorra. Aquí club náutico, cambio.

El hombre le hizo señas a Marcelo para que se acercara y hablara él mismo. Marcelo comentó a Raúl la misma historia que a Verdúguez.

—Te dije que no fueses solo —le reprochó el encargado—. ¿Te lo dije o no te lo dije?

—Bueno, tenías razón, pero ahora necesito que me ayudes.

No sin darle un buen sermón, Raúl accedió a localizar a Claudio para que lo fuera a buscar. Le dijo que dejara la radio encendida y que tan pronto como tuviera novedades se las haría saber.

En una emergencia como aquella, el procedimiento estándar para quienes no tenían un amigo con barco era avisar a la prefectura para que fuera a buscar a los que estaban en problemas. Sin embargo, Marcelo prefirió esperar a Claudio aunque tardara un poco más, ya que se ahorraría formularios que rellenar y declaraciones que firmar.

Cuando terminaron de hablar, Verdúguez le tendió otro mate y se llevó la mano detrás de la espalda, a la altura de los riñones. Sacó un cuchillo y clavó los ojos en la hoja gris que no brillaba.

—¿Tiene hambre? —preguntó.

—La verdad es que sí. Bastante —respondió Marcelo, aliviado.

—Quédese acá por si lo llaman por la radio —dijo y desapareció por la puerta.

Volvió a los diez minutos trayendo en una mano una pata de cordero. La levantó para enseñársela a Marcelo.

—Lo carneé ayer. Lindo capón, la verdad. Unos quince kilos más o menos —dijo Verdúguez.

La expresión de orgullo en su rostro, de tan sutil, era apenas perceptible. Apoyó la pata sobre la mesa y comenzó a cortar gruesos bifes que fue apilando hasta quedarse con el hueso completamente pelado. Cocinó la carne con un poco de aceite y sal en una plancha sobre la estufa.

Cuando estuvo listo, cortó dos rebanadas de pan y puso encima de cada una un trozo de cordero de tamaño exagerado. Le entregó uno a Marcelo junto con un cuchillo y sin decir nada comenzó a comer el suyo. Marcelo lo imitó, mordiendo la carne y separándola del resto con el filo de la hoja casi tocándole los labios.

Terminaron de comer a las cinco de la tarde, sin noticias aún de Raúl ni de Claudio. En una hora estaría oscuro.

—Parece que me voy a quedar a hacerle compañía esta noche —dijo Marcelo.

El hombre asintió, mudo, mientras se quitaba con el cuchillo restos de carne entre los dientes.

Volvieron a tomar mate, la mayoría del tiempo en silencio. A medida que se sumía en sus pensamientos, Marcelo tomaba conciencia de la dimensión de lo que le había pasado. Alguien lo había largado al mar inconsciente, sin remo ni salvavidas.

De ahogarse, habría sido el crimen perfecto. Ni siquiera la inflamación detrás de la oreja habría levantado sospechas. Los forenses determinarían que en aguas poco profundas una ola había dado vuelta el kayak, golpeándole la cabeza contra una roca. Inconsciente y boca abajo, la muerte por ahogamiento habría sido el desenlace esperado.

El sonido de la radio lo devolvió a la habitación. Era Claudio. Había ido para el club tan pronto como llegó a su casa y vio la nota que le había dejado Raúl. *Sí, estoy bien.* No lo podía ir a buscar, porque tenía el motor de la piñata desarmado para limpiarle el carburador. *No hay problema, me ofrecieron pasar la noche acá.* Ya había hablado con la prefectura, que lo recogería al día siguiente a primera hora. *De verdad estoy bien, mañana hablamos.*

No habría manera de ahorrarse las preguntas y el papeleo.

Cuando terminó de hablar, Verdúguez estaba de pie junto a él y le ofrecía un pequeño vaso de vidrio grueso con un líquido ámbar.

—¿Le gusta la caña dulce?

Marcelo asintió aunque jamás la había probado, y al darle un pequeño sorbo, sintió un ardor en los labios. El hombre al verlo soltó una carcajada.

—Esto se toma así —dijo, y se tragó todo de un viaje.

Marcelo lo imitó y, a pesar de que casi vomita, disfrutó de la sensación del licor caliente bajándole por la garganta.

Al primer vaso le siguió el segundo, y a éste el tercero. Las pocas palabras de Verdúguez se fueron transformando en verborragia conforme bajaba el nivel de la botella de caña Legui. Hablaba más que nada acerca de la única persona con la que tenía trato regular.

—El patrón viene una vez por mes en verano y para los trabajos del campo: la esquila, la señalada, la pelada de ojo y el baño. En invierno no le veo el pelo. No me quejo, me paga por este trabajo y como mejor carne que él. Cuando viene se queda en la casa grande. Yo no tengo llave. Pero estoy bien acá, tengo mi pieza, que es la puerta de al lado, y al fondo está el baño.

—¿Y usted va al pueblo de vez en cuando? —preguntó Marcelo.

—A veces. La última vez fue para Navidad.

—Pero de eso hace más de medio año.

El hombre, que para esta altura tenía la cara roja y hablaba como si tuviera la lengua de yeso, asintió sonriente.

—Me gasté el sueldo de tres meses en una noche en El Pescadito.

Marcelo tuvo curiosidad por saber si habría elegido a Abril para que le hiciera compañía. Prefirió no comentar.

—¿Se ofende si le pregunto cuánto cobra?

—Trescientos cincuenta mil al mes.

Marcelo asintió en silencio y llenó con caña su vasito y el de Verdúguez. A aquel hombre le pagaban un sueldo mísero por ser el único encargado de diez mil hectáreas de campo con dos mil quinientas ovejas. Parte de su trabajo consistía en pasar meses sin ver una sola persona, sin más compañía que su caballo, su perro y el viento.

Conversaron un poco más hasta que se hizo de noche. Cuando empezaron los bostezos, el hombre trajo varios cueros de oveja y le improvisó a Marcelo una cama.

—Que duerma bien —dijo, y se dispuso a dejarlo solo.

—Verdúguez.

El mensual se detuvo justo cuando iba a abrir la puerta

para irse a su habitación.

—¿Y usted no se junta de vez en cuando con gente de las estancias vecinas?

—A veces jugábamos a las cartas con Cafa. Pero tuvimos una discusión hace unas semanas. Un día yo había salido a arriar los carneros y al volver me encontré con que se había escapado una yegua zaina. Le seguí el rastro y me la encontré pastando cerca de la casa de Cafa frente al pueblo.

—¿Y qué pasó?

—Cuando llegué a la casa —dijo Verdúguez apoyándose en el marco de la puerta para mantenerse en pie— me salió al encuentro un tipo grandote. Le dije que había ido a buscar mi animal, pero no hablaba cristiano.

Marcelo se moría de ganas por hacerle mil preguntas más, pero sabía que si el mensual se daba cuenta de que le tiraban de la lengua, se transformaría automáticamente en una ostra.

—El tipo estaba como loco —continuó el hombre, pronunciando *gomo logo*—. Le dije que no le entendía un carajo y que si a mí no me hablaba en criollo íbamos a terminar a los cuchillazos. Yo me había tomado una de éstas —dijo señalando la botella de caña— y el horno no estaba para bollos.

Los ojos del mensual se habían encendido como dos brasas y se notaba el desprecio en sus palabras.

—Estaba a punto de manotear el facón cuando salió otro de la casa, uno más petiso. Éste sí que hablaba, un poco raro nomás. Me preguntó por qué estaba en propiedad ajena.

—¿Y usted le explicó lo mismo que al otro?

—No, ya me habían cansado. Le dije que se fuera a la puta madre que lo parió y me pegué la vuelta llevándome la yegua a la arrastra.

—Al otro día apareció Cafa por esta puerta —dijo golpeando la chapa oxidada con el puño—. Estaba enloquecido, me dijo que no se me ocurriera volver a aparecer por allá porque les estaba alquilando la casa a unos turistas que no querían que nadie los molestara.

—¿Y usted qué le dijo? —preguntó Marcelo.

—Que los animales no entienden de alambrados, ni de turistas —dijo el hombre con total naturalidad y se retiró a su habitación.

Al quedarse solo, Marcelo se acostó mirando las luces amarillas que el fuego proyectaba en el techo y comenzó a analizar a fondo los sucesos de aquel día. A pesar de que casi le había costado la vida, la expedición al otro lado de la ría había terminado de develar varias incógnitas. Uno, efectivamente los inquilinos de Cafa estaban buscando la Swift. Dos, aquella gente no tenía escrúpulos, pues lo habían atacado por la espalda, lanzándolo inconsciente a la deriva sin remo ni salvavidas. Uno más dos, era evidente que habían sido ellos los asesinos de don Olivera.

También había averiguado que eran de habla inglesa, por los libros, las anotaciones y lo que le acababa de revelar Verdúguez. Solo uno de ellos hablaba castellano. Australianos, pensó. ¿Tendrían algo que ver con la repentina desaparición de Gower seis años atrás?

El último pensamiento que pasó por su cabeza antes de quedarse dormido fue que no sería fácil competir con los inquilinos de Cafa. Fueran quienes fueran, no solo contaban con mucha más información que ellos sobre la corbeta Swift, sino que además poseían los mejores equipos de buceo que Marcelo había visto jamás. Y, por supuesto, estaban dispuestos a matar.

27

Lo despertó una mano que lo sacudía asiéndolo por el hombro. Era don Verdúguez, que le tendía un mate humeante.

—Tómese un amargo, que ya van a estar los churrascos.

Le tomó un momento entender por qué el hombre cocinaba los bifes que habían quedado de la noche anterior, hasta que recordó lo que le contaba su abuelo de los desayunos en el campo. Cuando alguien que va a pasar el día encima de un caballo arriando ovejas se dispone a la primera comida del día, sabe que no le alcanzará con tostadas con manteca. La única manera de hacerse con las energías para seis o siete horas ininterrumpidas de un trabajo así de extenuante era *churrasqueando* generosamente antes de salir.

Comieron sin hablar. De fondo, la voz demasiado gruesa de un locutor de radio iba leyendo los "mensajes para el hombre de campo". No hubo ninguno para La Pizorra.

—Ahí lo vienen a buscar —dijo Verdúguez llevándose a la boca el último pedazo que había en su plato.

A través de la ventana se veía una figura atlética enfundada en un uniforme marrón que se acercaba, igual de equivocado que Marcelo el día anterior, a la casa principal de la estancia. Marcelo y Verdúguez salieron al encuentro de quien se presentó como el cabo Ramírez.

—Gracias por venir a buscarme, señor Ramírez —dijo Marcelo estrechándole la mano.

El cabo asintió con gesto parco y Marcelo se volvió hacia el mensual, que se había retirado unos pasos y se limpiaba las uñas con el cuchillo.

—Y muchas gracias a usted por ayudarme, don Verdúguez. Le debo una.

—Me la paga un día de estos en El Pescadito —dijo el hombre haciendo un gesto con la mano como quitándole importancia.

Mientras caminaban hacia la playa, el cabo le preguntó qué había sucedido en un tono que a Marcelo se le antojó más de curiosidad que de cuestionario oficial. Respondió con exactamente la misma versión de los hechos que había dicho por la radio.

Una lancha del estilo de la de Claudio, aunque casi dos veces más grande, los esperaba en el agua. A bordo había otro cabo, un poco más viejo y rechoncho que se presentó como Bolzoni.

La embarcación partió a toda velocidad poniendo rumbo a Deseado. A pedido de Marcelo pararon en la pingüinera para recoger el kayak. Luego de taparle la abertura con una lona y atarlo a la lancha, continuaron el viaje al pueblo, llevándolo a remolque.

—Perder el remo ya es complicado, pero ¿y el salvavidas? —preguntó Bolzoni sin sacar las manos del timón y mirando de vez en cuando hacia atrás para confirmar que todavía arrastraban el kayak.

Luego de titubear unos instantes, Marcelo dijo lo que le pareció más creíble.

—El salvavidas no lo perdí, lo dejé adentro del kayak anoche —mintió—. Se debe haber volado. Probablemente la marea lo haya devuelto a la costa. Es de color naranja, digo por si lo vemos.

—Le recuerdo que esto no es un bote de turismo —dijo el cabo Ramírez—. Lo venimos a buscar porque usted ha naufragado, pero nuestro servicio no se extiende a recolectar salvavidas perdidos. Así que cómprese otro.

Marcelo asintió, forzando un gesto triste. La hostilidad del cabo significaba que se había tragado la historia del salvavidas.

El resto del viaje transcurrió en silencio. Al atracar en el muelle de la prefectura, Bolzoni le explicó que, dado que había sido rescatado por una fuerza policial, debería prestar una declaración oficial donde se dejaría constancia de lo sucedido hasta el mínimo detalle.

Las tres páginas que Marcelo Rosales firmó ese día dando cuenta de su naufragio en la Ría Deseado no incluían una sola palabra sobre la casa de Cafa ni la corbeta Swift. Mucho menos hacían mención al bulto que le latía con dolor detrás de la oreja derecha.

28

En la prefectura accedieron a comunicarse por radio con el club náutico para que fueran a buscar el kayak. Por una legalidad que Marcelo no acabó de entender, la embarcación quedaba en manos de la policía hasta que un responsable del club —Raúl, obviamente— lo fuera a buscar. No pensaba objetar la medida.

Al llegar a su casa se encerró con llave y se entregó a los poderes reconfortantes de una ducha caliente. Luego tomó un té con leche y unas tostadas sentado en la mecedora junto a la estufa, mirando por la ventana la ría que hacía menos de veinticuatro horas le había querido arrebatar la vida.

Enfundado en su abrigo de paño, salió de su casa a las doce y media y recorrió el camino de cada día hasta el colegio. Al llegar a la puerta, se sentó en las escaleras a esperar a que los alumnos empezaran a salir. Cuando sonó el timbre indicando el fin de la jornada escolar, varios compañeros se acercaron a preguntarle por qué no había asistido a clase en los últimos tres días.

—Porque no me sentía bien, pero ya estoy mejor —decía Marcelo una y otra vez.

Finalmente vio a Ariel, que bajaba las escaleras charlando con Solange Pérez. La misma Solange Pérez que el año anterior había sido elegida primera princesa de la fiesta de la primavera, aunque la mayoría de la gente opinaba que debería haber sido nombrada reina. Hacía meses que Ariel llevaba a cabo con Solange lo que Claudio catalogaba como *un trabajo de hormiga.*

—Ari, necesito que vengas conmigo a lo de Claudio. Ahora —le dijo Marcelo en cuanto lo tuvo al alcance.

Sintió que Ariel lo fulminaba con la mirada. Antes de hablarle, le pidió a la chica que lo disculpara un segundo y apartó a Marcelo para que ella no los oyera.

—¿Qué pasa? —preguntó, apenas moviendo su boca enorme— No me hagas esto ahora, por favor, que después de tanto trabajo fino Solange aceptó que hoy vayamos a comer juntos. Vos sabés muy bien que vengo esperando este día hace un montón. Sea lo que sea lo que tenés para decirnos, ¿no lo podemos discutir en la reunión de mañana?

Marcelo ni siquiera se acordaba que al día siguiente tenían planeada una reunión. De cualquier manera ya no importaba, ahora estaban en serio peligro y tenía que poner al día a sus compañeros lo antes posible.

—Ariel, creeme que esto es muy importante. Mucho más importante que cualquier cosa que te puedas imaginar. Mil veces más que Solange. De verdad, tiene que ser ahora.

Su amigo lo miró incrédulo por unos instantes. Finalmente aceptó, advirtiéndole que si no era algo realmente urgente le *bajaría* como mínimo tres dientes.

La casa de Claudio no quedaba lejos del colegio —estrictamente hablando, ningún lugar del pueblo quedaba lejos del colegio—. Cuando abrió la puerta, Claudio Etinsky estaba enfundado en un delantal de cocinero de color rojo.

—Te rescataron, Cabeza. ¿Qué tal la vida de náufrago?

—Tenemos que hablar. Es muy importante —respondió Marcelo en seco.

—Pasen que los invito a comer, estoy preparando milanesas.

Marcelo explicó sin preámbulos todo lo que había pasado. Les contó cómo había descubierto que el pescador Cafa tenía buzos escondidos en la casa del otro lado de la ría a los que llevaba cada día a buscar la corbeta Swift. Finalmente contó lo que había descubierto en su intrusión a la casa y cómo había terminado en La Pizorra después de ser atacado. También les habló sobre la noche en que se había metido en la casa de Olivera y de la misteriosa silueta que lo había seguido hasta allí.

—Tenemos que encontrar la corbeta antes que ellos —dijo al terminar.

Claudio miró a Ariel dándole la oportunidad de hablar, pero éste permaneció en silencio. Entonces él, mientras se secaba las manos en el delantal rojo, tomó la palabra.

Empezó con una lista interminable de insultos —lo más suave fue "inconsciente de mierda"—. Luego, le preguntó si se creía Súperman y si no se daba cuenta de que se había salvado por los pelos de nada menos que de ser víctima de un asesinato.

—Tenés que dejar de hacerte el héroe, Marcelo. Hay que ir a la policía ya —sentenció, finalizando su sermón.

Jamás lo llamaba Marcelo. Estaba tan enfurecido que la cara se le había puesto del color del delantal.

—Claudio —dijo Marcelo en un tono calmado y serio—, yo entiendo perfectamente todo lo que me estás diciendo y te juro que soy consciente del peligro del que me salvé de milagro. Pero imaginemos que voy a la policía. ¿Por dónde empiezo? ¿Por decirles que me metí a una casa por la ventana del baño o por intentar que me crean que a Olivera lo mataron por una cinta que no sé dónde está pero sé quién la tiene? Además, acabo de firmar una declaración en la prefectura donde doy una versión completamente diferente de los hechos.

—Éste es un asunto demasiado serio para no denunciarlo —reaccionó Ariel.

—¡Ésa es la clave, muchachos! Este asunto es demasiado serio. Un australiano viene hace seis años a buscar la Swift y desaparece de repente de la faz de la tierra. Ahora nosotros intentamos encontrarla y resulta que hay dos buzos, probablemente australianos también, que la buscan con Cafa hace por lo menos un mes. Viven y trabajan escondidos, ni siquiera se muestran en el pueblo para comprar provisiones. Mataron a Olivera para conseguir una cinta relacionada con el naufragio e intentaron asesinarme a mí por haber descubierto su secreto.

Marcelo hizo una pausa para dejarlos digerir todo aquello.

—Nadie —continuó— se escondería y mataría sólo por encontrar los restos de un buque de guerra menor.

—¿Qué estás queriendo decir? —preguntó Ariel.

—Quiero decir —dijo Marcelo mirando a cada uno de sus compañeros a los ojos— que esta gente tiene una buena razón para querer dar con el pecio antes que nadie.

—Esa es tu teoría, Cabeza. No tenemos forma de confirmarla.

—¡Claudio, por Dios! —exclamó Marcelo— Estamos hablando de un barquito de guerra de veintiocho metros, no de un galeón español cargado de oro. Pongamos por un minuto los pies sobre la tierra. Según lo que sabemos, el día que encontremos el pecio desenterraremos cañones de bronce, maderas podridas y, con suerte, algún objeto de la tripulación que no se corroa con el agua, como cerámica o vidrio. A nosotros la búsqueda nos parece fascinante, pero ¿quién viaja a otro país por algo así?, y sobre todo ¿quién se esconde y mata por algo así? La forma de actuar de esta gente basta y sobra para confirmar mi teoría.

—¿Y qué es eso tan importante que buscan? —preguntó Ariel.

—No sé —dijo Marcelo—, pero sea lo que sea no creo que estén dispuestos a compartirlo. Ese barco lleva hundido más de doscientos años en nuestras costas y, por lo tanto, le pertenece a Puerto Deseado más que a nadie. Tenemos que encontrarlo antes que ellos. Yo ya decidí seguir con esto hasta el final. ¿Ustedes están conmigo o no?

La primera en oírse fue la gruesa voz de Ariel.

—Por supuesto —dijo, y ambos miraron a Claudio.

Entonces se hizo un silencio que a Marcelo le pareció eterno. Claudio le clavaba la mirada.

—Yo no te voy a dejar solo, Cabeza —dijo Claudio al fin.

Marcelo soltó un grito de alegría y chocó su mano con la de Ariel. Cuando fue a hacer lo mismo con Claudio, su amigo lo dejó con el brazo en el aire.

—Con una condición.

—Las que quieras —dijo Marcelo.

—En primer lugar, no más planes en solitario. A partir de ahora los tres sabemos exactamente lo mismo, es decir, todo, y los tres vamos a estar al tanto de los pasos que va a dar cada uno. Si veo que cualquiera de ustedes está jugando a los superhéroes —dijo esto mirando fijo a Marcelo—, ése conmigo no cuenta más ni siquiera para ir a pescar.

Ambos asintieron con la cabeza.

—Ahora vamos a comer, que si dejo las milanesas en el horno un minuto más van a estar como una suela —agregó Claudio y los condujo a la cocina.

Comieron en completo silencio, cada uno perdido en sus pensamientos. Después tomaron mate y repasaron todo lo que sabían hasta el momento de la Swift, sumando los nuevos descubrimientos de Marcelo. Él expuso lo mejor que recordaba las anotaciones que había leído en la casa del otro lado de la ría y esbozó a mano los planos que había visto colgados en la pared, mencionando que el más grande solo tenía una anotación indicando la cabina del capitán.

—Hay que reestructurar la lista de inmersiones —dijo Ariel—. Si nos encontramos con estos tipos podemos tener problemas. Tenemos que bucear cerca del pueblo, donde la gente nos pueda ver desde la costa. La presencia de testigos reducirá el riesgo.

—Esa es una buena idea —dijo Claudio—. No solo porque en

el relato de Gower todo indica que la Swift naufragó cerca de la margen norte, sino porque los buzos de Cafa evidentemente no tienen ningún interés en ser vistos, y no creo que buceen cerca del pueblo.

—¡Por eso pesca! —exclamó Marcelo un poco más alto de lo que hubiera sido necesario.

Sus amigos lo miraron con extrañeza, evidentemente sin entender a qué se refería con aquello.

—Cafa —explicó—. Por eso pesca, para no levantar la perdiz. ¿Qué ve el pueblo? Al pescador de toda la vida tirando y recogiendo su red. Sin embargo, por el costado que da al sur, el que la gente no ve, dos personas se tiran al agua y bucean buscando la corbeta.

—Por eso semejante cuchillo —agregó Claudio.

—Exacto —dijo Marcelo abandonando su silla para comenzar a caminar de un lado a otro de la habitación—. Necesitan los cuchillos para liberarse de la red si por algún error de cálculos se quedan enganchados.

—Entonces a nosotros no nos basta estar a la vista del pueblo para estar seguros —dijo Ariel—. Si Cafa los esconde, corremos peligro en cualquier lugar.

—No —exclamó Marcelo—. Ellos pueden bucear en el pueblo sin ser vistos, pero Cafa jamás se arriesgaría a que alguien viera su bote acercarse demasiado al nuestro y luego nuestros cuerpos aparecieran flotando en la ría. Serían dos cabos demasiado fáciles de atar.

Sus compañeros estuvieron de acuerdo, pero a ninguno de los tres les causaba ninguna gracia aquel peligro extra. Bucear en esas aguas heladas y correntosas ya era lo suficientemente complicado como para que ahora también hubiera una amenaza humana. Sin embargo, en la cara de sus amigos Marcelo también podía leer que ya era demasiado tarde para echarse atrás.

Se despidieron a las siete y media. A Marcelo la cabeza le estallaba de tanto pensar y porque hacía tres días que no dormía una noche entera. Necesitaba descansar antes de exigirle nada más a su cerebro. Claudio se ofreció a llevarlo en el Coloradito, pero él prefirió caminar, aunque ya estuviese oscuro.

El aire helado en las sienes parecía haberle sentado bien porque para cuando llegó a la puerta de su casa, el dolor de cabeza había desaparecido y el bulto detrás de la oreja ya no le molestaba tanto.

Introducir la llave en la cerradura no fue una tarea menor. No solo no estaba acostumbrado a esa medida de seguridad que hasta hacía días consideraba extrema, sino que la ausencia total de luz en su jardín y los dedos entumecidos por el frío hacían que aquello fuera tan difícil como enhebrar una aguja con los ojos cerrados.

No fue hasta que tuvo la puerta abierta de par en par que oyó los pasos a sus espaldas.

—Buenas noches, Marcelo —dijo una voz ronca.

Marcelo Rosales se dio la vuelta y sintió cómo el corazón le daba un vuelco. En la penumbra vio las facciones de un hombre alto, macizo, de barba pelirroja y boina verde. Cafa.

29

Intentó meterse en su casa y cerrarle la puerta en la cara, pero el pescador puso el pie entre la puerta y el marco, impidiéndoselo.

—Marcelo, tenemos que hablar —dijo en tono calmo.

—Yo con un asesino no tengo nada que hablar.

Entonces Cafa embistió la puerta, enviando a Marcelo al suelo. Se le acercó y lo agarró del abrigo a la altura del pecho, levantándolo sin dificultad hasta que sus caras estuvieron a un palmo. El olor a pescado de sus manos se mezclaba con el aliento a tabaco.

—La próxima vez que me llames asesino te vas a arrepentir —le dijo sacudiéndolo—. Ahora prendé la luz que tenemos que hablar.

Tras decir esto, abrió las manos y Marcelo sintió que sus pies volvían a apoyar el suelo. Consideró pegarle un rodillazo en las partes bajas y salir corriendo, pero era demasiado arriesgado. Además, si Cafa hubiera querido hacerle daño de verdad, ya lo habría hecho.

Obedeciendo, presionó una tecla fosforescente junto a la puerta y la luz amarillenta de la bombilla inundó cada rincón del comedor, revelando los ojos negros del pescador clavados en los suyos.

—Vengo a hablarte de lo que te pasó ayer —dijo sentándose sin que se lo ofrecieran en una de las sillas alrededor de la mesa.

—¿La parte en la que me dejaron inconsciente de un golpe en la cabeza o la parte en la que me tiraron al agua sin remos ni salvavidas para que me ahogara?

El viejo se pasó la mano por la barba roja y apartó por

primera vez la mirada.

—Marcelo, sé que es difícil que me creas pero yo no tuve nada que ver. Me enteré de lo que te pasó recién este mediodía y pensé que te merecías que te contara lo que sé para que sepas con quién te estás metiendo. Es una larga historia, ¿tenés tiempo?

—Lo escucho —dijo Marcelo, aunque no estaba dispuesto a creerle una sola palabra.

—Hace unos tres años —comenzó a decir el hombre— estaba pescando en Bahía Uruguay y al recoger la red vi que entre los pejerreyes venía algo de color marrón. Supuse que sería un manojo de cachiyuyos u otra alga, pero cuando lo tuve a bordo me di cuenta de que era un gran pedazo de madera, cuadrado y con agujeros atravesados por tornillos verdes. Bronce, supuse. La madera se veía viejísima pero se conservaba en buen estado.

—¿Un pedazo de cuaderna? —sugirió Marcelo.

—No sé exactamente de qué parte, pero había salido de un barco. La cosa es que me llevé el pequeño trofeo y lo puse sobre la repisa de la chimenea en mi comedor. A partir de ese día, a cada amigo que me visitaba en casa, yo le mostraba la madera y repetía, una y otra vez, la historia que te estoy contando.

—¿Y cómo se relaciona esto con lo que me hicieron ayer? —dijo Marcelo intentando camuflar con indignación el interés en aquel objeto.

—Un día vinieron a casa dos tipos que se presentaron como coleccionistas ingleses de objetos navales. Bueno, se presentó en realidad, porque solo uno de ellos hablaba castellano. Me dijo que les había llegado el rumor de que yo tenía aquel pedazo de madera y me preguntó si me importaba enseñárselo. Los hice pasar, señalé sobre la chimenea y ese inocente trofeo se convirtió en lo más extraño que me pasó en la vida.

Marcelo escuchaba atento, con los ojos clavados en la boca de Cafa.

—Se consultaron algo en inglés y asintieron a la vez. Luego el que hablaba español se dirigió a mí y me dijo que tenían una propuesta para hacerme. Le dije que no estaba a la venta y, después de traducir mis palabras para el otro, ambos soltaron una carcajada. El tipo me dijo que no estaban interesados en comprarlo, que para ellos aquel trozo de madera no tenía ningún valor.

—Lo que buscaban era el barco del cual se había desprendido —sugirió Marcelo.

El pescador asintió y le pidió un poco de agua.

—Me explicaron —prosiguió tras tragarse de un sorbo medio vaso— que contaban con documentación sobre un barco inglés hundido en el siglo dieciocho y que tenían ideas de dónde encontrarlo. Me dijeron que sabían que yo era el dueño de la casa del otro lado de la ría y me ofrecieron el doble de lo que gano pescando por alquilármela y llevarlos a hacer inmersiones a los lugares donde ellos me indicaran. También me tendría que encargar de llevarles comida y rellenar las botellas de aire, gastos de los que se harían cargo ellos.

—La única condición —añadió tras acabarse el vaso— era que yo debía mantener todo en secreto. No podía contarle a nadie lo que estaba haciendo y tenía que seguir pescando para no levantar sospechas.

—Y usted aceptó.

—Me prometieron que no era nada ilegal —dijo el hombre encogiéndose de hombros.

—¿Y de esto hace cuánto?

—Dos meses desde aquella visita. Un poco más de un mes desde que se instalaron en la casa.

La historia de Cafa coincidía con las anotaciones que Marcelo había visto en las bitácoras de buceo de los ingleses justo antes de que lo dejaran inconsciente. Las primeras inmersiones registradas eran de hacía más o menos un mes.

Ahora entendía que no era una coincidencia que dos grupos de buzos se pusieran a buscar la corbeta al mismo tiempo. El tío de Pedro Ramírez, el compañero de clase de Marcelo que había mencionado el barco en la clase de Garecca, era íntimo amigo de Cafa. De hecho todo Puerto Deseado sabía que ambos eran compañeros inseparables de noches de timba. Por más que el pescador hubiera prometido a los ingleses no contárselo a nadie, Marcelo conocía perfectamente cómo funcionaban estas cosas en el pueblo.

—El otro día —dijo Marcelo sin ofrecerle más agua— le pregunté a Fernando, del almacén naval, si conocía otros buzos que recargaran ahí porque quiero vender mi botella. Me dijo que solo conoce a los científicos de los tiburones.

—Es que Fernando no sabe nada —se apresuró a responder el pescador—. Yo tengo un arreglo directamente con el dueño. Pagando el doble, el tipo nos da la llave para que rellenemos de noche. No sé qué paranoia tienen los ingleses estos pero quieren pasar lo más desapercibidos posible. Por eso alquilan mi casa del otro lado, para no tener vecinos.

—¿Y no le parece demasiado sospechoso para no ser "nada ilegal"? Además, si todo queda en tan absoluto secreto, ¿cómo es que no va usted en persona a recargar las botellas a la noche?

—Veo que estás bien informado. Las botellas las recarga mi sobrino, que se mudó al pueblo desde Buenos Aires hará dos meses. Todavía no tiene trabajo, así que para que se gane unos pesos le dije que hiciera eso. Yo ya tengo una edad y no estoy para andar levantándome en medio de la noche.

Marcelo estaba desconcertado. Todo lo que el pescador le contaba cuadraba perfectamente con lo que él había averiguado. No solo las fechas o los inquilinos angloparlantes, sino también la historia del Torino con matrícula de la provincia de Buenos Aires.

—Te tengo que confesar que me parecía bastante raro —prosiguió Cafa— que prefirieran vivir del otro lado de la ría, sin electricidad ni vecinos y que no cruzaran nunca al pueblo. Pero decidí no hacer demasiadas preguntas porque mi hija tiene tu edad y el año que viene la tengo que mandar a la universidad. Esta guita me cae del cielo.

Entonces Marcelo creyó haber descubierto una mentira evidente en el discurso del pescador.

—A ver —dijo—, disculpe que me entrometa en su vida privada, pero considerando la situación no creo que sea demasiado. Usted, que es dueño de uno de los campos mejor posicionados de la zona, exactamente frente al pueblo, ¿me está diciendo que no puede pagarle una carrera universitaria a su hija?

—No sos el único —dijo Cafa anteponiendo a su respuesta una sonrisa resignada— que comete el error de creer que el que tiene campo tiene guita, pibe. Yo heredé esa estancia sin animales y me tuve que enterrar de préstamos hasta el cogote para dejarla como está ahora, llena de ovejas. Si las cosas hubieran salido como las planeé, hoy por hoy no seguiría pescando ni tendría que aceptar las órdenes de estos ingleses para hacer una moneda extra. Pero la situación está difícil, y cuando al que compra la lana se le ocurre pagar una miseria, un campo se te transforma en un lastre de miles de hectáreas.

Marcelo asintió. Le costaba creerle porque en el pueblo todo el mundo hablaba de lo afortunado que había sido Cafa al heredar aquella estancia. Sin embargo, también recordaba que Ariel le había contado que su padre en más de una oportunidad había tenido que recurrir a sus ahorros para ayudar a sus abuelos a mantener a flote el campo en el que vivían, a ochenta kilómetros de Deseado.

—Te decía que —retomó el pescador—, si bien me parecía raro todo aquello, necesitaba la plata y no hice demasiadas preguntas. Pero hace una semana, cuando los fui a buscar como todos los días, descubrí algo que me heló la sangre. Al llegar a la casa me hicieron pasar y me dijeron, como siempre, que los esperase en el comedor mientras preparaban todo el equipo. Es rutina que se encierren quince minutos en una de las habitaciones antes de salir. Yo escucho todo lo que dicen, pero como solo se decir *yes*, es lo mismo que la nada.

El pescador hizo una pequeña pausa. Marcelo hubiera apostado su equipo de buceo completo a que se encerraban en la habitación donde lo habían atacado. También se preguntaba si Cafa había visto alguna vez las paredes forradas de mapas y la cama atiborrada de papeles y anotaciones sobre la Swift.

—Mientras los esperaba —continuó— vi una caja de madera sobre el aparador que me llamó la atención. Era una caja de habanos Cohíba, que son mis preferidos pero cuestan un ojo de la cara. No pude resistir la tentación de abrirla para robarles uno, pero en lugar de habanos había un trozo de goma espuma en el que estaba recortada la forma de una pistola.

—¿Un estuche? —preguntó Marcelo.

—Sí, pero vacío. Cerré la caja antes de que me vieran y preferí no hacer preguntas. ¿Te molesta si fumo?

Marcelo negó con la cabeza y el viejo sacó del bolsillo de su camisa un paquete estrujado de Derby.

—Entonces empecé a sospechar —dijo antes de que la primera bocanada de humo desapareciera en el aire— que ahí había gato encerrado. Y me terminé de convencer con lo que pasó ayer.

—¿Con el intento de asesinarme? —preguntó Marcelo con sarcasmo.

El viejo asintió con la vista fija en el suelo. Estaba acurrucado en la silla con los codos sobre las rodillas sin rastro alguno de todo aquel ímpetu con el que se había presentado en la casa de Marcelo.

—Esta mañana los fui a buscar como todos los días. Mientras los esperaba me acerqué al fuego para secar la boina, que se me había caído al agua. Cuando me agaché para agarrar un par de troncos vi varias astillas con una de las caras pulidas. Como te imaginarás, del otro lado de la ría no hay gente que deje tirados muebles viejos. Lo primero que pensé fue que estos me habían quemado una silla o alguna salvajada así.

—Pero... —dijo Marcelo.

—Pero vi que varias de las brasas tenían la forma de lo que parecía un palo. Una escoba, pensé, hasta que noté que una de ellas se ensanchaba un poco en un costado. Claramente, era lo que quedaba de un remo. Me acordé de que hoy al firmar el libro, tu nombre estaba subrayado en rojo y tras preguntarle a Raúl, me había contado que habías perdido el remo y el chaleco y te había tenido que ir a buscar la prefectura.

—No entiendo. Ellos podrían haber encontrado un remo y usarlo como leña, ¿qué es lo sospechoso?

—Marcelo, aprendí a andar en kayak antes que a leer. Tanto vos como yo sabemos que perder el remo es prácticamente imposible. Incluso suponiendo que lo hubieras perdido y alguien lo encontró, ¿por qué quemarlo? Es mucho más útil como remo que como leña.

Lo sorprendió la naturalidad con la que Cafa exponía su razonamiento. Para alguien tan íntimamente relacionado con el mar como el pescador, no era más que una conexión de ideas evidente.

—Además, ayer pasó algo demasiado raro. Cuando los ingleses estaban a punto de tirarse al agua, uno de ellos se dio cuenta de que se había olvidado la máscara y tuvimos que volver a buscarla. Hasta ahí, normal. Ya había pasado en dos o tres ocasiones, así que pegué la vuelta y esperé a que buscara lo que necesitaba en la casa.

Eso explicaba cómo era posible que lo sorprendieran por la espalda, cuando él mismo los había visto irse ría adentro.

—Pero cuando el tipo salió de la casa, le dijo algo medio

a los gritos al que se había quedado esperando conmigo. Me pareció que discutían, pero no entendí nada. Al final, el que habla español me dijo que me fuese a pescar solo, que habían decidido no bucear.

—¿Y ellos saben que usted vino a hablar conmigo?

—Por supuesto que no. Ni lo sabrán jamás. Yo voy a seguir trabajando para ellos como si nada, porque es la única manera de asegurar un buen futuro a mi hija.

—Y si no piensa hacer nada, ¿para qué me viene a ver? —preguntó Marcelo más para él que para Cafa.

—Para no sentirme culpable si te pasa algo. Los dos nacimos y nos criamos en Deseado, y yo con la gente del pueblo tengo códigos. Estoy rompiendo mi promesa a los ingleses de no contarle nada a nadie, pero vale la pena dejarte avisado de con qué clase de bueyes estás arando.

—¿Y ahora se supone que viene la parte en la que yo le tengo que dar las gracias?

—Si te parece poco, lo siento. Cada uno tiene sus motivos para hacer lo que hace. Vos, yo y cualquier otro. Hasta los ingleses esos. Nadie te puede prohibir perseguir los tuyos, pero ahora no digas que no estás avisado.

El viejo se levantó de la silla y miró a Marcelo a los ojos.

—Ahora no digas que no estás avisado —repitió y se fue sin despedirse.

Marcelo no hizo ningún intento por retenerlo. Se quedó sentado mirando la puerta en la que habían forcejeado minutos antes. Finalmente, se levantó a prender la estufa y se dispuso a mirar el fuego hamacándose en la mecedora de mimbre.

Cafa había venido a hablarle porque los dos habían nacido y se habían criado en Deseado. A pesar de haberle manifestado a calzón quitado que no haría nada por detener a los ingleses —de hecho seguiría trabajando para ellos—, el pescador lo había puesto sobre aviso acerca de los peligros con los que Marcelo estaba lidiando. Recordó la charla con *Mrs* Caroline sobre los NYCs y los TAFs.

—Gracias —dijo en voz alta y siguió meciéndose hasta quedarse dormido.

IV. AUSTRALIA

30

—El profesor Garecca está enfermo —anunció Faustino, el preceptor de quinto año "B"—. Como es la última hora de clases, pueden retirarse a sus casas.

Los jóvenes dieron voces festejando y hasta aplaudieron lo que acababan de oír.

—Alumnos —añadió el preceptor—, no tanta algarabía que se supone que les estoy comunicando una mala noticia. Y por favor mantengan el orden y la calma, recuerden que el resto del colegio sí tiene clases.

Todos los estudiantes de quinto año salieron del aula en estampida, como si temieran que Faustino se fuera a arrepentir de lo que acababa de comunicarles. Todos, menos uno.

Marcelo permaneció inmóvil en su asiento hasta quedarse solo en el aula. Entonces sacó su bitácora de buceo de debajo del pupitre y empezó a releerla de cabo a rabo por enésima vez.

Habían pasado dos semanas desde la visita de Cafa a su casa, la cual Marcelo había comentado con sus compañeros al día siguiente, fiel a la promesa de no más movimientos en solitario. Lejos de amedrentarse, habían buceado todos los días desde entonces. A veces incluso sin Claudio, a quien de tanto en tanto llamaban del puerto para trabajar debajo de algún barco. Durante los fines de semana habían hecho dos inmersiones por día.

A pesar de todo el esfuerzo por intensificar la búsqueda, no habían dado con nada que les indicara que estaban más cerca de la meta en aquella peculiar carrera contra los ingleses.

Aquel día harían la última de las inmersiones a una distancia prudencial del pueblo. Si no encontraban la Swift aquella tarde —y Marcelo habría apostado dinero a que no la encontrarían— tendrían que poner en marcha un plan para poder bucear en sitios alejados sin correr peligro. El problema era que no tenían tal plan.

Cerró el diario con rabia. No podía ser que no la hubieran encontrado todavía. Las rocas que mejor coincidían con el relato del naufragio estaban todas cerca del pueblo, y sin embargo habían emergido cada vez con las manos vacías. ¿Dónde fallaban? Quizás estaban interpretando el relato erróneamente o, en el peor de los casos, habían estado junto al pecio en uno de sus buceos sin haberlo notado. Ninguna de las dos explicaciones lograba convencer a Marcelo, pero sabía que en algún lugar tenía que radicar la causa de no haber dado con la Swift todavía.

Cansado de releer páginas que para aquel momento podía recitar de memoria, recogió sus cosas y salió del colegio.

El tiempo había comenzado a cambiar. El invierno se retiraba a regañadientes dándole paso a una tímida primavera en forma de pequeñas flores amarillas y vientos ya no tan fríos, aunque de la misma intensidad.

Al llegar a su casa vio que el cartero había deslizado dos sobres por debajo de la puerta. Uno era la factura del gas y el otro, sin remitente, tenía un canguro en la estampilla. Marcelo se precipitó a abrir este último y extrajo una carta escrita a máquina sobre papel amarillo. La leyó, traduciendo simultáneamente al castellano para asegurarse de entenderlo todo.

Newcastle, NSW, Australia, 01 de septiembre de 1981

Querido Marcelo,

Es una gran alegría enterarme de que finalmente a alguien de Puerto Deseado le interesa ese barco que me quitó el sueño tantas noches. Sería un honor para mí poder comentarte todo cuanto sé sobre mi antepasado, Erasmus

Gower, y la embarcación H.M.S. Swift, de la cual él era teniente y que se hundió en las costas de tu pueblo el 13 de marzo de 1770.

Lamentablemente mi salud me impide viajar. Por eso me he tomado el atrevimiento de enviarte los pasajes para que vengas a mi casa, cerca de Sídney en Australia y poder contarte en persona todo lo que sé y mostrarte el material que he reunido sobre la corbeta durante casi cuarenta años. Estoy seguro de que te haré descubrir cosas que no puedes ni siquiera empezar a imaginarte. Además, Australia es un sitio bellísimo que te encantará conocer.

De aceptar la invitación, envíame un telegrama confirmándome cuándo llegas para irte a buscar al aeropuerto de Sídney. Afortunadamente, la vida ha sido generosa conmigo en asuntos económicos, así que me puedo permitir pagarte este viaje, incluyendo cualquier gasto en el que incurras durante él.

Te saluda atentamente.

Patrick Gower.

PD: También adjunto una copia de "La carta robada", uno de mis cuentos favoritos, de Edgar Allan Poe. Hará que una pequeña parte del vuelo sea más llevadera.

Dentro del sobre Marcelo encontró un pasaje ida y vuelta de Buenos Aires a Sídney a su nombre y con las fechas a confirmar. También estaban las hojas sueltas del cuento de Poe, fotocopiado y en inglés.

Se sentó en la mecedora de mimbre junto a la estufa, que aquel día no sería necesario encender. Releyó la carta al menos diez veces, examinando los pasajes otras tantas. Con respecto al cuento, lo había leído en el primer año de la secundaria y, aunque le había parecido muy bueno, opinaba que Dupin no le llegaba siquiera a los talones a Holmes.

El nudo que se le cerraba sobre el estómago ahogaba el hambre voraz con la que había salido del colegio. Además, los tallarines con tomate recalentados del día anterior tampoco estaban en su lista de platos favoritos.

Alternó relecturas de la carta con reflexiones mirando la ría por la ventana hasta que sintió la bocina del Coloradito. Al levantarse de la mecedora, un cosquilleo en las piernas acusó que llevaba sentado varias horas. Se asomó a la puerta y, tocándose con el índice de una mano la palma de la otra, les indicó a sus amigos que estaría listo en un minuto. Se preparó un sándwich con lo poco que tenía en la heladera, metió en el diario la carta y los pasajes y salió de su casa.

La última inmersión de la lista solo fue diferente de las anteriores en que descubrieron el bosque de algas más grande que habían visto jamás, pero nada de corbetas hundidas. Claudio había propuesto ir al bar del club para ahogar las penas con una cerveza e intentar decidir cómo continuarían. Se sentaron, como siempre, en la mesa más alejada de la barra.

—Cabeza, ¿te volviste loco? ¿Cómo te vas a ir a Australia a la casa de un tipo del que no sabés nada?

—De verdad, Marcelo, esto es un disparate —apuntó Ariel.

—Muchachos, no me queda otra alternativa —dijo Marcelo mostrando las palmas—. No *nos* queda otra.

Ambos lo miraron frunciendo el ceño y Claudio estuvo a punto de decir algo, pero Marcelo no había terminado.

—El australiano es la única oportunidad que tenemos de encontrar la corbeta antes que los ingleses. ¿No se dan cuenta?

Ellos bucean con un equipo superior al nuestro y la documentación con la que cuentan también está a años luz. Nosotros basamos toda nuestra investigación en un relato traducido que no pude siquiera corroborar al terminar de transcribirlo porque la cinta desapareció. Ellos no solo poseen copias del original sino que además tienen libros enteros de historia de la marina inglesa, y hasta los planos de la corbeta.

Lo que dijo después estaba más destinado a él mismo que a Claudio y Ariel.

—Si existe una chance en un millón de que la encontremos primero que ellos, esa chance tiene nombre y apellido. Y vive en Australia.

Se quedaron un rato en silencio. Marcelo con la vista fija en el mar, Ariel apoyado en sus rodillas mirándose los pies y Claudio dibujando figuras con el rastro húmedo que dejaba su cerveza sobre la mesa.

—¿Por qué la estás buscando, Cabeza? —preguntó finalmente Claudio.

—¿Qué? —dijo Marcelo extrañado.

—Lo que escuchaste. Que por qué estás buscando esa corbeta. ¿Qué estás queriendo demostrar, y a quién? ¿No te das cuenta de que si este australiano al que no conocemos de nada tiene las fichas puestas del otro lado de la ría, tu vida corre peligro? Y espero que no seas tan ingenuo como para pensar que te vas a salvar dos veces.

—Claudio —respondió Marcelo en tono calmado—, ¿cuánta gente tiene la posibilidad de hacer algo importante en su vida? ¿Cuánta?

—No mucha, pero eso no significa que...

—¿Que me ponga en peligro? ¿Que me exponga? ¿Que me arruine la vida?

Claudio asintió en silencio.

—A mí la vida me la arruinaron el día que cumplí dieciséis

años, y eso vos lo sabés muy bien. Desde entonces lo único que recibo es pena y compasión. Estoy harto de escuchar a la gente murmurar "pobrecito" cuando paso a su lado. ¿Y sabés qué es lo peor de todo? que a esta altura tengo esas voces instaladas en mi cabeza.

—Pero vos no tenés que darle bola a los giles que hablan por hablar. Yo siempre lo digo, en este pueblo hay tan poco para hacer que el pasatiempo favorito de la gente es meterse en la vida de los demás.

Ariel estuvo a punto de abrir la boca, seguramente para empezar una discusión similar a la que había tenido con Claudio el día del encuentro con las toninas.

—Claudio —se le adelantó Marcelo—, te lo voy a decir claro para que lo entiendas. El problema no es que la gente me tenga lástima, el problema es que hace un tiempo yo mismo empecé a tenerme lástima.

Luchando con el nudo que se le había formado en la garganta, se puso de pie y caminó lo más sereno que pudo hacia el baño, aunque tenía ganas de ir corriendo. No quería mostrar el menor indicio de flaqueza frente a sus amigos, y mucho menos frente a Jesús, que los miraba apostado en la barra. Una lágrima y se lo recordaría de por vida.

Cuando logró tranquilizarse, volvió a la mesa con sus amigos, dispuesto a despedirse y dar por zanjado el tema y el día. Sin embargo, sobre la mesa había tres cervezas llenas.

—Por Australia —dijo Claudio levantando la suya.

—Traeme un búmeran —dijo Ariel guiñándole un ojo.

—¿Para qué querés un búmeran, si con el viento que tenemos nosotros cualquier cosa que tires vuelve?

—Por el viento patagónico, entonces —brindó Ariel—, que no discrimina ni entiende de aerodinámica.

31

Marcelo recordaría para toda la vida ese miércoles de septiembre de 1981. Desde hacía dos días, cuando había decidido aceptar la invitación del australiano, veía todo en clave de primavera. No solo sentía el sol de la mañana acariciándole la cara, sino que el viento parecía haber desaparecido y hasta algún pájaro se animaba a cantar por primera vez después de tantos meses de frío.

No había clases ese día. Como la mayoría de sus compañeros, Marcelo no tenía del todo claro el porqué, ni le importaba. Un miércoles sin clases era distinto a un fin de semana. Era una oportunidad única para pasear por el pueblo observando sin prisa a los demás en sus tareas cotidianas: el cartero huyendo en su bicicleta de los perros sueltos, las amas de casa con las bolsas de las compras o los tres únicos taxistas del pueblo charlando mientras esperaban al próximo cliente en la puerta del supermercado.

Caminando por las calles de su pueblo se sentía seguro, incluso sabiendo que su vida había corrido peligro y que era solo una lengua de agua la que lo separaba de quienes lo habían atacado.

Al pasar junto al Banco Nación, descubrió que la artesana peruana ya no estaba allí ocupando media vereda con su oferta de instrumentos de caña. Seguramente habría continuado su viaje y ahora se encontraba en San Julián o Caleta Olivia, dependiendo de si había puesto rumbo norte o sur.

Marcelo Rosales fue a cruzar la calle, pero no llegó a dar tres pasos sobre el pavimento cuando sintió una escandalosa frenada chirriar en el asfalto. Fue todo tan de golpe que no le dio tiempo a reaccionar, y cuando miró a un lado vio un coche rojo que se dirigía directo hacia él. Sólo atinó a cerrar los ojos, como si aquello lo fuese a proteger de los efectos del golpe.

Sin embargo no hubo embestida que lo hiciera volar por los aires, sino un rancio olor a goma quemada. Cuando abrió los ojos, descubrió que el paragolpes del coche se había detenido a un palmo de sus rodillas.

Levantó la mirada decidido a decirle de todo a quien fuera que casi le había partido las piernas, pero se quedó mudo al descubrir quién iba al volante del Ford Falcon rojo.

—Hostia, tío, perdona. ¿Te encuentras bien? —exclamó Diana Carbonell mientras se bajaba del coche.

—Sí, estoy perfectamente bien. Veo que estás un poco apurada ¿no?

—Qué va, no tengo prisa alguna —dijo ella sin sacarse la mano de la frente—. Simplemente todavía no me acostumbro al ritmo local. Conduzco como si fuera por la Gran Vía en Barcelona. Además, aún no le pillo el truco a los pedales del coche de Leandro.

Marcelo recordaba haber visto últimamente el Ford Falcon en el estacionamiento del club.

—Tenés que ir con más cuidado o un día de estos vas a atropellar a alguien —dijo.

Clientes y vendedores de los comercios de alrededor asomaban sus cabezas para ver qué había sido ese ruido. Los coches que circulaban por ahí aminoraban la velocidad hasta ir a paso de hombre para no perderse un detalle de la escena. Por supuesto, miraban más a Diana que a él.

—Ya. Intentaré relajarme un poco más —respondió Diana retomando su alegre tono habitual—. Bueno, dime adónde ibas que te acerco.

—No hace falta, voy caminando.

—¿Caminando con este frío? Súbete al coche y déjate de memeces, que no me cuesta nada llevarte.

Marcelo pensó en preguntarle qué significaba esa palabra que le sonaba tan sugestiva, pero desistió. También omitió explicarle que aquel era un día primaveral, y que no hacía frío. Simplemente se limitó a aceptar que lo acercaran, a pesar de que el paseo duraría solo un minuto.

Tuvo que levantar un libro para sentarse en el asiento del acompañante.

—¿Hablás francés? —le preguntó tras abrirlo al azar.

—Es catalán —contestó ella soltando una carcajada.

—¿Como lo que canta Serrat?

—Exactamente.

Entonces Marcelo se aclaró la voz de manera deliberadamente cómica y comenzó a entonar lo mejor que pudo unas palabras grabadas a fuego en su memoria.

—Ella em va estimar tant... Jo me l'estimo encara. Plegats vam travessar una porta tancada.

La cara de Diana Carbonell se iluminó con una sonrisa de oreja a oreja. Se unió a él para cantar la canción en aquel idioma que, para Marcelo, solo existía en los discos de Serrat que tanto le gustaban a su madre.

—Mi vieja era fanática del Nano —dijo Marcelo al final de una estrofa—. Imaginate si le gustaba que, de tanto escucharlo, me sé las letras de memoria, aunque no tengo ni idea de qué significan.

—Si quieres puedo enseñarte catalán —dijo ella y continuó cantando el estribillo.

Marcelo asintió con la cabeza soltando un sonido indefinido. Con una profesora así habría estudiado hasta coreano.

—Es aquella sobre la piedra. Te dije que no valía la pena que me trajeras en coche.

—Es lo menos que puedo hacer después de que casi te rompo las dos piernas.

Estacionó el coche en la puerta de la casa y se inclinó un poco sobre Marcelo para mirar por la ventanilla del acompañante.

—Qué chula —exclamó, alargando todas las vocales—. Debe tener unas vistas preciosas.

—Muy lindas —dijo él intentando mantener la calma—. Se ve prácticamente toda la ría.

Diana Carbonell siguió mirando en silencio, sin perder la sonrisa que se le había instalado en la cara al escuchar una canción en su otro idioma tan lejos de su tierra. Tenía los ojos fijos en la casa de Marcelo.

—¿Querés subir a tomar un café? —dijo él, más para romper el silencio que otra cosa, porque sabía la respuesta de antemano.

Ella lo miró con expresión desconcertada, como escrutándolo. Tras un par de eternos segundos le respondió inclinando la cabeza hacia un lado pero sin quitarle los ojos de encima.

—Muchas gracias, pero tengo que irme. Además, no quiero incomodar a tu familia...

—No tengo familia. Vivo solo. Era simplemente para mostrarte las vistas, seguramente nunca hayas visto una imagen tan linda de la ría en la que buceás cada día. Además, si no me falla la memoria, hace un minuto me dijiste que no estabas apurada. Pero bueno, si no podés no pasa nada.

Al terminar de decir todo eso —ni siquiera había tartamudeado— se sintió un galán de telenovela. Ella dudó un instante, al parecer más por protocolo que porque necesitara pensarlo.

—Vale, total ¿qué son cinco minutos? —dijo mirando un reloj plateado que tenía en su pequeña muñeca.

Al entrar en la casa, Diana se dirigió directamente a la ventana y se quedó unos segundos en silencio mirando hacia afuera.

—¡Hala! este sitio es fantástico. ¿Sabes adónde da mi

ventana en Barcelona?

—¿Al Mediterráneo? —arriesgó Marcelo evocando, ayudado por Serrat, lo poco que recordaba de las clases de geografía.

—Casi casi, pero no —dijo ella y chasqueó la lengua—. Tengo vistas al precioso lavadero de mi vecino.

—Bueno, al menos ahora desde tu cabaña en el club podés ver el agua, ¿no?

—Pues sí, no está mal. Aunque la de Pablo y Leandro es la que mejores vistas tiene. La mía queda un poco tapada por la botera.

Duerme sola, pensó Marcelo.

—Además —continuó ella— no se puede comparar con esto. Tenías razón, se ve casi toda la ría. ¿Me puedo sentar?

Se refería a la mecedora de mimbre, sobre la cual descansaba su diario de buceo.

—Por supuesto —respondió él y se apresuró a liberar el asiento, tirando el diario sobre la mesa.

—Apuesto a que un atardecer aquí tiene que ser la bomba —dijo Diana mientras se sentaba, con los ojos fijos en el mar.

—No falta tanto para que se empiece a poner el sol. Unas siete, a lo sumo ocho horas —le respondió él guiñando un ojo.

Otra vez, Marcelo no tenía la menor idea de por qué estaba actuando con tanta soltura, como si tuviera experiencia en estas cosas. Considerando que estaba muerto de miedo, la naturalidad con la que salían sus palabras era incluso preocupante.

—¿Y cómo es que un tío de dieciocho años vive solo en una mansión como esta? —no tardó en preguntar Diana.

—Bueno, mansión tampoco. Es grande y bonita, sí, y las vistas también son increíbles, sobre todo desde donde estás sentada vos ahora. Es mi lugar favorito en toda la casa, especialmente en invierno, porque está junto a la estufa. Pero la historia de cómo llegué a vivir solo acá es demasiado larga.

—Tengo ocho horas para matar hasta que llegue ese atardecer tan bonito que me has prometido —dijo ella y se echó a reír empujándose hacia atrás con las piernas.

Él esperó en silencio hasta que el sillón de mimbre dejara de mecerse.

—¿No me digas que también te has pegado ese pedazo de viaje? —preguntó ella señalando la pared opuesta a la ventana.

La única reforma que Marcelo había hecho en la casa desde que se había quedado solo en ella había sido pintar esa pared de verde pistacho. Sobre ella había colgado un planisferio con la ruta por los cinco continentes que se había prometido hacer alguna vez.

—Es un sueño —respondió Marcelo con una voz más floja de la que quiso poner.

—Tú estás lleno de misterios. Pensar que hay gente que te dobla en edad y su máxima aspiración es beber cerveza en el sofá y mirar el fútbol. Y tú, que todavía no has terminado el colegio, ya tienes un sueño y una historia que prefieres no contar.

—¿De verdad tenés tiempo para escucharla? —preguntó Marcelo aunque no tenía la mínima intención de contarle algo tan íntimo.

—¿La verdad?, eso depende de lo que me ofrezcas para comer. No sé si será el aire patagónico, pero aquí el hambre me llega más temprano que en España.

—Yo también tengo un poco de hambre, pero lo cierto es que la cocina no es para nada mi fuerte. Con suerte tengo los ingredientes para hacer unos tallarines con tomate.

—Tallarines con tomate entonces. No se hable más —dijo ella y se levantó de un salto de la mecedora arremangándose hasta los codos.

—*Bon profit* —dijo Diana cuando todo estuvo listo y hundió su tenedor en el plato de pasta.

Mientras cocinaban juntos habían hablado de comida, de lo que le gustaba a cada uno y de sus especialidades en la cocina. Marcelo había elegido el huevo frito como su plato estrella, mientras que Diana se había estirado algo más, declarando que su *fideuá* —una especie de paella con fideos en lugar de arroz— era insuperable.

—¿Alguna novedad con los tiburones? —preguntó Marcelo mientras enrollaba los primeros tallarines.

—Pues cada vez peor. La incertidumbre de saber que nos pueden cancelar los fondos de un momento a otro no ayuda a que haya buen rollo entre nosotros. Estamos con una sensación de presión constante. El otro día, sin ir más lejos, Pablo recibió una oferta para trabajar en el zoológico de Buenos Aires y nos dijo que si esto no se estabiliza en unos meses, se larga.

—Normal —opinó Marcelo.

—Normal, es verdad. Yo, lamentablemente, no tengo ninguna oferta que me sirva de plan B, así que si nos cortan los víveres tendré que volver a Barcelona a golpear puertas con el rabo entre las piernas.

—Dejame que te robe tus propias palabras —dijo él, evocando el día en que había ido a su cabaña para devolverle el cuchillo—. Ya te preocuparás llegado el momento, antes no.

—Antes no —repitió ella, y alzó su vaso con agua.

Al terminar la comida, Marcelo le preguntó si quería algo para tomar.

—Te puedo ofrecer té, café y mate, aunque no creo que te guste.

—¿Y qué tal un coñac, o un whisky? —dijo ella en ese tono ambiguo que puede interpretarse como broma o no.

Decidió tomárselo en serio. Se dirigió al aparador del comedor y sus manos abrieron por primera vez en su vida el par de pequeñas puertitas de madera pulida. Una bandeja plateada albergaba dos vasos retacones y tres botellas que llevaban más de dos años abiertas.

—¿Whisky, coñac o Tía María? —preguntó.

—Hombre, habiendo Tía María eso ni se pregunta —protestó ella.

—Voy a buscar hielo —dijo él, llevándose consigo los vasos para enjuagarles el polvo.

Al volver de la cocina, ella pasaba en sus manos las páginas de *La carta robada*. Se volvió para mirarlo al oír el tintineo del hielo.

—¿También hablas inglés?

—Bueno, me defiendo.

—Yo no sé una sola palabra. En realidad puedo preguntar dónde está el baño y pedir una cerveza.

—Bueno, yo sé eso y decir que la cerveza la carguen en la cuenta de mi amigo.

Ella rió de nuevo mirándolo a los ojos. Libre de las sospechas del primer encuentro en la Isla Chaffers, su expresión era limpia y auténtica.

Mientras Diana deslizaba sus dedos por el borde de las páginas del cuento, él movía los hielos cada vez más rápido, como si el tintineo bastara para llenar el silencio que se había hecho. No tenía claro qué estaba pasando entre ellos, si es que pasaba algo. Pero en su pueblo, si una chica se autoinvitaba a comer y a una copa en la casa de un pibe que vivía solo, eso solo podía interpretarse de una manera.

Apostando a que el código fuese internacional, tomó una decisión: daría un paso adelante y la agarraría por la cintura.

—¿Te gusta Poe? —preguntó ella un instante antes de que Marcelo materializara su plan.

—Me gusta, pero prefiero a Conan Doyle. Sherlock Holmes es insuperable —dijo Marcelo pensando que si tan solo hubiera sido medio segundo más valiente no tendría que ponerse a hablar de literatura fingiendo que le interesaba.

Le extendió uno de los vasos y levantó el otro. Ella hizo lo propio y propuso brindar por el misterio.

—Por el misterio —convino él, y probó por primera vez el Tía María.

La conversación que sobrevino fue un ida y vuelta de preguntas que cualquier persona curiosa haría, copa de por medio, a cualquier persona de otro país. *¿Cómo es Barcelona?, ¿Has buceado en algún otro sitio o siempre en la ría?, ¿Ya probaste el mate?, ¿Siempre hace este frío o vendrá el calorcito?*

Cuando terminaron aquellos tres cuartos de botella, continuaron con el coñac. Ella se había vuelto a sentar en la mecedora y él había arrimado una silla a su lado. Aunque no era necesario, habían encendido la estufa.

Charlaron durante casi dos horas así, maravillándose el uno con las historias del otro hasta que finalmente fue ella quien dio un golpe de timón.

—¿Te han dicho alguna vez que tienes unos ojos increíbles? Más aún cuando sonríes.

—Mi vieja me decía que los tenía del color de la ría —dijo Marcelo arrepintiéndose al instante. ¿Quién lo mandaba a meter a su madre en la conversación?

—Pues tu madre tenía razón. Tienes los ojos más bonitos que he visto nunca.

Las palabras de Diana le provocaron un vuelco en el estómago. Podía estar emancipado y tener su propia casa, pero sus hormonas tenían solo dieciocho años. No supo qué responder, así que se limitó a esbozar una sonrisa tímida, que ella no dudó en besar.

Siguió la gloria con sabor a cerezas.

Cuando Marcelo Rosales abrió los ojos, los últimos rayos del sol se colaban por la ventana. Le bastó con oler la almohada vacía para convencerse de que no había sido un sueño. Olía a cerezas. Olía a ella mientras hacían el amor.

A diferencia de sus dos experiencias previas, cuando todo había sido difícil e incómodo, con Diana las caricias habían fluido naturalmente desde el momento en que ella le había dado el primer beso. Era la primera mujer *de verdad* con la que había compartido la cama.

Se puso los pantalones sin ropa interior y fue hacia el comedor sacudiéndose la pereza. Al llamarla en voz alta descubrió cuánto más cómodo era pronunciar su nombre ahora, como si la boca se le hubiera acostumbrado a aquella nueva palabra.

Ella estaba en el comedor, sentada en la mecedora con las rodillas junto al pecho. Tenía una manta alrededor del cuerpo y los ojos clavados en la ventana. A juzgar por el crepitar rápido del fuego, acababa de echar más leña a la estufa.

—Tenías razón, es precioso —dijo sin dejar de mirar por la ventana.

El sol iluminaba desde abajo las nubes espesas, dándoles un color rosa. Los últimos rayos llenaban la ría de destellos dorados.

—Me alegra que te guste. Mañana habrá viento.

—¿Y eso?

—Es por el color de las nubes. Nubes rosa, viento al otro día. Nubes color panza de burro, nieve.

—En esta casa no solo hay unas vistas de muerte sino que también aprendo cultura popular patagónica —dijo ella girándose para mirarlo—. Voy a tener que venir más seguido.

—Cuando quieras, una vez que vuelva de Australia —dijo él, y se sintió importante—. Me voy pasado mañana.

32

Con el avión ya en tierra, la azafata de Aerolíneas Argentinas dio una bienvenida bilingüe a la ciudad de Buenos Aires, informando a los pasajeros que la temperatura era de veinte grados centígrados. Marcelo se sacó entonces el suéter de lana que llevaba puesto. Para él, veinte grados era casi tropical.

Viajar al exterior del país desde Puerto Deseado no era lo que uno definiría como sencillo. Comodoro Rivadavia, el aeropuerto más cercano para llegar a Buenos Aires, estaba a tres horas en coche. Por suerte Claudio se había ofrecido a llevarlo en el Coloradito y ese primer trayecto de estepa inacabable se le pasó rápido entre charlas y mates.

Luego, como en Argentina el aeropuerto que operaba vuelos internacionales era distinto del de los de cabotaje, Marcelo había tenido que volar a la capital un día antes del viaje a Australia. Pasaría la noche en lo de su tía Inés, la hermana mayor de su padre, quien estaría encantada de recibirlo y charlar un rato cara a cara en lugar de mediante su regular correspondencia.

—¿Me permites? La azul es la mía —le dijo un hombre español abriéndose paso hacia la cinta transportadora repleta de maletas.

Aquel acento fue un disparador para recordar a Diana. Aunque en realidad hacía dos días que casi cualquier cosa le hacía pensar en ella.

No le había dicho la verdad sobre el motivo de su viaje. Había hecho una promesa de silencio con sus amigos y no iba a romperla por más dulces que fueran aquellos besos. Le dijo que era un intercambio para mejorar su inglés, y ella pareció creerle.

Nadie lo esperaba en el hall de arribos del aeropuerto. La vieja Inés, que apenas podía caminar con un bastón y solo salía de su casa para ir al médico, se había asegurado en la última conversación telefónica que Marcelo apuntara su dirección correctamente y le garantizó que lo esperaría con su comida favorita. Marcelo no creyó oportuno explicarle la sorpresa que se había llevado la última vez que alguien le había prometido ñoquis.

Una vez fuera del aeropuerto, intentó en vano pelear el precio del viaje hasta el barrio de Once con un taxista gordo y bigotudo. Finalmente accedió a pagar lo que fuera que marcara el reloj al final del trayecto, advirtiéndole al conductor que no lo paseara porque conocía la ciudad a la perfección. Sabía que no tenía ni el acento ni la edad de su lado, pero al menos debía intentarlo.

Cincuenta mil. Siete de esos viajes y se habría gastado lo que ganaba Verdúguez en un mes. Por suerte, lo pagaba Patrick Gower.

—Ya bajo a abrirte, querido —dijo la tía Inés en el portero eléctrico.

Dos minutos más tarde la mujer, más flaca de lo que Marcelo recordaba, salió del ascensor con un bastón negro en una mano y un manojo de llaves en la otra.

—Hola precioso. Qué ganas tenía de verte —dijo tras abrir la puerta de vidrio.

Cuando lo tuvo a tiro, le pellizcó una mejilla con su mano temblorosa y le estampó un ruidoso beso en la frente.

—Estás hecho un bombón. ¡Debés tener a las sureñas enloquecidas!

—Una barbaridad, tía. Cuando salgo a la calle tengo que llevar siempre una espátula para despegármelas.

La mujer rió mostrando dientes que Marcelo no recordaba de la última vez que se habían visto. Subieron por el ascensor y al llegar al sexto piso, Inés Rosales introdujo otra de las llaves del manojo en una puerta que ostentaba una gran letra A dorada sobre la mirilla. Antes de girarla se volvió a Marcelo, lo miró con ojos tristes y ladeó la cabeza a un costado.

—Nene, a lo mejor lo que vas a ver ahora no te guste mucho, pero te pido que me entiendas. Hay cosas que están fuera de mi alcance.

Marcelo asintió, esperando que aquello no fuera lo que comenzaba a sospechar.

Al entrar, maldijo en silencio a los ñoquis.

Diego Rosales, su padre, estaba sentado en un sofá de cuero marrón. Tenía la misma mirada arrogante, pero ahora la tupida barba se había reducido a un largo bigote y una puntiaguda cuña gris en el mentón. Parecía un personaje sacado de un libro de Dumas. No estaba ni más gordo ni más flaco, solo un poco más viejo.

—Hola, hijo.

Marcelo no respondió.

—Me enteré que te ibas del país y tuve la necesidad de venir a hablarte. No sé, hasta ahora había pensado que siempre que quisiera te encontraría en Deseado.

—Pensaba que ese papel que me diste se trataba exactamente de no tener que preocuparte más por dónde estoy, ni qué hago.

—Hijo, ojalá las cosas fueran todo lo blancas o todo lo negras que se ven desde tus ojos de adolescente.

—No creo que con el tiempo vea grises que justifiquen tu abandono.

Entonces su padre adoptó el tono pedagógico del que se cree dueño de la razón solo por ser mayor.

—Hijo, te pido por favor que me escuches. Yo no quise...

—¡Me importa una mierda lo que no quisiste! —interrumpió Marcelo—. Sé perfectamente lo que sí quisiste: quisiste irte y dejarme solo. Para no sentirte culpable me dejaste las casas, como si con eso me fueras a pagar tu ausencia. Ahora soy yo el que no quiere saber nada de vos. No entiendo para qué carajo estás acá.

Flashes de su cumpleaños número dieciséis se repetían una y otra vez en su cabeza. Sobre la mesa de la casa había una carpeta marrón con un documento de emancipación firmado por su padre. Ese papel convertía a Marcelo en mayor de edad con plenas facultades sobre su vida dos años antes de lo que la ley establecía para cualquier otro argentino. Al mismo tiempo, eximía a don Rosales —que era como lo conocían en el pueblo— de cualquier responsabilidad para con él. Acompañaba aquella declaración de adultez una notita de puño y letra de su padre: *Feliz cumpleaños, deseo concedido.*

La pelea, un mes antes del cumpleaños, no había dado lugar a ningún tipo de punto y seguido. Ambos se habían declarado odio mutuo y Marcelo había sido claro respecto a su postura. *A partir de hoy te quedaste sin hijo*, había dicho. Dos años más tarde, no se arrepentía un ápice, pero dolía tanto como el primer día.

Su padre no tenía derecho a abandonarlo. Por más fuerte que hubiera sido la pelea. Por más odio que se profesaran el uno al otro. Y por más que él se lo hubiera pedido.

Todo había empezado porque Marcelo había dejado la estufa abierta y una chispa había hecho un agujero en la alfombra. Parecía que iba a ser una de las tantas discusiones menores que se habían convertido en moneda corriente desde poco después de la muerte de su madre. Sin embargo, aquel día Diego Rosales había bebido más de la cuenta y reaccionó de una manera absolutamente desmesurada.

Le dijo que tenía que agradecerle que todavía se quedara a su lado, y que si fuera por él se habría largado mucho tiempo atrás. Le dijo que estaba condenado a ser su padre por más que lo detestara. *Detestar,* ése fue el verbo con el que había definido su sentimiento. Sin duda la chispa en la alfombra no había sido otra cosa que la excusa que necesitaba su padre para decirle de una vez lo que venía rumiando hacía tiempo.

Luego pasaron casi un mes sin comunicación alguna, a pesar de vivir en la misma casa. El último contacto fue el día de su cumpleaños número dieciséis, cuando una carpeta marrón anunció a Marcelo Rosales que se le regalaba una mayoría de edad indeseada y se le quitaba un padre.

Marcelo lo admitía, había sido él quien había pedido que desapareciera de su vida. Pero un padre no podía reaccionar así. No sin siquiera una charla cara a cara.

Ahora, más de dos años después, aquel viejo acababa de levantarse del sofá con cara compungida y comenzaba a caminar hacia él con los brazos abiertos, intentando reparar el daño.

—Ni se te ocurra —dijo Marcelo levantando una mano.

Su padre se detuvo en seco y dejó caer los brazos que no abrazarían. Marcelo lloraba como un crío y se tapaba la cara con ambas manos. Transcurrió en silencio un minuto eterno.

—¿Por qué te fuiste?

—Perdoname, por favor.

Marcelo se quitó las manos de la cara y miró a su padre tras secarse las lágrimas.

—Nunca te voy a perdonar. Nunca ¿está claro? Me dejaste solo, y ni siquiera me diste tiempo a recuperarme de la muerte de mamá. Te fuiste sin más, como si hubieras estado esperando a que te lo pidiera para no sentirte tan mal. El día que cumplí dieciséis años mamá llevaba ocho meses muerta pero eso te importó una mierda. ¿Te parece que te puedo perdonar?

Silencio.

—Si querés sentirte mejor —continuó Marcelo—, decime a la cara el verdadero motivo para abandonarme. La razón que no me explicaste, ni siquiera el día en que te fuiste como una rata.

—Me odiarías si te lo dijera.

—Ya te odio.

Su padre movió la cabeza hacia atrás como si una mano invisible acabara de encajarle una bofetada.

—No lo entenderías nunca y solo te causaría más daño —dijo pasándose una mano por el pelo.

—Es imposible causarme más daño.

—Hijo…

—La próxima vez que me digas así te rompo la cara.

—Marcelo, el motivo se remonta al día en que tu madre y yo nos dimos el primer beso. Llevabas cuatro meses en su vientre.

Marcelo lo miró con los ojos encendidos de furia. Se abalanzó sobre él y lo agarró de la camisa haciendo saltar un par de botones.

—¿Qué estás diciendo? —le gritó a menos de un palmo de su cara.

—Yo había estado enamorado de tu madre casi desde que éramos niños. Hubiera dado cualquier cosa por estar a su lado.

—Incluso criar a un bastardo —dijo Marcelo soltándole la camisa.

—No hables así, por favor.

Por un instante, Marcelo creyó que las piernas no lo sostenían. Sin embargo, de a poco comenzó a llenarse de una extraña paz que lo hacía sentirse mejor. Era como si le tranquilizara saber que no llevaba los genes del hombre que lo había abandonado sin mirar atrás.

—Sos mi hijo, porque yo te quise como a un hijo —continuó el hombre—, pero nunca pude despegarme de la idea de que tu madre estaba conmigo solo para que tuvieras un padre. Me daba rabia que ella me relegara a un segundo plano. Es por eso que me fui, pensando que necesitaba despegarme de vos, por mi bien. Pero ahora me doy cuenta de lo equivocado que estaba. No puedo soportar...

—¿Quién es mi padre?

—Marcelo, por favor escuchame. Cuando tu madre falleció, no pude seguir viviendo en Deseado. Todo me recordaba a ella, y la relación con vos...

—¿Quién es mi padre? —repitió, más alto.

—No lo sé. Nunca me lo quiso decir. Sé que es de Rosario, se conocieron cuando ella fue de vacaciones. Yo en esa época ya llevaba años loco por ella, había intentado de todas formas que estuviera conmigo y estaba empezando a darla por perdida. Pero al volver de ese viaje, estaba diferente. Algo había cambiado y me dio una oportunidad.

El hombre ahora también lloraba.

—Por favor, Marcelo, decime algo —le pidió juntando las manos.

—Sos un cínico hijo de puta —dijo Marcelo escupiendo al pronunciar la última palabra.

—Simplemente te pido que consideres que cada hombre tiene un motivo en su vida. Puede que otros no lo entiendan, pero todos hacemos lo que hacemos por algo. Incluso si todo el resto de la humanidad lo considera incorrecto, algo empuja a un hombre a mover un dedo. Y algunos nos arrepentiremos toda la vida de haberlo hecho.

Marcelo lo observó con detenimiento. Daba lástima parado ahí, intentando reparar con pegamento el daño de una bomba atómica. Finalmente miró a su tía Inés, que había estado presente durante toda la discusión y permanecía inmóvil frente a ellos.

—Ya me voy —dijo Diego Rosales—. Buen viaje, Marcelo.

—Andate a la puta madre que te parió —le respondió y se encerró en el baño a llorar como un niño.

33

El capitán anunció que estaban a mitad de camino entre Buenos Aires y Sídney. Las primeras seis horas se le habían hecho eternas.

Marcelo Rosales, en mitad del océano Pacífico, se preguntó si Claudio y Ariel habrían encontrado ya la corbeta en el Atlántico. Habían decidido que mientras él estuviera fuera del país continuarían buscándola, asegurándose antes de cada inmersión que Cafa y sus hombres estuvieran lo suficientemente lejos. Además, no harían inmersiones de más de veinte minutos, que era lo que tardaba un barco como el del pescador en llegar desde el horizonte.

Ya aburrido de pensar en la corbeta y en Diana —era increíble de lo que era capaz un viaje tan largo—, buscó en su equipaje de mano la copia del cuento de Poe que le había mandado Gower junto con el pasaje a Australia.

¿Que tenía que ver *La carta robada* con la Swift? Lo más probable era que nada. Quizás Marcelo iba camino a encontrarse con uno de los más grandes lunáticos de todas las antípodas. Haberlo pensado antes, se dijo, porque ahora ya no hay vuelta atrás.

Leyó el cuento, que recordaba más interesante. Al terminar el último párrafo, los párpados se le caían y él no ofreció resistencia. Soñó con su padre —o con quien hasta hacía un día creía su padre— y con Cafa. Estaban los tres en la casa del otro lado de la ría y tanto el pescador como Diego Rosales le hablaban de los motivos. Le repetían juntos lo que ya le habían dicho cada uno por su lado: que hasta el ser más repugnante se mueve por algo, porque tiene sus razones. Luego lo dejaban solo y los veía por la ventana irse a bordo de la Golosa. Entonces él se metía en la habitación donde lo habían atacado y miraba las cruces rojas en los planos. ¿Cuál era la verdadera razón para buscar una corbeta menor en unas aguas tan hostiles del otro lado del mundo?

Lo despertó una azafata que anunciaba, primero en inglés y luego en un castellano rudimentario, que la temperatura en Sídney rondaba los veintisiete grados. Aterrizarían en el aeropuerto Kingsford Smith en treinta y cinco minutos. No hizo falta que se mirara el brazo para saber que tenía la piel de gallina.

Tras pasar el control de pasaportes y recoger la pequeña maleta que llevaba de equipaje, atravesó la puerta que separaba los pasajeros del resto de las personas en el aeropuerto. Vio familias enteras esperar el regreso de alguno de sus miembros y recibirlos con besos y abrazos. Algunos hasta con flores.

No tardó en encontrar un cartel con su nombre. Lo sostenía Patrick Gower, que en lugar de seis parecía veinte años más viejo que en la foto de El Orden: no había un solo pelo de su cabellera que no fuera una cana. Al ver que Marcelo se le acercaba, el hombre ofreció instantáneamente una sonrisa.

—¿Marcelo? Bienvenido a Australia. Espero que hayas tenido un buen viaje —dijo en inglés.

—Un poco largo, pero sin problemas. Muchas gracias por la invitación y por venir a buscarme.

—No hay nada que agradecer. ¿Vamos? —dijo Gower señalando una puerta giratoria que daba al exterior.

Si bien las clases de *Mrs* Caroline solían incluir ejercicios para entender gente nativa, las voces en esos casetes eran británicas o norteamericanas. Marcelo Rosales jamás había escuchado el acento australiano. Se le antojó que la descripción más acertada era la de un inglés hablando con la boca llena.

Mientras caminaban hacia el estacionamiento, Patrick Gower le preguntó sobre el viaje, acerca de la comida que le habían servido en el avión y la diferencia horaria entre Australia y Argentina. Incluso se interesó por cuál era su club de fútbol favorito, declarándose él un amante de Boca Juniors. Marcelo era de River.

Salieron del aeropuerto y se unieron a una interminable fila de coches con el volante a la derecha que circulaban por la izquierda. A ambos lados de la calle había viviendas con jardines verdes como campos de fútbol, con el césped perfectamente cortado y árboles casi tropicales. Muy diferentes a su patio en Deseado, pensó, de una tierra gris tan dura como el hormigón.

—Éstas son las afueras de Sídney —explicó el viejo—. En un rato pasaremos por el centro, te vas a dar cuenta porque los rascacielos son enormes.

Gower tenía un perfil diferente al que Marcelo se había imaginado mirando la foto del periódico. La nariz era más chata y los ojos no estaban tan hundidos como parecían en el recorte. A pesar de eso y del paso atropellado de los años, Marcelo reconoció el semblante británico que había descubierto el día de su visita al archivo de El Orden.

—¿Cómo es que terminó en Puerto Deseado buscando la Swift? —preguntó Marcelo, que no quería seguir con la conversación banal por un minuto más.

—Ya hablaremos de eso mañana cuando tengas todas las neuronas funcionando —dijo el viejo riéndose sutilmente de su impaciencia—. Como comprenderás, no es un tema para tomarlo a la ligera. Hoy quiero que descanses y recuperes fuerzas.

Cinco minutos más tarde, pasaban sobre el famoso Harbour Bridge, dejando atrás la casa de la ópera y los rascacielos del centro de Sídney. Marcelo miraba ese paisaje ajeno como si no fuera real, como si en realidad se tratase de una pintura futurista.

Llegaron a Newcastle completamente de noche, después de dos horas y media en las que Patrick Gower no paró de adular el asado, las mujeres y la vida en Argentina. En varias ocasiones, Marcelo había estado a punto de preguntar de nuevo por la corbeta, pero le pareció mejor no correr el riesgo de ofender a su anfitrión.

Gower vivía en primera línea de mar. Lo confirmaban el olor a sal y el sonido de las olas que apenas podían verse con la ayuda del débil destello de la luna. Marcelo nunca en su vida había visto tantos insectos juntos como los que ahora revoloteaban alrededor de la farola que iluminaba el sendero hasta la puerta, protegida de punta a punta con una mosquitera.

Al entrar, el viejo le ofreció un tour relámpago por el comedor, la cocina y un estudio en la planta baja. Luego lo condujo a arriba y le mostró la que sería su habitación.

Las cortinas del dormitorio estaban cerradas; pero si no se había desorientado, la ventana daba al mar. Había una cama doble con un edredón inmaculadamente blanco, un armario empotrado y un escritorio con una única silla, ambos de pino. Una puerta conducía a un pequeño baño privado.

Marcelo se excusó de cenar diciendo que había comido bastante en el avión y prefería irse directo a la cama. A pesar de que se moría de ganas de ponerse a hablar en ese mismo momento de la Swift, reconoció que el hombre había tenido razón al zanjar el tema hasta el otro día. El viaje lo había dejado molido.

—Descansa bien, Marcelo, que mañana querrás estar atento —dijo Patrick Gower y desapareció de la habitación.

—Buenas noches —respondió, sin saber si el australiano lo

habría escuchado o no.

Antes de acostarse, puso contra la puerta su mochila y, sobre ella, un manojo de llaves y un puñado de monedas argentinas que le habían dado de vuelto en el aeropuerto de Ezeiza. Si alguien intentaba entrar en medio de la noche, el sonido del metal contra el suelo lo despertaría. Había leído esa técnica en un libro de aventuras, aunque no estaba del todo seguro de que fuese a funcionar en la gruesa alfombra de aquella habitación.

Sin deshacer la maleta ni cepillarse los dientes, se desvistió y se metió en la cama. Tan pronto como apoyó la cabeza en la almohada, lo invadió un sueño profundo.

Un sonido estridente lo despertó en medio de la noche.

34

Lo que fuera que lo había despertado no eran sus llaves, ni las monedas. Lo que acababa de oír venía desde afuera y sonaba como una ráfaga de aullidos cortos que le hicieron pensar en una pelea de monos. Pero hasta donde él sabía, en Australia no había monos.

Entonces recordó que mientras escribía su monografía sobre la isla continente había leído sobre la cucaburra reidora, un pájaro carnívoro de la familia del Martín Pescador, tan famoso por su risa estridente como por su habilidad para robar comida de la barbacoa de algún desprevenido. Corrió un poco las cortinas para intentar ver uno de los emblemas del país, pero era imposible distinguir nada en la oscuridad de la noche, así que volvió a la cama.

La siguiente vez que se despertó, el sol le daba de lleno en la cara. Al acercarse a la ventana descubrió una playa de arena casi blanca, constantemente golpeada por olas de cresta espumosa. En el horizonte, varios barcos enormes parecían esperar fondeados, igual que en Deseado, a tener permiso para entrar al puerto.

Después de una ducha, bajó al comedor y encontró a Gower desayunando en pijama. Un gran reloj en la pared marcaba las seis de la mañana.

—Buenos días —dijo el hombre—, no esperaba que te despertaras tan temprano. ¿Quieres desayunar?

—Sí, muchas gracias. Supongo que debe ser el *jet lag*. ¿Usted siempre se levanta a esta hora?

—A mi edad es como si tuvieras *jet lag* cada día —dijo soltando una pequeña carcajada y le hizo señas para que se sentara.

—Señor Gower —dijo Marcelo concentrándose en pronunciar el inglés correctamente—, de verdad no quisiera ser descortés, pero no puedo evitar preguntarle cuándo hablaremos de la Swift.

—Podemos empezar ahora mismo.

Marcelo asintió mientras untaba una tostada con mermelada.

—Dime qué es lo que sabes tú de la historia de la Swift —preguntó el viejo antes de llevarse a la boca su taza de café.

—Todo lo que sé es lo que escribió su antepasado, Erasmus Gower. He estudiado ese relato decenas de veces, imaginándome lo duro que habría sido para ellos sobrevivir en un ambiente tan hostil.

—Yendo más a lo técnico —dijo el hombre aclarándose la voz— deberíamos empezar con que la "HMS Swift" era una corbeta de guerra perteneciente a la Marina Real Británica, como lo indican las iniciales que preceden su nombre, que significan *His Majesty's Ship*.

Barco de Su Majestad, tradujo mentalmente Marcelo.

—Contaba en total con 26 piezas de artillería distribuidas simétricamente en cada banda a lo largo de sus 28 metros de eslora. Una docena de ellas, llamadas pedreros, eran de pequeño calibre y estaban destinados a producir bajas en la tripulación enemiga. Las restantes 14 eran cañones para hundir embarcaciones indeseables que se pusieran al alcance.

El viejo hizo una pausa para darle un bocado a su tostada untada de una pasta casi negra llamada *Vegemite*. Cuando Marcelo la probó, le pareció horrenda. Se había imaginado algo parecido al dulce de leche, pero esto era salado. Excesivamente salado. Más tarde se enteró de que estaba hecha con los residuos de la fermentación de la cerveza y que los australianos estaban orgullosos de producir —y consumir a diario— algo así.

—¿Sabes, por ejemplo, dónde fue diseñada? —preguntó

Patrick Gower.

—No, pero siendo británica me imagino que en algún lugar del Reino Unido.

Gower soltó una carcajada que sucumbió a un ataque de tos.

—Si hay algo para lo que los ingleses son mejores que para inventar —dijo al recuperarse— es para copiar a sus prácticamente eternos enemigos, los franceses. El diseño de la Swift y la Vulture, su gemela, es casi un calco del Epreuve, un barco francés que los británicos capturaron en 1760 durante la Guerra de los Siete Años. En aquel momento, si una Armada lograba adueñarse de una nave enemiga de mejores prestaciones para la navegación que las propias, la copiaba inmediatamente. Un buen diseño era una ventaja grandísima, ten en cuenta que solo habían pasado tres años desde que Euler planteara las ecuaciones de la hidrodinámica que conocemos hoy.

Marcelo asintió, omitiendo mencionar que jamás había escuchado sobre la Guerra de los Siete Años y que Euler le sonaba a nombre de embutido alemán.

—La verdad es que nosotros nos hemos concentrado en investigar los posibles sitios del naufragio. Para serle sincero, contamos con escasa información sobre la historia de la embarcación durante los años que estuvo a flote —y donde dijo escasa habría tenido que decir nula.

—Los *pocos* años que estuvo a flote. Exactamente siete años y doce días. Fue botada en el astillero de John Greave a orillas del río Támesis y se hundió...

—En Puerto Deseado, el martes trece de marzo de 1770 —interrumpió Marcelo pensando *no te cases ni te embarques*, pero no supo si el dicho tendría una traducción al inglés.

La charla continuó por un par de horas. A pesar de que mayormente el hombre le hablaba de lo que él ya había leído en el relato, Marcelo disfrutaba de poder confirmar hasta el último detalle. Después de todo, no había tenido tiempo para repasar la transcripción que había hecho de la cinta de Olivera.

—Ahora empecemos con los documentos —dijo el australiano cuando se dio por satisfecho con la introducción.

El sol entraba de lleno por la ventana del comedor, iluminando una pequeña mesa rodeada de sillones de terciopelo beige. Fue precisamente sobre ella que Patrick Gower desenrolló ante los ojos de Marcelo Rosales un plano de la corbeta HMS Swift de un metro de largo.

—Ésta es la cabina del capitán, ¿no? —dijo Marcelo señalando el gran camarote en la popa, donde había visto la cruz roja sobre un plano idéntico unos días y medio mundo atrás.

—Exactamente. Desde aquí el capitán George Farmer y desde aquí mi antepasado —dijo señalando otro punto del plano— debieron sentir el golpe brusco del casco contra la primera piedra, presagiando lo peor.

El sitio asignado a Erasmus Gower, según señalaba en aquel momento el dedo índice de su descendiente, estaba ubicado sobre babor muy cerca de los aposentos de Farmer. De hecho solo un camarote lo separaba de la antecámara del capitán. Más tarde, Marcelo averiguaría que este espacio pertenecía al contador de la nave, John Murry, algo así como un tesorero.

—Una vez informados de que acababan de encallar —prosiguió el australiano—, ambos se habrían apresurado a subir a la cubierta principal. Como sabrás, lograron liberarla, pero la alegría les duró demasiado poco, pues volvieron a chocar con otra roca no cartografiada y esta vez no hubo vuelta atrás. Toda la tripulación, menos tres, logró ponerse a salvo antes de que su corbeta, que había visto alejarse Inglaterra y acercarse Jamaica y la Patagonia, se hundiera frente a sus ojos.

—¿Jamaica? —preguntó Marcelo.

—La primera misión de la Swift fue a Jamaica.

El hombre parecía saber sobre la Swift más que lo que Marcelo sabría nunca sobre ningún tema. Patrick Gower explicaba aquel plano con un fervor que Marcelo no había visto jamás, ni siquiera en las clases del profesor Garecca. El australiano deslizaba los dedos por los cañones y hablaba de ellos como si pudiera sentir el hierro frío en las yemas.

—Quiero que te estudies este plano. Es necesario que cuando encuentres el barco lo conozcas como la palma de tu mano.

La pasión de Patrick Gower hizo que Marcelo sintiera la necesidad de contarle que no habían limitado la investigación a estudiar el relato como le había dicho en la carta, sino que también habían buceado en cada uno de los sitios que coincidían con la descripción de Erasmus, sin obtener ningún resultado. Dudaba sobre cómo explicar aquello sin quedar como un mentiroso, pero el australiano pareció leerle la mente.

—¡Ah! Y no te lo tomes a mal, pero soy demasiado viejo como para creerme que un buzo que se interesa por un pecio limita su investigación al papel.

—Si bien es verdad —matizó Marcelo— que hemos hecho inmersiones, fue más confiando en un golpe de suerte que otra cosa, considerando la poca información con la que contamos.

—Créeme, si hubieras tenido más información no te habrías animado a comenzar a buscar los restos del naufragio.

—¿A qué se refiere?

—No podemos empezar la casa por el tejado —dijo el viejo con una sonrisa que dejaba claro quién tenía la sartén por el mango—. Lo primero que has de hacer es estudiarte este plano hasta que lo tengas grabado en las retinas. Quiero que seas capaz de visualizarlo hasta con los ojos vendados.

Al decir las últimas palabras, Gower había cerrado los ojos exageradamente, conjurando mil arrugas en su cara.

—Si me necesitas estaré en mi habitación —le dijo, dándole una palmadita en la espalda y lo dejó solo con aquel dibujo.

Mientras más miraba el plano, más seguro estaba de que era idéntico al que había visto del otro lado de la ría. Tres perfiles: un corte longitudinal, el casco y uno de frente, en el que se podían ver las ventanas por las que Farmer vigilaba desde su camarote la cubierta principal.

Por fin tenía tiempo de echarle una mirada tranquilo, sin poner en peligro su vida.

Gower no salió de su habitación hasta las once. Se había cambiado el pijama por una camisa blanca y beige a cuadros y unos pantalones negros. Probablemente también se había duchado.

—Me imagino que ya te puedo quitar el plano y ponerte delante una hoja en blanco para que lo dibujes —bromeó el hombre ignorando que Marcelo lo había hecho ya una vez para sus amigos al volver de su excursión al otro lado de la ría—. ¿Tienes hambre?

—La verdad es que sí. No suelo comer tan temprano, pero habiendo desayunado a las seis…

—No se hable más entonces. Vamos a comer al centro y de paso te muestro un poco Newcastle. Conozco un restaurante que hace un canguro al vino tinto impresionante.

Camino al restaurante pasaron junto a una playa donde Gower le enseñó los *ocean baths* más antiguos de Australia. Se trataba de unas piscinas de agua salada construidas sobre la costa para que la gente pudiera nadar teniendo la sensación de estar en el mar sin el peligro de quedar atrapados en las poderosas corrientes.

—O terminar siendo el desayuno de un tiburón —remató Gower, y Marcelo volvió a pensar en Diana.

Aunque mucho más grande que Deseado, Newcastle no

era más que un pueblo. Tenía una única calle comercial y un paseo marítimo con algunos restaurantes y bares de poco caché. Las playas, repletas de surferos, eran sencillamente preciosas.

Para comer, el hombre le recomendó *coat of arms*, un plato hecho con canguro y emú, los dos animales del escudo de armas de Australia. Encontró que la carne de canguro era demasiado magra y algo dulzona. No la pediría todos los días. En cuanto al emú, tenía exactamente el mismo gusto que el ñandú de su tierra.

Durante todo el almuerzo Gower se dedicó a hablarle de la industria del acero y el carbón, los dos pilares económicos de la ciudad y razón de ser de tantos barcos esperando en el horizonte. Al terminar los postres volvieron a la casa.

Patrick Gower trajo de su habitación una caja del tamaño de un televisor que tenía que sostener con ambas manos y se sentó en el sofá, apoyándola sobre la pequeña mesa donde unas horas antes había desplegado el plano. Marcelo no pudo evitar pensar en Olivera, que casi dos meses atrás le había revelado el contenido de una caja parecida, también en el comedor de su casa.

—Aquí dentro está el verdadero motivo por el que quise que vinieras —dijo el hombre en un tono notablemente más serio que el que había utilizado durante la comida—. Nos dedicaremos a ella durante el resto de tu estadía.

Patrick Gower levantó las solapas de cartón y sacó una pila de papeles cuyos diferentes tonos de amarillo daban cuenta de pertenecer a épocas muy diversas.

—La mayoría de estos documentos los fui copiando de varias bibliotecas del Reino Unido. Están, por ejemplo, las cortes marciales, que son las transcripciones del juicio que se celebró tras la pérdida de la corbeta. Por suerte absolvieron a Farmer y toda su tripulación. También tengo, obviamente, el relato del hermano del bisabuelo de mi tatarabuelo, es decir Sir Erasmus.

Le pasó varios pequeños montículos de papel cuyos títulos

Marcelo leyó cuidadosamente. El simple acceso a toda aquella información justificaba haberse cruzado medio mundo.

—Éstos, en cambio —dijo Gower sacando de la caja un sobre de terciopelo azul—, son originales y no los podrás encontrar en ninguna biblioteca del mundo. Han ido pasando de generación en generación en mi familia, pero aparentemente nadie había reparado en ellos hasta que yo me puse a investigar el asunto de la corbeta, empezando por los papeles viejos que mi abuelo había heredado de su padre.

—¿Qué es? —preguntó Marcelo sin quitarle los ojos de encima a lo que Gower sopesaba en sus ajadas manos.

—Esto, Marcelo —dijo, clavándole los ojos celestes y vidriosos— es el motivo por el cual tu vida corre peligro.

35

—¿A qué se refiere con que mi vida corre peligro? —preguntó Marcelo, más asustado que sorprendido.

—Sabes muy bien a lo que me refiero —respondió el hombre, haciendo girar el sobre entre sus dedos—. Estoy hablando de los otros buzos que también buscan la corbeta.

Sus peores sospechas se confirmaron en aquel momento. De una forma u otra, Patrick Gower estaba relacionado con los inquilinos de Cafa, y eso no podía significar más que malas noticias.

—Y usted... ¿cómo?

—¿Cómo lo sé? Me lo dijeron ellos mismos. Bueno, a decir verdad no exactamente ellos, sino quien los ha enviado a buscarla.

—Discúlpeme, pero no entiendo nada.

—Eso es porque es una larga historia. Una historia que empieza en Inglaterra, que es donde yo nací.

—Pensaba que era australiano.

—Es que lo soy. Mis padres se mudaron a esta ciudad cuando yo tenía tres años. Viví aquí hasta cumplir los diecisiete y luego me mandaron a terminar el colegio a Inglaterra, pues según mi padre la educación australiana no le llegaba ni a los talones a la británica. Fue entonces cuando, visitando la casa de mis abuelos en Hampshire, dimos con el contenido de este sobre.

—¿Dimos?

—Sí, dimos. Lamentablemente no estaba solo cuando lo encontré. Digamos que fue un descubrimiento compartido.

—¿Con quién? Si no es mucho preguntar.

—Lo que hay aquí dentro —dijo Gower, entregándole el sobre azul— lo encontré junto a mi primo Fred, una de las personas con peores sentimientos que he conocido nunca. Claro que en ese momento yo no lo sabía.

La mirada de Gower al mencionar a su primo tenía una expresión a mitad de camino entre la pena y el miedo.

—Inmediatamente después de leer lo que contenía supimos que dedicaríamos todo nuestro esfuerzo a buscar la corbeta en la cual había navegado nuestro antepasado. De hecho, empezamos juntos a analizar la información, pero cuando tuvimos claro lo que había en juego, nunca más pudimos ponernos de acuerdo.

Marcelo no sabía si preguntar qué era eso que había causado la discordia entre los primos o qué tenía que ver todo aquello con que Gower estuviese al tanto de los otros buzos en Deseado, y de que representaban una amenaza para él y sus amigos. Estaba a punto de abrir la boca, pero el viejo le ganó de mano.

—Me temo que para que entiendas el resto de la historia es fundamental que conozcas el contenido.

Al abrir el sobre, Marcelo tuvo ante sus ojos los documentos más antiguos que había visto jamás.

—Son cartas —dijo Gower—. Correspondencia ordenada cronológicamente entre Erasmus y el capitán George Farmer nada más volver a Inglaterra. Las del capitán son originales y las respuestas son copias que mi antepasado mantenía, supongo, por tratarse de un asunto tan importante. Aparentemente era una persona muy metódica.

El comentario hizo que Marcelo pensara por primera vez en Erasmus Gower como alguien de carne y hueso. Hasta aquel momento, la única información con la que había contado acerca del teniente británico era su relato del naufragio. Tal texto daba la sensación de haber sido escrito por un autor omnipresente de obra literaria más que por un náufrago desafortunado de aquella expedición. Por primera vez, Marcelo se imaginaba a Erasmus Gower como un ser humano con hábitos, miedos y, sobre todo, motivos.

—El contacto lo inicia Farmer desde su York natal, veintidós días después de haber vuelto a Inglaterra a bordo de la Favourite, el barco que los rescató. Mi antepasado, aunque había nacido en Gales, cuando no estaba en el mar, vivía en Hampshire.

A Marcelo, que sabía tanto de geografía británica como de chino antiguo, esos nombres no le sonaban de nada.

—Las primeras dos —continuó Gower— son las más interesantes.

Examinó la primera de las cartas. Jamás había visto un papel de doscientos años de antigüedad. Era blando como si fuera de tela y se le ocurrió que se podía rajar en cualquier momento. Manipulándolo con máximo cuidado, lo leyó.

Youghal, York, 14 de octubre de 1770
Al Teniente Erasmus Gower:

Le escribo estas líneas refiriéndome a la pérdida de nuestra embarcación en Puerto Deseado el 13 de marzo de este año. Me veo en la obligación de darle mi última orden como Capitán de la H.M.S. Swift. En concreto, he recibido órdenes expresas de Su Majestad Jorge III, rey de Gran Bretaña y de Irlanda, por medio del Conde de Manchester conforme:

1) Ha usted de escribir una crónica dando cuenta de todo lo sucedido durante aquel nefasto episodio, ciñéndose a la versión que se le contó a la tripulación antes de zarpar.

2) Bajo ningún punto de vista ha de hacer mención acerca del verdadero propósito del viaje. Será éste un secreto que ambos, como únicos tripulantes al tanto de la misión, nos llevaremos a la tumba.

3) El Conde me ha asegurado que una editorial en Londres ya está contratada por la Corona para publicar la crónica que se le encomienda.

Como entenderá, la razón de este encargo no es otra que reforzar el motivo oficial del viaje de la nave H.M.S. Swift. Es nuestro deber garantizar que nunca se destape la evidencia que descansa para siempre sumergida en algún lugar de nuestros antiguos aposentos.

La tarea le será debidamente recompensada. Tenga a bien llevarla a cabo con su mayor empeño, por el honor de Su Majestad y de todos nosotros.

Reciba un afectuoso saludo.

Capitán George Farmer.

—Pero entonces —dijo Marcelo al terminar de leer—, Erasmus no dice la verdad en su relato.

—Mi antepasado no podría haber mentido sobre lo sucedido durante aquellos días en las costas de lo que hoy es tu pueblo, pues su versión iría en contra de las de los otros ochenta y seis sobrevivientes, descontando a Farmer. Sin embargo, fíjate que en la carta el capitán menciona que las únicas dos personas a bordo del barco que conocían el verdadero propósito del viaje eran él y Erasmus.

—¿O sea que la Swift no viajó a la Patagonia para explorar, como declara Gower en su relato por encargo?

—Me temo que no. Hubo otra razón para el viaje.

La revelación de Gower no lo sorprendió por completo. Desde la primera vez que había escuchado el relato se preguntaba por qué la Swift había zarpado sin dar cuenta a la Favourite, su única posibilidad ante cualquier imprevisto, del derrotero que tenían pensado seguir. Y después estaban los ingleses inquilinos de Cafa y su juego sucio que dejaba claro que lo que buscaban iba más allá de un sitio arqueológico.

—¿Entonces usted sabe cuál fue el verdadero motivo del viaje? —preguntó Marcelo intentando que su mente volviera a aquel comedor en Australia.

—Tengo una teoría. Pero primero termina de leer las cartas —dijo Gower señalando la pila de papeles oscurecidos por el paso de dos siglos.

Cronológicamente le seguía la respuesta de Erasmus Gower, en la cual manifestaba que sería un honor confeccionar la crónica y hacer cualquier cosa que tuviera a bien ordenar Su Majestad. El resto de las cartas ultimaban detalles de la publicación y formalidades, sin hacer ninguna referencia al verdadero propósito de la última expedición de la Swift.

—Una posibilidad —dijo Marcelo tras leer la última— era que tuvieran pensado atacar algo...

—Frío, frío —rió el australiano.

—...O que transportaran en el barco algo muy valioso, ya fuese material o una persona.

—Ahora sí te estás acercando.

Recordó la clase de matemáticas en la que había escuchado hablar de la corbeta por primera vez. Según su compañero, su tío se había tomado unas copas de más y había mencionado...

—¿Un tesoro?

—Depende. Si te refieres a joyas y oro, entonces no. Mi teoría es que transportaban un documento. Un documento con más valor que si hubieran tenido la bodega desbordando de oro.

—¿Un documento de qué tipo? —preguntó Marcelo totalmente desconcertado— ¿Y en qué basaría una teoría así?

—Las respuestas a esas preguntas y a las muchas que van a empezarte a surgir están en el resto del contenido de la caja. Como te dije, la mayoría de esos documentos están sacados de archivos públicos: bibliotecas, museos y lugares por el estilo. Las cartas, sin embargo, son distintas. Representan la clave para interpretar el resto, como la clave al principio de un pentagrama. Hacen que textos aparentemente inocentes se transformen en verdaderas revelaciones.

—¿Por ejemplo?

—Por ejemplo este documento —dijo dándole un manojo de fotocopias abrochadas.

Eran unas diez páginas tituladas *Reflexiones sobre las últimas transacciones acerca de las Islas Falklands, por Samuel Johnson.*

—Como sabemos, la Swift estaba apostada en las Falklands, o como las llaman ustedes, las Malvinas —dijo Gower arrebatándole los papeles de las manos—. Escucha lo que dice en el primer párrafo: *... el orgullo del poder ha destruido ejércitos enteros para ganar o mantener posesiones inútiles.*

Tras leer esta frase, el viejo lo miró con una sonrisa triunfal como un mago que le acaba de enseñar a su aprendiz los secretos de su truco favorito. Por toda respuesta, Marcelo frunció el ceño.

—¿No te das cuenta? Un año después de que se hundiera la Swift, uno de los más grandes hombres de letras de la historia de Inglaterra escribe un artículo de opinión donde, palabras más palabras menos, dice que las islas Malvinas no tienen valor alguno para el Reino Unido. Y si lees hasta el final, verás que Johnson prevé una guerra absurda con España por unas islas *cuyas ventajas son difíciles de demostrar* —dijo leyendo en voz alta la frase de la última página.

—Discúlpeme, pero no entiendo nada.

—Normal, pero no te preocupes. Veamos, en 1770 la situación entre España e Inglaterra respecto a las Malvinas era muy tirante. Los ingleses habían establecido Port Egmont, el asentamiento desde donde zarpa la Swift, en unas islas sobre las cuales la corona española se consideraba soberana.

—Hasta ahí lo sigo —dijo Marcelo—. Tensión entre Inglaterra y España por las islas.

—Bien, ahora ten en cuenta que gente inglesa muy influyente, entre ellas Samuel Johnson, eran de la postura de que convenía mucho más retirarse de las islas que quedarse, lo que causaría una guerra con España, una de las grandes potencias del mundo en el siglo dieciocho.

—Algunos ingleses prefieren renunciar a las islas —resumió Marcelo.

—No son algunos ingleses —dijo Gower sacando de debajo de la pequeña mesa una botella de brandy y dos copas, aunque Marcelo rechazó la suya—. Son gente que se podría comparar al líder de la oposición en un gobierno actual. Son personas que por algo siguen siendo recordadas dos siglos después de su muerte.

—Rectifico entonces —dijo Marcelo—. Ingleses muy importantes prefieren renunciar.

—Exactamente. Pero así como había quienes preferían sucumbir a la petición de España, estaban los que consideraban que el honor era más importante que la utilidad de las islas. En otras palabras, partidarios de quedarse en las Malvinas por una cuestión de orgullo. ¿Recuerdas la frase que te acabo de leer? "el orgullo del poder".

—Me parece que lo voy siguiendo. Los tipos preferían quedarse, aunque no les sirviera para nada, a dar el brazo a torcer ante España.

—Sí. Y aquí es donde entra en juego el menos secreto de los pactos secretos de la Historia.

—¿Un pacto secreto entre Inglaterra y España?

—Efectivamente, aunque sea casi vergonzoso llamarlo así —acompañó sus palabras con una risa y negando con la cabeza—. A pesar de que no hay pruebas, en todos los libros de historia española o inglesa del siglo XVIII se habla de que ambos reinos acordaron el retiro inglés de manera pacífica. Así, España se quedaba con las islas e Inglaterra se evitaba una guerra absurda, pero al mismo tiempo conservaba su honor. Les daba la posibilidad de decir "nos fuimos porque esas islas no nos interesan, no porque nos echaran".

—¿Y dónde entra en juego la Swift?

—Esa es exactamente la pregunta que intento responder hace cuarenta años —dijo echándose hacia atrás con fuerza suficiente para hacer crujir el respaldo del sofá—. Mi teoría es que la corbeta Swift no viajaba a hacer un simple reconocimiento de las costas patagónicas como dice Erasmus en su crónica, sino que tenía como destino final la ciudad de Buenos Aires. Iban a entregar en mano un mensaje al gobernador.

—¿Un mensaje? —preguntó Marcelo, los ojos clavados en el sobre de terciopelo azul, ahora sobre la mesita.

—Más bien una confirmación. Un documento donde se dejaba constancia de cuándo se haría efectiva, según el acuerdo entre ambas coronas, la retirada de los ingleses de las islas Malvinas. ¿Te das cuenta de lo que implicaría algo así en la actualidad?

Pero el hombre no había hecho la pregunta para que la contestara Marcelo.

—Hoy en día —continuó—, un documento de esas características no solo tendría un valor histórico incalculable, sino que jugaría un papel crucial en la disputa entre el Reino Unido y la Argentina sobre las islas. De aparecer, un documento así sería equivalente al título de propiedad de las Malvinas para tu país. Estamos hablando de la única evidencia, más allá de la especulación histórica, del pacto donde los ingleses reconocen la soberanía española.

—Pero entonces —exclamó Marcelo—, incluso suponiendo que su teoría fuese correcta, no hay ninguna esperanza ¿no? Ese papel se debe haber desintegrado al poco tiempo del hundimiento. ¿Qué sentido tiene buscarlo doscientos años más tarde? Vamos a encontrar madera, metal, vidrio...

Gower exageró una sonrisa triunfante, como si Marcelo acabara de dar en el clavo.

—Vidrio —dijo golpeando con el dedo índice su copa de brandy.

Marcelo lo miró confundido. El australiano volvió a hacer sonar su copa y esperó a que la reverberación fuese inaudible.

—Vidrio, Marcelo. *Que nunca se destape la evidencia que descansa para siempre sumergida en algún lugar de nuestros antiguos aposentos.* ¿Te das cuenta?

—¿Pusieron el documento en una botella?

El viejo asintió, acabándose de un trago su licor.

36

Patrick Gower se sirvió otra medida de brandy y Marcelo volvió a rechazar el ofrecimiento de acompañarlo.

—¿Y usted está seguro de que usaron una botella? —preguntó Marcelo.

—Convencido. Nadie puede estar seguro porque los únicos que lo sabían a ciencia cierta llevan muertos más de un siglo y medio.

—¿Al menos era una práctica normal guardar documentos importantes en botellas para protegerlos del agua en caso de que el barco se fuera a pique?

—Por supuesto que no —rió el viejo—. La última posibilidad que un marino está dispuesto a concebir es que su barco se puede ir al fondo. ¿Por qué te crees, si no, que el Titanic apenas tenía botes salvavidas para la mitad de los pasajeros?

—Y si no era común hacerlo...

—En primer lugar —interrumpió el australiano—, coincidirás conmigo en que nada de lo relacionado con el viaje de la Swift se puede considerar normal.

En eso Patrick Gower tenía toda la razón. Empezando por haber zarpado sin avisar a los demás de la ruta planeada, hasta el viaje en búsqueda de ayuda a Malvinas en una embarcación solo un poco más grande que una cáscara de nuez.

—Durante cuarenta años me he convencido de que hay más hechos extraordinarios que corrientes en lo que se refiere a ese barco.

—En eso estoy de acuerdo. Pero sigo sin tener claro lo del documento en la botella.

—¿Qué te pareció el cuento de Poe?

—Muy bueno, algo me acordaba porque lo analizamos en

primer año del secundario. Eso sí, nunca había leído la versión original hasta que recibí su carta.

—Como comprenderás —dijo el hombre haciendo girar su copa—, no te lo envié simplemente para que te entretuvieras durante el vuelo. En ese cuento, Poe explica mejor que nadie por qué pusieron el relato en una botella: una botella pasaría desapercibida en el barco, especialmente en el camarote del capitán, ya que en aquella época solo los más altos rangos podían aspirar al lujo del vidrio.

Aquel era exactamente el argumento del cuento de Poe. Esconder algo colocándolo justo frente a las narices de quien lo busca.

—Eso tiene sentido —aceptó Marcelo—, sobre todo teniendo en cuenta que nadie más en la tripulación sabía el verdadero propósito del viaje. Por cierto, ¿si el supuesto motivo de la expedición era explorar las costas de la Patagonia, cómo se las ingeniarían Gower y Farmer para terminar en Buenos Aires sin que el resto de los que iban a bordo sospechase?

—¿Ingeniárselas? Estamos hablando de los dos oficiales de mayor rango de la nave. La tripulación iría sin rechistar adonde Farmer dijera que había que ir.

Cada respuesta de Gower generaba en Marcelo una nueva pregunta. Pero aquel hombre parecía saberlo todo. O al menos para todo tenía una teoría interesante.

—Disculpe mi ignorancia, pero se me ocurre que una botella con un papel dentro flotaría, ¿no es así? Si usted ha interpretado las pistas correctamente, ¿cómo puede ser que Farmer indique con tanta seguridad que descansa en el fondo?

—Yo también tuve esa sensación durante varios años, a pesar de que la teoría de la botella parecía la más plausible. Me resigné a haber llegado a un callejón sin salida y la frustración me llevó a guardar esta caja durante más tiempo del indicado. Pero un día la Armada australiana nos envió a Londres y tuve la oportunidad de visitar la Biblioteca Británica. Entonces di con este texto.

Gower recorrió con dedos rápidos los contenidos de la caja hasta sacar una fotocopia vieja y a doble cara que entregó a Marcelo para que leyese.

Se trataba de las páginas 93 y 94 de un libro cuyo título podía leerse en el encabezado: "El viaje del Capitán Don Felipe González en el navío San Lorenzo y la fragata Rosalía a las islas de Pascua". La página 93 se correspondía con el comienzo del capítulo 12, titulado "Instrucciones del virrey del Perú Manuel Amat al capitán González antes de zarpar en octubre de 1770".

En aquel escrito, el virrey Amat enumeraba casi una docena de órdenes a ejecutar por la expedición. La segunda, por ejemplo, especificaba que si encontraban la isla David —que era como se conocía en ese momento a la isla de Pascua—, debían demarcar su posición exacta y cartografiarla al detalle.

Sin embargo, Marcelo no leyó una por una todas las instrucciones sino que saltó directamente al párrafo que estaba marcado con un círculo rojo. En él, el virrey manifestaba que en caso de toparse el San Lorenzo y la Rosalía con naves de otras naciones europeas, debían expulsar a los intrusos de las tierras del rey de España y secuestrar sus bitácoras, mapas y cualquier documentación que hubiese a bordo sin permitir a los invasores realizar copias de nada.

Gower solo volvió a hablar cuando Marcelo terminó de leer.

—¿Te das cuenta?

—No, no entiendo. El texto trata sobre una expedición en un océano diferente cuatro meses después del hundimiento de la Swift. A mí no me dice nada.

—Dice mucho, Marcelo. Explica cuáles eran los códigos de la Armada española en aquella época. Las mismas órdenes que recibió Felipe González con respecto a naves enemigas las hubiera recibido cualquier capitán español que navegara cuatro meses antes por el Atlántico Sur. Este texto nos dice exactamente qué hubiera pasado si una nave española interceptaba a la Swift. Farmer necesitaba proteger el documento de la propia tripulación y de los mismísimos españoles.

—Un momento. Si el documento tenía como destino la ciudad de Buenos Aires, ¿cuál era el problema que una nave española interceptara a los mensajeros?

—Esa es otra excelente pregunta. Pero no te olvides que estamos hablando de un pacto secreto, al menos en ese entonces, entre las coronas. A nivel Armadas seguían siendo enemigos, y aquello significaba que ante un encuentro entre barcos de las dos naciones, los españoles habrían actuado según el protocolo. Es decir, abordando el barco y secuestrando toda la documentación, como se le ordenó a González. Si alguien más que el destinatario, incluso siendo español, descubría ese documento, las cabezas de Farmer y mi antepasado habrían rodado tan pronto como la noticia hubiese llegado al rey Jorge III.

—¿O sea que Farmer y Gower no solo tenían que evitar que el documento fuera descubierto por la tripulación sino que además debían procurar que no cayera en manos españolas que no fuesen las del gobernador de Buenos Aires?

—Exactamente —el brandy giraba ahora a tal velocidad que Marcelo creyó que de un momento a otro el australiano empaparía alguno de los papeles centenarios que tenía alrededor—. Y ahí es cuando una botella es perfecta para ambas funciones: la hacía pasar desapercibida ante los ojos de quienes viajaban en el barco y, si se veían abordados, podían deshacerse del documento de la manera más rápida posible: enviándolo al fondo del mar con botella y todo. Obviamente, si estaban dispuestos a eso, se habrían asegurado de que, a diferencia de todas las botellas con un mensaje, ésta no flotara. Un documento tan importante a la deriva se habría convertido en una bomba de tiempo.

—Fascinante —fue la única palabra que encontró Marcelo, resignado a que Patrick Gower sabía de lo que hablaba—. ¿Y qué posibilidad hay de que el papel en el interior de esa botella haya aguantado dos siglos seco?

—De moderadas a altas —dijo el hombre muy seguro—. En primer lugar, esos documentos se redactaban en papel vitela o pergamino, que eran mucho más gruesos y resistentes que el papel moderno. Existe la posibilidad de que, incluso habiéndose mojado, se pueda restaurar. Sin embargo, yo creo que está tan seco como el primer día.

—¿Por qué?

—Para empezar, en naufragios mucho más antiguos que la Swift, se encontraron botellas de whisky con el contenido en perfecto estado. Sin embargo, nuestra botella es diferente a cualquier otra. En lugar de líquido, contenía el documento, el lastre y aire. Lógicamente, sabrás que el aire debajo del agua se comprime o expande según la profundidad.

Marcelo asintió. Se trataba del abecé de cualquier buzo. Por eso tenía que descender tan lentamente en cada una de sus inmersiones, para lograr compensar la presión sobre los tímpanos. Y por eso nunca debía contener la respiración durante un ascenso, pues el aire en los pulmones se expandiría hasta reventarlos. Sin embargo, había una diferencia crucial entre un recipiente blando como el cuerpo humano y uno rígido como la botella.

—El vidrio es incompresible —objetó Marcelo.

—Lo es —admitió Gower—, pero el corcho se mueve. La presión del agua lo empujaría hacia adentro, incrustándolo aún más en el pico de la botella. Además, en aquella época se utilizaba una cobertura de cera sobre los tapones para asegurarse de que no hubiera filtraciones de aire que echaran a perder el líquido contenido.

—¿Y si la presión fue demasiada y la botella se llenó de

agua?

—Está bien, supongamos lo peor. Considerando el tipo de papel y las bajas temperaturas de la ría, incluso si el documento lleva mojado doscientos años las probabilidades de recuperarlo son lo suficientemente altas como para que valga la pena intentar encontrarlo. Y esto no lo digo yo, sino el mejor arqueólogo de tu país. Tuvimos largas charlas en mis días en Buenos Aires, antes de ir a Deseado.

—Una botella... —dijo Marcelo casi susurrando mientras repasaba mentalmente toda la información que el hombre acababa de darle.

—Sí —dijo Gower dejando de mover su copa—. Es exactamente eso lo que los hombres de mi primo Fred buscan en tu pueblo: una botella. Probablemente, una de las más importantes de la historia de ambas naciones, la tuya y la de ellos.

37

El sol proyectaba sus últimos rayos sobre la arena que pisaban Patrick Gower y Marcelo Rosales. A éste último, ese día de principios de primavera australiana le sabía a verano patagónico.

Gower había propuesto dar un paseo por la playa porque, según dijo, su médico lo obligaba a caminar al menos tres kilómetros por día. Marcelo había dicho que sí porque si no le daba un poco el aire, la cabeza le explotaría con tanta información.

—¿Y cómo es que tras el hundimiento no se hizo un duplicado del documento? —preguntó tras unos minutos de andar en silencio.

—La respuesta está en el relato de Erasmus. Poco después de llegar la Favourite a Puerto Egmont con los sobrevivientes de la Swift, una flota al mando del capitán español Juan Ignacio de Madariaga con cerca de mil cuatrocientos hombres recaló en Malvinas para echar a los ingleses. Yo interpreto que al no recibir el documento en tiempo y forma, el gobernador de Buenos Aires envió a sus hombres a recuperar las islas por la fuerza. Después de aquello, un pacto secreto para que Inglaterra se retirase sin humillación carecía de sentido. Al año siguiente los ingleses volvieron a Puerto Egmont y la historia siguió como la conocemos. Pero si aparece ese documento, habría una prueba escrita de la cesión de las islas a España y, por ende, a Argentina. El valor político de algo así es incalculable.

—Eso justifica que su primo Fred envíe dos hombres a buscar la Swift.

—¡Y enviaría diez más si tuviera los medios! Como te dije, Fred Platt, hijo de la hermana de mi padre, y yo comenzamos juntos la investigación. Sin embargo, tan pronto como él se dio cuenta de que lo que había en juego podía ser mucho más que un montón de bronce oxidado, mostró los dientes como un perro rabioso. Comenzó a hablar de vender el documento al mejor postor. Entonces me di cuenta de que lo que en mi mente era la aventura de mi vida, para él significaba nada más que dinero.

—Es increíble cómo nos decepcionan algunas personas —dijo Marcelo, pensando más en Diego Rosales que en Fred Platt.

—En parte la culpa fue mía. Mi padre me había advertido que mi primo Fred, al igual que su padre, era un miserable. Tardé más de lo que hubiera querido, pero cuando finalmente me di cuenta le aclaré que no estaba dispuesto a comerciar con algo tan importante que formaba parte de una historia que no solo le pertenecía a nuestra familia. Como te imaginarás, a partir de ese momento me considera su enemigo. De esto hace casi cuarenta años.

El hombre caminaba lento, con los ojos clavados en la arena. Marcelo tenía que hacer un esfuerzo para no adelantársele.

—Desde nuestra pelea, decidí que continuaría la búsqueda por mi cuenta. Estaba claro que en algún momento tendría que pedir ayuda, porque de buceo solo entiendo la teoría, pero decidí no revelar el verdadero motivo del viaje de la Swift hasta haber dado con ella. Por eso en el setenta y cinco, cuando ya no tenía nada que hacer en Australia, me fui para Deseado a intentar encontrarla. Supe por medio de mi familia en Inglaterra que a Fred le estaba yendo bastante bien económicamente con un negocio de materiales para la construcción y presentí que de un momento a otro él también estaría en condiciones de hacer lo mismo.

—¿Y tuvo su primo algo que ver en su desaparición repentina del pueblo?

—Creo y espero que no, aunque nunca estuve seguro al cien por cien. El motivo por el que me fui de Puerto Deseado de sopetón es lo más triste que me ha pasado y me pasará en la vida.

Todo comenzó con un telegrama que recibí desde Londres. Mi hijo había sufrido un accidente de tránsito yendo a Cambridge a ver a su novia y estaba inconsciente en el hospital.

Marcelo recordó que en la entrevista que le había hecho El Orden, Gower mencionaba que ya nada lo ataba a Australia, pues había enviudado y su hijo vivía en Inglaterra.

—Entonces me tomé el primer autobús a Comodoro, luego el primer avión que encontré a Buenos Aires y desde allí otro a Londres. Fueron dos días completos entre recibir la noticia y poder verlo. Todavía tengo grabado a fuego el momento de entrar en su habitación en el hospital. Lo encontré con los ojos cerrados y pensé que dormía, pero entonces el médico me informó que estaba así desde que la ambulancia lo había recogido del asfalto.

El hombre paró de caminar. Marcelo no se atrevía a preguntar cómo seguía la historia. Estaba seguro de que acabaría mal.

—Fueron los peores dos meses de mi vida. Cada mañana al llegar al hospital ansiaba encontrar a mi hijo con los ojos abiertos. Los médicos me decían que muchos de quienes habían pasado un período largo en coma, al despertarse explicaban que podían oír todo lo que sucedía a su alrededor. Por eso, yo le hablaba. Le dije que lo quería más veces durante esos dos meses que en toda su vida. Murió a dos días de su cumpleaños número veintisiete.

Marcelo se llevó las manos a la cabeza deseando no haber preguntado nada. Intentó balbucear unas disculpas, pero el viejo lo desestimó con un ademán amable y continuó hablando a la vez que reanudaba el paso.

—Han pasado ya varios años, y cada vez duele menos. Es muy triste acostumbrarse a que no esté, y es más triste aún que ya no duela tanto, pero supongo que es un mecanismo de defensa. Es como si te cortaran una pierna: la herida cicatriza, pero la ausencia queda para toda la vida.

—Claro —dijo Marcelo, aunque le costaba imaginarse el día en que la muerte de su madre dejara de doler.

—Hay golpes tan fuertes que basta uno solo para derribar todos los pilares que sostienen la vida de un hombre. Éste fue uno de ellos. Después de repatriar y enterrar el cuerpo de Jake sentí como si ya no hubiera suelo bajo mis pies.

El hombre hablaba ahora con la mirada fija en uno de los barcos que esperaban en el horizonte.

—Bueno —dijo apurando un poco el paso—, esa es una historia muy triste y no es para lo que has venido. Sin embargo, sabía que tarde o temprano te preguntarías por qué desaparecí de golpe y te la tendría que contar.

—Lo siento mucho —dijo Marcelo.

El hombre asintió.

—Intentar sobrevivir a toda aquella tristeza me mantuvo ocupado desde entonces. La corbeta y Puerto Deseado se convirtieron en recuerdos tristes, íntimamente ligados a la noticia del accidente de mi hijo. Hasta que un día llegó tu carta.

—Discúlpeme, si lo hubiera sabido...

—Si lo hubieras sabido no me la habrías enviado, ¿verdad?

Marcelo afirmó con la cabeza.

—Pues entonces me alegra que no lo supieras, porque tu carta rompió aquel vínculo horroroso. También me alegra que la enviaras ahora y no unos años atrás, cuando no hubiera querido leerla. Recibirla me sirvió para volver a pensar en Puerto Deseado como el sitio en el que alguna vez estuve lleno de ilusión.

—¿Es por eso que me invitó a venir?

—Era lo menos que podía hacer. Quería conocer al joven que me había contagiado su entusiasmo, volviéndome a replantear la corbeta como un sueño posible.

Entonces Marcelo se alegró por primera vez de lo malo que era jugando al básquet. Si la primera versión de su carta hubiera terminado dentro de la estufa, ahora no estaría hablando con el hombre vivo que más sabía sobre la corbeta Swift. O al menos uno de ellos.

—¿O sea que tiene intenciones de venir a Deseado? Podríamos buscarla juntos.

—No, Marcelo —dijo Gower volviendo a la marcha lenta—. Mi tiempo ya pasó y no tengo ni la mitad de las energías que tenía cuando decidí visitar tu pueblo.

—Pero nosotros podríamos ayudarlo a cumplir su sueño.

—No me cabe la menor duda de que me van a ayudar, pero yo disfrutaré el logro desde aquí. Lo único que debes prometerme es que tendrás cuidado con mi sobrino Andrew. Si es la mitad de miserable que su padre, no tendrá problema en intentar quitarte del medio.

Marcelo tenía aquello más claro que nadie. De hecho, todavía conservaba un pequeño bulto detrás de la oreja.

—¿Y cómo es que usted sabe que su sobrino está en Deseado?

—Pues porque el muy idiota de Fred no tuvo mejor idea que llamarme para decírmelo. Obviamente, se tomó muy a pecho cuando yo fui a Deseado por mi cuenta, y ahora que es él quien tiene a su gente buscando el barco, disfruta restregándomelo por la cara.

Caminaron en silencio hasta que la playa se transformó en un montón de rocas del tamaño de coches y, más allá, un acantilado. El viejo apoyó la espalda en una piedra y cerró los ojos. Una sonrisa apenas perceptible apareció entre las arrugas de su cara. Marcelo lo imitó y sintió cómo una frescura agradable le recorría el cuerpo de punta a punta.

—Señor Gower —dijo cuando emprendieron el regreso a la casa—, no sé qué decir. No sé cómo darle las gracias, no solo por haberme invitado a este viaje y compartir conmigo toda la información de manera desinteresada sino…

—Nadie —interrumpió el hombre—, y esto grábatelo en la cabeza, absolutamente nadie hace nada de manera desinteresada.

V. LA BOTELLA

38

El vuelo 171 de Aerolíneas Argentinas aterrizó en Comodoro Rivadavia a las 21:28, casi veintiséis horas después de que Marcelo se despidiera de Gower. Durante el desayuno, el viejo le había entregado una pesada caja con copias de todos los documentos que habían estado examinando los días anteriores. A cambio de toda aquella información, le había pedido que crease un museo en Puerto Deseado con los objetos rescatados de la corbeta, botella y contenido incluidos.

Eso, había dicho, terminaría para siempre con las ambiciones egoístas de Fred Platt, su hijo y quien fuera el otro de los inquilinos de Cafa.

Durante los restantes tres días que Marcelo estuvo en Newcastle, se dedicaron a estudiar minuciosamente el resto de la documentación y los planos del barco. Además, Patrick Gower le detalló paso a paso cuál era la mejor manera de proceder una vez encontrado el pecio: primero había que crear el marco legal del museo antes de revelar la ubicación del sitio arqueológico y luego lograr que se prohibiese bucear en él a personas no autorizadas. De esta manera, se evitaría el saqueo de oportunistas, profesionales o amateurs, empezando por sus propios parientes.

Aunque ahora volvía a casa lleno de entusiasmo, el regreso se le estaba haciendo largo. Dos horas en coche a Sídney, trece de vuelo a Buenos Aires, dos más hasta Comodoro. Todo ese trajín, incluyendo las esperas en cada escala, le había ido minando la energía durante más de un día.

En la sección de arribos del aeropuerto predominaba la alegría del reencuentro, a veces regado con lágrimas felices. Entre toda esa gente abrazándose, Marcelo divisó una figura familiar, aunque muy distinta a la que esperaba ver.

No era su amigo Claudio, quien lo había llevado al aeropuerto para tomar el vuelo a Buenos Aires y había prometido irlo a buscar a su regreso. La que se abría paso entre la gente, escrutando con ojos vívidos a todos los pasajeros que acababan de descender del avión, era Diana Carbonell. Al ver a Marcelo, la española se le acercó rápidamente y antes de decir nada le estampó dos besos.

—Bienvenido a la Patagonia.

—Gracias —fue todo lo que pudo responder Marcelo una vez estuvo bajo los efectos del perfume de cerezas.

—¿Cómo ha ido el viaje? Dame que te ayudo con esa caja.

—Gracias, pero creo que puedo solo. Todo bien por suerte, pero larguísimo. ¿Vos qué hacés acá? ¿A quién estás esperando?

—Te estoy esperando a ti —dijo ella arrebatándole la mochila—. Claudio no pudo venir y yo me ofrecí a recogerte.

—¿Te ofreciste? ¿Cómo que *te ofreciste*? ¿Desde cuándo hablás con Claudio? No sabía que las cosas podían cambiar tanto en una semana.

—Y todavía no te has enterado de nada —dijo ella deteniéndose antes de atravesar la puerta de salida.

—¿Qué pasó?

Por toda respuesta, Diana Carbonell sacó de uno de los bolsillos de su abrigo un papel doblado demasiadas veces. Al abrirlo, Marcelo reconoció instantáneamente la horrible caligrafía de Claudio.

Cabeza,

Estoy bien, pero no te podía ir a buscar. Dejá que Diana te lleve a Deseado, yo le presté el Coloradito. Cuando llegues hablamos largo y tendido.

Un abrazo.

Claudio

—¿Y esto qué quiere decir? —preguntó Marcelo al terminar de leer.

—¿Quieres que tomemos un café y te lo explico todo? ¿O prefieres que hablemos durante el viaje? Creo que con tres horas será suficiente.

Diez minutos más tarde, Marcelo Rosales estaba ante la imagen surrealista de la buza española llevándolo de regreso a Puerto Deseado al volante del auto de su mejor amigo. Si dos semanas atrás alguien le hubiera descrito la situación, habría respondido, cuanto menos, con una carcajada.

—¿Me podés explicar de una vez de qué se trata todo esto? —dijo para ayudar a Diana, que no se decidía a hablar.

—Mira —dijo de repente—, no hay una manera fácil de decirlo, así que voy al grano. Claudio está internado con un disparo en el pecho.

—¿Cómo?

—Tranquilo, la bala no alcanzó ningún órgano vital. Va a estar bien pronto, así que no te preocupes.

—¿Qué no me preocupe? Me estás diciendo que mi mejor amigo tiene un tiro en el pecho y no me tengo que preocupar. ¿Qué le pasó? ¿Cuándo? ¿Y vos qué tenés que ver con todo esto?

—Fue hace tres días. Él y Ariel habían decidido hacer una inmersión un poco alejados del pueblo. A Ariel se le había ocurrido un posible sitio para el naufragio de la Swift. Al ascender, se encontraron a la Piñata como un colador. Alguien le había clavado un cuchillo en cada una de las cámaras de aire y flotaba desinflada como una pasa.

—¿Y qué hicieron?

—Pudieron llegar a la costa nadando. Claudio, que no tenía

ninguna duda de quiénes habían sido, lo primero que hizo al llegar al pueblo fue pedirle prestada a Raúl la lancha del club. Se fue directo al otro lado de la ría a pegar fuego a la casa de Cafa.

—¡No! —fue todo lo que pudo exclamar Marcelo, como si eso fuera a cambiar algo de lo que Diana estaba a punto de contarle.

—Sí, y lo estaban esperando. No lo dejaron ni acercarse. Apenas bajó de la lancha le pegaron un tiro en el pecho y lo dejaron tirado esperando que se desangrara.

—¿Y cómo llegó al hospital?

—No lo sabe. Pero pasó mucho más tiempo del aconsejable entre que recibió el disparo e ingresó en el hospital. Perdió una barbaridad de sangre. Los médicos dicen que estuvo muy jodido, pero que ahora está fuera de peligro.

Marcelo Rosales se sentía como si lo hubieran metido dentro de un lavarropas. Ya no quedaba nada de toda la felicidad con la que había abordado el avión. Ahora su mejor amigo estaba internado con heridas de bala, y era en parte culpa suya. De no ser por su obcecación por continuar la búsqueda a toda costa, incluso sabiendo el peligro que implicaba, ahora Claudio no estaría pasando por algo así.

—¿Podrías parar un segundo por favor?

Ni siquiera aguantó a que el coche se detuviera por completo al costado de la ruta. Abrió la puerta y vomitó sobre el asfalto gris que se movía ante sus ojos.

—¿Y vos cómo sabés de todo esto? —dijo cuando se repuso, limpiándose la boca con un pañuelo que le dio Diana y las lágrimas que le habían causado las arcadas con la manga— ¿Cómo sabés de la Swift y de los tipos que viven del otro lado? Y sobre todo ¿cuál es tu vínculo con Claudio?

—Tú eres mi vínculo con Claudio.

Marcelo arqueó las cejas, anonadado por aquello último.

¿Qué tenía que ver él en todo esto, si hacía una semana se había ido a Australia y ella y Claudio jamás habían hablado?

—¿Recuerdas el día que me invitaste a ver el anochecer en tu casa? —preguntó ella.

Le pareció una pregunta ridícula. Lo recordaba como si lo hubiera vivido hacía media hora. No hubiera podido olvidar aquel día aunque el disparo en el pecho se lo hubieran dado a él.

—Pues ese día, mientras tú dormías y yo esperaba a que se pusiese el sol, cogí un precioso volumen de tapas de cuero que estaba sobre la mesa del comedor.

—¿Y lo leíste?

—Pensaba que sería un libro. Cuando lo abrí y vi la primera página, ya no pude echarme atrás. Lo leí de cabo a rabo antes de que te levantaras.

El cansancio hacía dificilísimo digerir todo aquello.

—Muy bien, te enteraste por casualidad de que estábamos buscando la corbeta, pero ¿me querés explicar cómo terminaste hablando de eso con Claudio?

—¿Recuerdas que te conté que el proyecto de los tiburones no iba del todo bien?

—Sí, ¿y eso qué tiene que ver?

—Pues tiene que ver porque nos lo cancelaron a los dos días de irte tú para Australia. Pablo ya se volvió a Buenos Aires, aceptó el trabajo en el zoológico. En cuanto a Leandro, no tiene idea de qué va a hacer, pero se larga mañana. Dice que Deseado sin trabajo es insufrible.

—No me gusta generalizar pero...

—Ya sé, ya sé, todos los porteños son iguales. Empiezo a entender las historias que os traéis los del interior con los de la capital.

Estaba a punto de empezar a despotricar cuando pensó de nuevo en Claudio. Él también era de una ciudad y vivía criticando a Deseado. Sin embargo era su mejor amigo. Además, Marcelo nunca había vivido en ningún otro sitio, así que no estaba en condiciones de opinar.

—Pues bueno —continuó Diana—, al quedarme sin trabajo, habiendo descubierto en tu diario la interesantísima historia de la corbeta y sabiendo que no abundan los buzos por la zona, me presenté en la casa de Claudio. Le dije que accidentalmente me había enterado de todo y que si podía ser de alguna ayuda para el grupo, tenía todas las ganas y el tiempo.

—¿Y te dejaron bucear con ellos?

—¡Por supuesto que no! Ni siquiera cuando les dije que ponía a disposición nuestra Zodiac, que hasta que no envíen a alguien de Buenos Aires a buscarla, la tengo como si fuera mía. Me dijeron que sí como a los locos y que si se les ocurría algo en lo que pudiera ser útil, me avisaban.

—No sé por qué no me extraña.

—Pues porque tú hubieras hecho lo mismo que ellos.

—Probablemente. De cualquier modo, al final te contactaron, ¿no? Por algo me viniste a buscar.

—Sí. Te vine a buscar porque uno tiene un tiro en el pecho y el otro no puede conducir ni un coche de *scalextrix*.

39

—Hemos llegado —dijo Diana tocándole suavemente un brazo.

—Hmmm —fue todo lo que pudo decir Marcelo al despertarse.

—Ya estamos en tu casa.

Se había quedado dormido a mitad de camino, exhausto por el viaje y las noticias.

—No, no, mi casa no —dijo incorporándose en el asiento de golpe—. Vamos al hospital, quiero ver a Claudio.

—Marcelo, es la una de la mañana, el horario de visita es de cinco a seis de la tarde.

—Al hospital, Diana. Esto no es Barcelona.

El hospital estaba a la vera de la ría, separado del club náutico tan solo por Punta Cascajo. Al llegar, tuvieron que estacionar el Coloradito en la calle a unos cien metros de la entrada porque estaban remodelando el estacionamiento. Del otro lado de la ría, la única luz que podría haber estado encendida no lo estaba.

Al entrar al hospital, Marcelo se dirigió directamente al guardia de seguridad, un diminuto hombre de bigote tupido, quien al despertarse en su silla pareció reconocerlo de inmediato. Conversaron mientras Diana esperaba, como él le había indicado, a una distancia suficiente para que aquel hombre y él pudieran hablar en privado.

—Por las escaleras, no hagas ruido —le dijo Marcelo a Diana tras despedirse del viejo con un abrazo.

—¿Cómo lo has logrado?

—¿Sabés lo que es un NYC y un TAF?

—Ni idea.

—Mejor, porque no son términos de los que uno se siente

orgulloso. Pero, lamentablemente, a veces es bueno conocerlos. Te lo explico después —dijo mientras abría sigilosamente la puerta de la habitación 106.

La penumbra parecía magnificar el sonido de la respiración de Claudio. Por la ventana solo se colaba la luz de un gran barco mercante que entraba a puerto aprovechando la marea alta. Marcelo encendió una pequeña lámpara junto a la cama y su amigo giró la cabeza arrugando el ceño, cegado por la luz. Murmuró algo indescifrable y luego abrió los ojos.

—Cabeza, ¿cuándo llegaste? —dijo con una voz que parecía salir del estómago más que de la garganta.

—Hace diez minutos. ¿Cómo estás?

—Mal pero *acostumbrau*, como decía Inodoro Pereyra. Me operan mañana para sacarme la bala.

—Claudio, no sé cómo pedirte perdón. Si no hubiera insistido tanto en que siguiéramos buscando la corbeta, hoy no estarías así. De verdad...

—No digas boludeces —lo interrumpió su amigo.

—Por lo menos no pierde el carácter —dijo Marcelo dirigiéndose a Diana.

—Cabeza, esto se nos fue totalmente de las manos.

—Tenés razón, y aunque no lo vayas a reconocer, es mi culpa. Pero no hables ahora, que tenés que descansar. Vine simplemente para asegurarme de que estabas bien. Ya charlaremos mañana en el horario de visita. Ahora descansá.

Marcelo le dio una leve palmada en la mejilla y le hizo señas a Diana para que se fueran.

—Me trajo Cafa —dijo Claudio cuando ya habían abierto la puerta para irse.

—¿Cómo? —preguntó Marcelo volviéndola a cerrar.

—Me acabo de acordar. Me trajo Cafa. Yo estaba tirado en la playa y él vino y me cargó en su lancha.

—¿Y qué te dijo?

—Que todo iba a estar bien. No me acuerdo de nada más.

—Descansá —dijo una vez más Marcelo y esta vez sí abandonaron la habitación.

Bajaron las escaleras y saludaron de lejos al sereno. Al salir del hospital, se encontraron con un paisaje completamente diferente al de hacía quince minutos. Gruesos copos de nieve caían ladeados por el viento. Apuraron el paso hasta donde habían estacionado el coche sin decir una palabra. Solo se oía la nieve virgen crujir con cada pisada.

—¿Ahora sí a tu casa? —preguntó Diana.

Marcelo la miró en silencio. Luego le pasó una mano por el pelo, que tenía algún rastro de nieve, y le besó los labios fríos.

—Ahora sí.

Durmieron juntos aquella noche, abrazados casi todo el tiempo, dándose calor el uno al otro. Fue ella esta vez quien se levantó con la cama vacía y encontró a Marcelo en la mecedora de mimbre mirando la ría. Desayunaron —él por primera vez en mucho tiempo sentado a la mesa— café con leche y tostadas. Se abrigaron y salieron a la calle, que conservaba en los rincones más sombríos algo de la nieve de la noche anterior.

Ceferino Cafa abrió la puerta de su casa una fracción de segundo después de que Marcelo la golpeara, como si lo hubiera estado esperando. Sin la boina, parecía diez años más viejo. Sus ojos, brillantes y enrojecidos, delataban falta de sueño.

—Cafa, tenemos que hablar.

—Adelante —dijo el hombre mirando más a Diana que a Marcelo—. ¿Cómo está Claudio?

Al entrar, Marcelo esperaba ver sobre la repisa de la chimenea el trozo de la Swift que había llevado a los ingleses hasta el pescador. Pero solo había fotos de su hija y un espacio vacío en el medio.

—Está bien —dijo Diana—, recuperándose. ¿Entonces es cierto que usted lo llevó al hospital?

—Sí, fui yo. Y antes de que me pregunten, les juro por mi hija que no tuve nada que ver con lo que le hicieron esos salvajes.

En el centro del comedor había una mesa de fórmica cubierta por un plástico transparente que oficiaba de mantel. Sobre él descansaba un cenicero repleto de colillas y un cigarrillo encendido, a punto de convertirse en una más. Cuatro sillas, todas distintas, completaban el mobiliario. El pescador se dejó caer sobre una e hizo un gesto con la mano para que Marcelo y Diana hicieran lo mismo.

—Yo estaba pescando, solo —dijo cuando estuvieron los tres sentados—, y vi la lancha del club cruzar hacia mi casa. Recogí la red tan rápido como pude y empecé a seguirla, sin saber quién iba a bordo. Recién reconocí a Claudio cuando se bajó de la lancha, un segundo antes de que abrieran la puerta de la casa y le dispararan. Lo vi caer al suelo a menos de dos metros del agua.

El hombre dio una honda pitada al Derby ya casi consumido, que ahora temblaba entre sus dedos. Retuvo el humo durante unos segundos.

—Yo... lo tendría que haber llevado inmediatamente al hospital.

—¿Quiere decir que no lo hizo? —preguntó Diana adelantándose a Marcelo.

—No me dejaron. Uno de ellos me apuntó con la pistola y me dijo que los cruzara con el bote. Les dije que había que llevar a ese muchacho a un médico urgentemente, pero me dijeron que si no hacía lo que me decían el que iba a necesitar un hospital sería yo. Tenían las valijas hechas. En cinco minutos estábamos navegando hacia el pueblo.

El pescador hizo una pausa para encender un nuevo cigarrillo con el anterior.

—Cuando llegamos al otro lado —continuó—, me obligaron a entregarles las llaves de la furgoneta, cargaron todo su equipaje y salieron a toda velocidad.

—¿Y no había nadie que pudiera haberlos visto?

—Nadie que yo sepa. El club a esa hora estaba cerrado y el día se había puesto demasiado ventoso como para que hubiera alguien paseando por la playa. Mientras volvía a buscar a Claudio, avisé por la radio a prefectura. Lo encontré en el mismo lugar, quieto y empapado en sangre. Pensé que se había muerto.

El nuevo cigarrillo de Cafa temblaba entre sus dedos aún más que el anterior. Un trozo de ceniza cayó al suelo, pero el pescador no pareció notarlo.

—A la vuelta —prosiguió— había una ambulancia esperándolo en el muelle. A mí me llevaron para tomarme declaración.

—¿Y qué les dijo? —preguntó Marcelo.

—Les conté toda la verdad. Todo lo que sé de cabo a rabo. La policía los está buscando.

—Eso es lo que debería haber hecho hace mucho tiempo —dijo Marcelo—. Exactamente el día que descubrió cómo esos dos intentaron asesinarme. Pero no, usted siguió ayudándolos, sabiendo que las cosas podían terminar como terminaron.

—Pibe —dijo el hombre, pasándose a contrapelo por la barba roja la mano que sostenía el cigarrillo—, vos no tenés idea de cómo me arrepiento de haber actuado así. Tenés toda la razón, fui demasiado lejos protegiendo a esos delincuentes. Me dejé llevar por la posibilidad de hacer un billete fácil y me salió el tiro por la culata.

—El tiro —dijo Marcelo poniéndose de pie y señalándose el pecho— se lo pegaron a mi amigo. Y por más que usted se arrepienta o se justifique, él sigue en el hospital.

El pescador se quedó en silencio, con los ojos clavados en

la diminuta brasa del tabaco. Cuando las miradas de Marcelo y Diana se encontraron, él hizo un movimiento con la cabeza y, dos segundos más tarde, estaban saliendo de la casa.

Solo ella dijo adiós.

40

Sobre la margen norte del estuario, con el pueblo a solo un par de kilómetros en dirección al océano, las aguas de la ría se movían más de lo ideal para bucear.

Se sumergirían en breve para intentar una vez más dar con la corbeta, buscándola en un sitio que, aunque no coincidía exactamente con la descripción de Erasmus Gower, aparecía en uno de los documentos que Patrick Gower había entregado a Marcelo.

Firmada por un sobreviviente anónimo del naufragio, la crónica, más corta que la de Gower, afirmaba que la profundidad a la que se había hundido la Swift era de dos brazas menos que la que declaraba Erasmus. Aquello había puesto nuevas rocas en la lista de posibles candidatas y ahora Marcelo y su grupo flotaban exactamente sobre una de ellas.

Como la Piñata había quedado inservible, Diana Carbonell ofreció por segunda vez su barca con la condición de que la dejaran participar de las inmersiones. Aunque Ariel y Marcelo intentaron convencerla de que era demasiado peligroso, por las condiciones naturales y por cómo se habían sucedido los hechos últimamente, ella no se mostró dispuesta a negociar. Si querían su embarcación, tendrían que aceptarla con ella a bordo.

La otra alternativa era solicitar la del club náutico, pero considerando que durante el último préstamo alguien había terminado herido de bala, les pedirían un millón de explicaciones. La ventaja de aceptar la oferta de la española era que ella ya estaba al tanto, aunque de casualidad, de todos los detalles de la búsqueda. Tras una charla entre Claudio, Ariel y Marcelo en el hospital el día anterior, habían decidido incorporarla al equipo. Por su lancha, por ser buzo y porque Marcelo insistió.

En cuanto a los ingleses, ya hacía cuatro días que habían

desaparecido tras robarle la camioneta a Cafa. Lo más probable era que hubieran llegado a Buenos Aires y, sabiendo que tendrían a la policía detrás, salido del país rumbo a Inglaterra. Marcelo, Ariel, Claudio y ahora Diana, tenían que encontrar la corbeta antes de que Fred Platt enviase a otros buzos a completar el trabajo que no habían sido capaces de realizar su hijo y el otro.

El bote inflable de Diana corcoveaba con las olas mientras Marcelo terminaba de abrocharse el chaleco de aire. Ariel hacía rato que estaba sentado en el borde, listo para tirarse de espaldas.

Diana estaba de pie, con todo el equipo puesto y las aletas en la mano. En esa posición la encontró la bala que impactó en su cadera, tirándola al agua.

Otro proyectil pasó zumbando cerca del oído derecho de Marcelo y, sin pensarlo, éste saltó por la popa como estaba. Vació su chaleco lo más rápido que pudo hasta comenzar a hundirse lentamente. Descendió, sin aire y a ciegas unos tres o cuatro metros, según le indicaba la presión del agua en sus tímpanos. A esa profundidad estaba a salvo de las balas. Ahora solo le faltaba poder respirar.

Con la mano derecha se tocó las caderas y continuó con el brazo hacia adelante hasta sentir la manguera del regulador en su antebrazo. Sopló con fuerza para quitar el agua de la boquilla y se llenó los pulmones de aire.

Seguía sin ver nada, pero pudiendo respirar, lo de la máscara se convertía en un problema menor: la tenía alrededor del cuello. A tientas, se la ajustó sobre la cara y exhaló por la nariz presionando la parte superior hasta que el aire desplazó al agua por completo.

Abrió los ojos y miró el profundímetro: estaba a seis metros. Miró hacia los costados pero no vio a Diana ni a Ariel. La visibilidad era de tres o cuatro metros.

Entonces reaccionó y miró hacia el fondo. No importaba cuántas inmersiones tuviera a sus espaldas, siempre tardaría un segundo extra en darse cuenta de que, debajo del agua, alrededor también significaba arriba y abajo. Descubrió, apenas visibles, a Diana y Ariel aferrados al cabo del ancla.

Descendió hacia ellos tan rápido como se lo permitieron sus oídos, esperando encontrarse un reguero rojo saliendo de la cadera de Diana. Sin embargo, al llegar a su lado, la española le hizo una seña para que se tranquilizara e, inclinándose hacia un costado, señaló una de las pastillas de plomo de su cinturón. Estaba deformada y albergaba en su interior una pequeña bala encamisada.

Marcelo sintió una especie de *déjá vu*, con la diferencia de que ahora no era el suelo de madera de la casa de Olivera donde se había incrustado el proyectil, sino el cinturón de plomo de Diana Carbonell. Por suerte, esta vez no había atravesado previamente la cabeza de nadie.

Pero había estado cerca. Por diez centímetros, aquella bala no había destrozado el riñón de Diana. Y por veinte, no había hecho explotar su botella con aire comprimido a doscientas atmósferas. Eso hubiera matado a los tres.

Bajaron hasta el fondo, a doce metros. Reunidos alrededor del ancla, mientras intentaban tranquilizarse los unos a los otros mediante señas no estandarizadas, Marcelo abrió el bolsillo de su chaleco flotador y sacó su pizarra acuática.

—*LA ÚNICA POSIBILIDAD ES VOLVER AL PUEBLO CON LA CORRIENTE* —escribió.

Diana y Ariel se miraron, sopesando la idea. Eran casi dos kilómetros los que tendrían que recorrer en menos de media hora. Con lo acelerados que estaban sus corazones, el aire no les duraría más que eso.

La marea comenzaría a bajar en cualquier momento, llevándolos con fuerza hacia el pueblo, seguro y habitado, pero no tenían tiempo suficiente para esperar. Había que comenzar a moverse en dirección al puerto lo más pronto posible.

Incluso con la corriente a su favor era arriesgado. Sin embargo, la alternativa era salir a la superficie, lo que los convertiría en algo parecido a esos patitos de plástico que flotan en las kermeses mientras la gente les dispara con un rifle.

En este caso sería una pistola. Seguramente la misma que había matado a Olivera.

Tras la afirmativa de Diana y Ariel al plan, comenzaron a avanzar intentando pegarse lo más posible al fondo. Aquello era fundamental, pues en el caso de encontrar una contracorriente se podrían agarrar de las rocas para evitar ser arrastrados.

De los tres, Marcelo Rosales era el único que contaba con una brújula. La consultaba permanentemente en su muñeca izquierda para asegurarse de que se dirigían hacia el pueblo, donde tendrían mayores posibilidades de salir con vida. Su manómetro acusaba un consumo de aire extraordinario, casi el doble de lo normal. La profundidad tampoco ayudaba a conservar aire —su profundímetro marcaba veinticinco metros—, pero la única posibilidad de llegar a destino era continuar pegados al fondo.

Bastó una simple operación matemática en su cabeza para que Marcelo se diera cuenta de que a ese ritmo y a esa profundidad se quedaría sin aire antes de que estuvieran a salvo. Sacó nuevamente su pizarra del bolsillo del chaleco y escribió:

—SUBO UNOS M P/REDUCIR CONSUMO.

Diana y Ariel se mostraron de acuerdo juntando pulgar e índice. No hizo falta que Marcelo les dijera que era mejor que ellos se quedaran abajo mientras sus botellas se lo permitieran.

Tres metros más arriba, apenas veía a sus amigos. La

marea bajante lo enturbiaba todo conforme arrastraba sedimento hacia el océano. Y a pesar de que también los empujaba a ellos en la dirección correcta, lo hacía con tanta fuerza que les era imposible controlar el rumbo.

Continuaron así un poco más hasta que, de repente, el agua se volvió mucho más clara, revelando delante de ellos una enorme pared vertical de roca. Marcelo sintió que avanzaba cada vez con menos velocidad hasta descubrirse flotando en aguas calmas que lo mecían suavemente de un lado a otro. Seguramente, pensó, se habían puesto al refugio de la corriente detrás de una de las varias penínsulas que se adentraban en la ría. Volvió a distinguir con claridad a Diana y a Ariel, que lo seguían desde el fondo.

Si querían continuar avanzando, deberían superar la enorme roca que les bloqueaba el paso. En condiciones normales la hubieran rodeado para evitar cambios bruscos en la profundidad de la inmersión, pero considerando que casi no les quedaba aire, tendrían que subir hasta pasarla por encima.

Durante el ascenso, Marcelo tenía que hacer cada vez más fuerza para respirar. Conocía bien su regulador y sabía que eso significaba que le quedaban, como mucho, cinco minutos de inmersión. Pero los chasquidos que producía el aire al expandirse en sus oídos le confirmaban que subían, y mientras menos profundidad, más le duraría lo poco que quedaba en su botella.

La cima de la roca, a doce metros y medio de profundidad, era plana y alargada. Marcelo, Diana y Ariel bucearon juntos hasta el otro lado de la piedra para encontrarse con una pared que descendía tan vertical como la que acababan de subir. Se asomaron y descubrieron que el precipicio caía por unos seis o siete metros.

Del lodoso fondo emergía un enorme costillar de madera.

41

Marcelo cerró los ojos durante unos segundos. Al volver a abrirlos, las cuadernas de madera seguían allí, sobresaliendo del fondo como dientes de una boca gigante. Sin necesidad de medir, supo que aquel barco tenía veintiocho metros de eslora. Y aunque no vio ninguno, hubiera apostado el poco aire que le quedaba a que doce pedreros y catorce cañones descansaban enterrados bajo el sedimento.

Y quizás, junto a alguno de ellos, la botella más importante que se había hundido jamás.

Miró a su derecha y vio a Diana y a Ariel asomados, como él, al barranco submarino. De no ser porque el agua hacía ondear sus pelos, Marcelo habría jurado que estaban congelados. Ambos tenían la vista clavada en la pequeña fracción desenterrada del barco que se había encaprichado en permanecer oculto durante tanto tiempo.

Fue entonces, en el momento más feliz de su vida, cuando Marcelo Rosales se quedó sin aire.

Agarró a Diana por el hombro derecho. Cuando ella se giró para mirarlo, se pasó el canto de la mano por el cuello, haciendo un gesto como si se cortara la garganta. La seña significaba que quien la hacía tenía la botella vacía o algún problema con su equipo le impedía respirar.

Fiel al código de buceo, Diana Carbonell levantó sus brazos como si la apuntaran con una pistola, para que él identificara el tubo de color amarillo conectado a la fuente de aire de emergencia. Se la llevó a la boca y respiró.

Pero ya no podían seguir contemplando la Swift. A Marcelo y Diana, que ahora compartían la botella, no les quedaba más de dos minutos de aire. Tenían que comenzar el ascenso ya mismo.

Sacudieron del brazo a Ariel, embobado con la imagen de la corbeta. Al ver que Marcelo y Diana compartían el tanque, miró su manómetro y señaló a sus compañeros lo que marcaba la aguja: cero. Él también se quedaría sin aire de un momento a otro.

Comenzaron el ascenso hombro con hombro. De esa forma, si Ariel se quedaba sin aire, Marcelo o Diana compartirían la boquilla con él, intercalando bocanadas.

No hizo falta. Al salir a la superficie, a Ariel todavía le quedaba un resto en su botella para inflar el chaleco. Marcelo, en cambio, lo tuvo que hacer a pulmón.

—Mira hacia adelante —dijo Diana mientras Marcelo soplaba dentro de la tráquea del chaleco.

Vio, a no más de cien metros de distancia, el casco oxidado de un pesquero enorme. Estaban en el puerto.

42

El despertador sonó a las dos y cuarenta de la mañana, aunque Marcelo tenía los ojos abiertos desde que se había acostado. Fue a la cocina y desayunó un té con leche de pie junto a la mesada, sin encender ninguna luz.

Salió por la puerta trasera y saltó la pared del fondo, aterrizando sobre el pequeño arbusto de guindas de la señora Carballo. No se preocupó demasiado por el ruido, su vecina era prácticamente sorda.

Caminó con paso apurado durante diez minutos con las manos en los bolsillos y el mentón dentro de la bufanda. Al llegar a la casa de Claudio, levantó la caracola que adornaba el alféizar de una de las ventanas, descubriendo el reflejo plateado de la luna sobre una pequeña llave.

Llevaba cinco minutos en la casa cuando oyó golpes en la puerta. Ariel y Diana habían llegado al mismo tiempo.

—¿Tenés los focos? —preguntó Marcelo mientras saludaba a Diana con un beso y ella a él con dos.

—He traído los tres. Han estado enchufados varias horas, así que las baterías están al máximo.

Ariel corrió la cortina del comedor y miró hacia el cielo por la ventana.

—Hoy hay luna llena —dijo—. Hasta los cinco metros podemos bajar sin encenderlos, para no levantar sospechas.

Sin más preámbulos, comenzaron a cargar sus equipos en el Coloradito. Antes de cerrar la puerta y volver a guardar la llave debajo de la caracola, Marcelo miró el gran reloj con forma de escotilla que decoraba el comedor de Claudio. Eran las tres y media de la madrugada.

Marcelo Rosales detuvo el Coloradito junto a una pequeña playa de piedra entre el puerto y el muelle de la prefectura. Estaba desierta en aquel momento, aunque, de día y cuando no arreciaba mucho el viento, era uno de los sitios favoritos de los pescadores.

Después de descargar todo el equipo intentando hacer el menor ruido posible, Marcelo condujo el coche hasta el estacionamiento de un hotel cercano. De verlo allí, nadie sospecharía. Quince minutos y medio kilómetro más tarde, se volvió a reunir con sus compañeros donde los había dejado.

Encontró a Diana y Ariel con el traje ya puesto. Mientras él se calzaba el suyo, sus compañeros revisaron el resto del equipo para asegurarse de que funcionase bien. Cuando todo estuvo listo, escondieron la ropa que se habían quitado y unas toallas para cuando salieran en una pequeña cueva debajo de una roca.

Se ayudaron mutuamente a ponerse el chaleco unido a la pesada botella de aire y caminaron decididos hacia adentro mientras el agua helada se les metía en el traje.

Marcelo apenas veía el profundímetro cuando éste marcaba los cinco metros que habían acordado. Activó su foco y un potente haz de luz se extendió hasta perderse en las tinieblas. Inmediatamente, sus compañeros hicieron lo mismo.

Las luces revelaban un fondo que parecía sacado de una película de ciencia ficción. Animales extraños abandonaban la oscuridad de sus cuevas para salir a cazar y los bulbos marrones que de día pasaban desapercibidos se abrían en unas bellas flores lilas que se hamacaban al compás de la corriente.

Tardaron menos de diez minutos en llegar junto a la roca

que había sentenciado a la corbeta. El esqueleto de madera seguía allí, al igual que el día anterior y cualquier otro día desde hacía dos siglos.

Iluminada solo por los tres haces de luz, la escena era algo tétrica. El barco descansaba con el casco inclinado hacia estribor y popa, y todo lo que había expuesto eran las gruesas cuadernas de estribor que hacía doscientos años habían sostenido la estructura de la proa. Las tablas que las unían formando el casco se habían desprendido con el tiempo y algunas se podían ver parcialmente enterradas en el fondo lodoso. Un trozo de una de ellas había terminado, quién sabía después de qué viaje, en manos de Cafa. Y eso había atraído a los ingleses como la sangre a los tiburones.

Habiendo visto los planos, encontrar la cabina del capitán no era difícil: estaba en la popa, debajo de la toldilla. Por suerte, la manera en la que se había hundido la Swift, cayendo hacia atrás, y los doscientos once años de sedimento que la habían ido enterrando aumentaban las esperanzas de que al menos algunos objetos hubieran sobrevivido a tanto tiempo debajo del agua.

Pero una cosa era ubicar los aposentos de Farmer y otra muy diferente era acceder a ellos. Según habían acordado el día anterior en la habitación 106 del hospital, la primera tarea para encontrar la botella, si existía, era ingresar en la popa del pecio. Eso sí era complicado.

Una gruesa capa de algas y arena recubría lo que les pareció la toldilla, es decir el techo del camarote, cámara y antecámara del Capitán George Farmer. Las tablas sobresalían inclinadas desde el fondo y, a pesar de que Marcelo siempre había sido de la política de no tocar nada del lecho marino, si querían avanzar deberían abrirse paso de alguna manera.

Al ponerse manos a la obra para apartar las algas y el limo que cubría las tablas, bastaron dos minutos para que el sedimento que habían removido los envolviera, impidiéndoles ver siquiera sus propios cinturones de plomo. La luz moría instantáneamente como si chocara contra una pared, sin dejarles otra alternativa que comenzar el ascenso.

A cinco metros de la superficie el agua estaba mucho más clara. Apagaron los focos y continuaron avanzando a esa profundidad. Había que reducir al máximo la probabilidad de ser descubiertos por los ingleses, que no parecían haberse ido.

Volvieron a la noche siguiente, y a la otra, moviéndose con el máximo sigilo y estacionando siempre el Coloradito en el hotel. Fue recién en la tercera inmersión que pudieron sacar dos anchas tablas del techo de la cabina y procurarse el acceso a la que suponían era la habitación de Farmer.

La primera en entrar fue Diana, pero se detuvo cuando solo tenía medio cuerpo dentro del barco. Estuvo así durante treinta segundos, bloqueando el paso a Ariel y a Marcelo, y luego empezó a retroceder. Cuando salió, iluminaba con la luz un objeto en su mano izquierda. Los reflejos no daban lugar a dudas: era vidrio.

Marcelo lo iluminó también con su foco una vez se hubieron apartado de la nube que brotaba del acceso a la cabina. No se trataba de una botella, sino de un reloj de arena. Por el tamaño, era el de veintiocho segundos que utilizaban, junto con una soga con un nudo cada cuarenta y siete pies y tres pulgadas, para medir la velocidad de navegación. Al menos eso le había contado Patrick Gower.

El vidrio parecía intacto, pero el reloj estaba lleno de agua. Los tres se miraron con una expresión a mitad de camino entre la alegría y la duda. "¿Qué hacemos?" parecían preguntarse los seis ojos detrás de las lunetas. "¿Qué hacemos con el primer objeto rescatado?".

Marcelo extendió su mano, pidiéndole a Diana el reloj. Cuando la española se lo dio, nadó hacia el agujero, que todavía seguía escupiendo sedimento en suspensión, y se adentró en la cabina a tientas. Dejó el reloj en el fondo con la mayor delicadeza que su tacto enguantado le permitía y al salir hizo señas a sus compañeros para comenzar el ascenso.

—Tenemos que crear un museo —dijo cuando los tres tuvieron la cabeza fuera del agua.

Desde que había llegado de Australia, no había discutido con sus amigos la promesa que le había hecho a Gower.

—¿Debajo del agua? —bromeó Ariel—. Para que la gente lo pueda ver necesitamos sacar las cosas de ahí abajo.

En parte, Ariel tenía razón. Además, resistirse a la tentación de llevarse aquel primer objeto encontrado había sido mucho más difícil de lo que Marcelo imaginó en un primer momento. Sin embargo ¿de qué servía haber recorrido un camino tan largo si todo terminaba en la repisa de algún coleccionista privado? A pesar de ser consciente de que no tendría en su vida otra oportunidad como ésta de hacerse rico de la noche a la mañana, le importaba mucho más que todo Puerto Deseado pudiera disfrutar de aquellas joyas arqueológicas. Además, le había hecho una promesa a Patrick Gower.

—Es cierto —dijo Marcelo—, pero no seremos nosotros quienes las saquen. Para eso se necesitan profesionales. Ni siquiera Claudio, que se gana la vida buceando, es idóneo. Lo que necesitamos son arqueólogos.

—¿Y qué pasa si cuando reportemos la ubicación del barco se llena de saqueadores antes de que vengan los arqueólogos? —preguntó Diana mientras se sacaba las aletas.

—Es que esa es justamente nuestra única arma. Nadie sabe dónde está el pecio y nadie lo sabrá hasta que no tengamos garantías de que va a ser tratado como se merece.

Al salir del agua, Marcelo se quitó el traje, y tras secarse con una de las toallas, se puso su ropa y caminó temblando por quince minutos hasta el hotel donde estaba el Coloradito.

Igual que la noche anterior, llevó primero a Ariel a su casa. Luego invitó a Diana a dormir con él, tras dejar el coche en casa de Claudio.

—¿Cómo lo haces? —preguntó ella mientras caminaban hacia la casa de Marcelo tomados del brazo.

—¿Cómo hago qué?

—¿Cómo haces para levantarte a las siete de la mañana para ir al colegio después de haber estado buceando de madrugada?

—Simple, salgo del colegio y duermo una señora siesta. ¿Por?

—El colegio —dijo Diana con voz nostálgica—. Cómo echo de menos mis días de instituto. A las dos de la tarde estás fuera y mañana será otro día.

Marcelo no supo qué contestar. Para él la vida había sido así desde que se acordaba. Jamás había tenido ninguna otra obligación, a excepción de las clases de inglés con *Mrs* Caroline.

—Pues a decir verdad yo lo llevo bastante mal —continuó ella—. Intento echarme una siesta cada día, pero con tanta gente yendo y viniendo frente a la cabaña lo tengo chungo.

—Por la puerta de mi casa no suele pasar nadie. Dormirías como un angelito.

Una pequeña nube de vapor acompañó la risa de ella, preludio de un cálido beso de labios helados.

43

Pasaron quince días buceando de noche y durmiendo siestas juntos. Solo descansaban los fines de semana, cuando el movimiento nocturno del pueblo aumentaba, y con él las posibilidades de que alguien los viera y se preguntara qué hacían esos tres buceando de madrugada.

Más allá de eso, no perdían un solo día. Las noches se hacían cada vez más cortas y algunas veces les era imposible bucear con marea alta, que era cuando había mejor visibilidad.

Claudio seguía en el hospital a causa de una complicación post operatoria. La cavidad donde había estado la bala comenzaba a mostrar signos de infección y, dada la proximidad al corazón, lo tenían en observación permanente.

A pesar de las dificultades, esos días de buceo habían reportado pequeños avances, sobre todo de cara a la creación del museo. En una de las inmersiones, Ariel había desenterrado una bala de cañón del tamaño de una manzana. Otro día, un bulto cuadrado había revelado ser un armario cuando, tras levantar una de sus puertas, encontraron varios artículos de porcelana. Definitivamente, no faltarían arqueólogos dispuestos a trabajar en aquel proyecto, y el museo sería un éxito.

Pero primero necesitaban encontrar la dichosa botella. O al menos asegurarse de que allí no estaba.

Marcelo había podido entrar a la cabina en la cuarta inmersión. La primera impresión fue que estaba en una cueva. Lo único que desentonaba eran las aristas demasiado rectas. Las paredes estaban recubiertas por una especie de alga más pequeña y tupida de la que forraba el pecio del lado de afuera.

Tal como se lo habían descrito Diana y Ariel, el suelo se había derrumbado, uniendo los aposentos del capitán con los pañoles que había debajo. Aquello dificultaba considerablemente la búsqueda, pues la mayoría de los objetos no solo estarían sepultados bajo la gruesa capa de sedimento sino que también una multitud de tablas deterioradas se había ido apilando sobre ellos a lo largo de los años.

Al día veinte, en el rincón más profundo de la cabina de Farmer, descubrieron una gran caja cuadrada. Probablemente un baúl. Habían creído que se trataba de un taburete hasta que Ariel señaló, con una enorme sonrisa asomando a los costados del regulador, una mancha verde entre las finas algas que lo cubrían. Era un cerrojo.

El muchacho retiró la tapa y una nube blanquecina cegó las linternas, impidiéndoles ver el contenido. Entonces Diana se quitó el guante derecho, metió la mano y barrió el fondo con suavidad. Tras lo que a Marcelo le pareció una eternidad, sacó un puñado de objetos.

Nada tenía el tamaño ni la forma de lo que buscaban. El más notorio era un pequeño tintero cuadrado de cerámica. Quizás, pensó Marcelo, Gower había utilizado uno parecido para escribir su relato. O Farmer, para encargárselo.

El resto era una masa amorfa compuesta de lo que parecía cuero e hilos. Tras examinarlos detenidamente, Marcelo identificó una parte del lomo de lo que alguna vez había sido un libro.

Pudo leer en la mirada de sus compañeros la misma desilusión que sentía él. Sumado al reloj de arena inundado, aquel era un golpe durísimo a la esperanza. Frente a ellos tenían la prueba de que si el documento que buscaban había entrado en contacto con el agua, por más que fuera de pergamino como había sugerido Patrick Gower, no quedarían de él más que partículas en suspensión.

Marcelo Rosales entró en la cabina por decimocuarta vez en la vigesimoprimera inmersión del grupo en el pecio. Aquel día, Diana entraría con él mientras Ariel esperaba fuera. No solo no cabían los tres, sino que tenía que haber alguien listo para ayudar en caso de que algo saliera mal. Y había muchas cosas que podían salir mal buceando con el agua a cinco grados, de noche, dentro de una estructura a punto de derrumbarse y con tanto sedimento acumulado que bastaba una sola patada mal dada para que la visibilidad se hiciera nula.

Cuando acabó de meter su cuerpo en la corbeta, barrió las ruinas con su foco. En el fondo, entre las maderas y el lodo, algo le devolvió la luz. Se lanzó a toda velocidad hacia el lugar de donde provenía el destello. Después de tantos años bajo el agua, solo un material era capaz de brillar de aquella manera.

Al llegar al fondo, sus sospechas se confirmaron: era vidrio; un rectángulo del tamaño de una caja de fósforos pequeña. Probablemente había sido él mismo, o alguno de sus compañeros, quien lo había dejado al descubierto sin darse cuenta mientras exploraban la cabina los días anteriores.

Hundió los dedos en el limo con una suavidad que le costaba controlar, y descubrió que se trataba de algo mucho más grande de lo que inicialmente había creído.

Instantáneamente se olvidó del frío, de la oscuridad y del peligro. Sus manos enfundadas temblaron de la emoción al reconocer bajo el lodo la forma de una enorme botella.

44

Al desenterrarla de entre el limo y las maderas, Marcelo Rosales tuvo en sus manos una botella dos veces el tamaño de una normal. El corcho aún parecía estar en su lugar, debajo de una capa que, con suerte, sería lo que quedaba del lacre de cera.

Habiendo removido el fondo, la nube turbia no tardaría en apoderarse de la cabina, obligándolo a salir.

Todo había sido tan rápido que Diana apenas había entrado al pecio. Al mostrarle lo que traía en sus manos, Marcelo pudo ver en su cara la expresión de sorpresa, incluso detrás de la máscara y el regulador.

Se reunieron con Ariel, que los esperaba a la entrada. Al ver lo que sus compañeros traían, se apresuró a iluminar la botella por detrás con su foco. La potente luz no fue capaz de atravesarla, ni siquiera proyectando un leve resplandor. No había forma, al menos por el momento, de saber con seguridad si contenía lo que buscaban.

Pasaron varios segundos estáticos, observándola sin que ninguno de los tres soltara una sola burbuja. La primera en salir de aquella especie de trance fue Diana, quien levantó su pulgar para indicar que comenzaran el ascenso. Marcelo y Ariel le respondieron con un O.K. rápido.

Cinco metros antes de la superficie apagaron los focos, como lo habían hecho en todas las otras inmersiones.

Al emerger, Marcelo apenas se podía mantener a flote. Era difícil estimar el peso de un objeto cuando se estaba en el agua, pero esa botella lo hacía hundirse como si llevara siete u ocho kilos de más en el cinturón de plomos.

En los quince minutos que habían estado bajo el agua, la velocidad del viento había aumentado drásticamente. Las olas eran ahora más grandes y Diana y Ariel tuvieron que tomar a su compañero uno de cada brazo para darle un poco de flotabilidad. Nadaron juntos y en silencio hasta la orilla, llevándose de la Swift, tal y como habían acordado, solamente la botella.

Una botella que quizás tenía más valor económico y político que un galeón español cargado de oro.

Cuando pudo hacer pie, sin quitarse las aletas ni la máscara, Marcelo la agitó levemente acercándola a su oído. El objeto resultó ser mudo además de ciego. Tampoco pudieron sacar ninguna conclusión en base al peso, pues podía contener el lastre según la teoría de Patrick Gower o simplemente estar llena de agua.

Pero acababan de lograr lo más difícil, y en adelante todo sería cuesta abajo, pensó Marcelo. Irían a casa de Claudio y abrirían una botella. No la que tenía ahora en sus manos sino una de champán, para brindar por el hallazgo, inédito e improbable. Luego se contactaría con Nicolás Cambi, el renombrado arqueólogo de Buenos Aires a quien Gower había explicado la historia en su visita a la Argentina. El experto viajaría a Puerto Deseado para evaluar la pieza e intentar restaurarla. Además, Cambi y su grupo llevarían a cabo una investigación arqueológica formal, restaurando todos los objetos que encontraran para ponerlos en exposición en un museo que se crearía en Puerto Deseado. Todo por cuenta de Patrick Gower.

Todavía chorreaban agua cuando, de atrás de la roca donde escondían la ropa, se recortó una figura baja con el cabello lacio y recogido. Los apuntaba con una pistola que llevaba en la punta un enorme silenciador.

—Buenas noches, señorita. Buenas noches, caballeros —dijo en español con un marcado acento inglés—. Lamento interrumpir a esta hora de la madrugada.

45

El individuo se acercó a Marcelo con su par de ojos pequeños fijos en la botella. Sin dejar de apuntarle, posó su mano libre con suavidad sobre el grueso cuello de vidrio.

—Permítame —dijo.

Dejando de lado la voz un tanto estridente y una pronunciación extraña, su castellano era casi perfecto. O quizás eso parecía, porque el viento impedía escuchar con claridad.

Marcelo obedeció y sintió cómo el peso de la botella se aligeraba hasta que sus manos quedaron vacías.

Mientras tanto, una furgoneta se detuvo frente a ellos, cegándolos con las luces altas. A pesar de que casi no podía ver el vehículo, Marcelo adivinó que era de color azul y que hasta hacía menos de un mes le pertenecía al pescador Cafa. Bastó un quiebre de la muñeca que empuñaba la pistola para que entendieran que tenían que subirse sin pedir explicaciones.

Tras encerrarlos en la parte trasera, el inglés se subió en el asiento del acompañante y se puso la botella entre las piernas. Le dio al conductor, que lo doblaba en tamaño, una orden que Marcelo no llegó a entender, pero que fue interpretada acelerando a toda prisa. Luego se volvió hacia ellos y los miró sin decir nada.

Dos minutos más tarde, salían del pueblo a toda velocidad por la única carretera que lo comunicaba con el resto del país. Pasaron junto al desvío que Marcelo había tomado el día que descubrió a los dos buzos que se escondían en la casa de Cafa. Los mismos dos que ahora los llevaban quién sabía adónde por una ruta que se extendía a lo largo de ciento veintisiete kilómetros de nada.

Para ser justos, casi nada.

Viajaron en silencio durante unos veinte minutos. Tellier

era la primera parada de un tren que hacía cinco años había dejado de salir de Puerto Deseado. *El veinte,* como lo conocían los deseadenses, era unas pocas casas sobre la carretera cuya única razón de ser había sido un enorme tanque de agua que desde principios de siglo saciaba la sed de la locomotora a vapor. Ahora, después de la muerte del ferrocarril, solo quedaba el destacamento de policía, una escuela rural y un puñado de ganaderos obstinados.

La furgoneta de Cafa se detuvo frente a la construcción más grande del poblado: un galpón de chapa sin pintar casi del tamaño de un hangar. El conductor se bajó para abrir el enorme portón y, tras volverse a subir al vehículo, lo condujo hacia la penumbra del interior.

El que los había obligado a subirse abrió las puertas traseras de la furgoneta.

—Quítense los chalecos, las botellas, los cinturones y bájense —dijo, sin dejar de apuntarlos con la pistola.

Marcelo notó un desagradable olor a óxido. El mismo olor que había sentido el día del asesinato de Olivera: sangre. Pero ahora era mucho más intenso. A juzgar por las caras de sus compañeros, no era él el único que lo percibía.

El tipo los hizo caminar hacia uno de los rincones, donde la oscuridad apenas dejaba adivinar la silueta de una pequeña mesa y tres sillas a su alrededor.

El grandote apoyó la botella sobre la mesita y encendió una luz demasiado pobre para aquella habitación gigante, pero suficiente para revelar la fuente del olor nauseabundo: estaban en un matadero. Decenas de carcasas de corderos colgaban, perfectamente alineadas, de un entramado de vigas de acero. Junto a las reses se erguían pilas de cueros de animal de más de un metro de altura. Un viejo camión Mercedes Benz descansaba junto a los animales que probablemente había traído con vida hacía pocas horas.

—Tomen asiento —dijo el del arma.

Al ver que los tres permanecían de pie, soltó una risita meneando la cabeza de un lado al otro.

—Siéntense —repitió, levantando bruscamente la pistola hasta apuntar entre las dos cejas de Ariel.

Se sentaron los tres de inmediato.

—En primer lugar, déjennos presentarnos. Soy Andrew Platt, aunque todos me conocen por Andy, y él es Ron. Tendrán que disculparlo pero no habla castellano. ¿Curioso, no? Llevamos tantos meses aquí y no ha aprendido ni una palabra.

Tenía que esforzarse para hablarles, porque las chapas agitadas por el viento retumbaban dentro del galpón.

—Tampoco es que tuvieran mucha interacción viviendo del otro lado —dijo Marcelo antes de pensar que no tenía derecho al sarcasmo.

—Tengo que admitir que en eso tiene razón. Aunque, conociendo al pobre Ron, no creo que hubiese aprendido ni viviendo en Buenos Aires.

—¿Qué es lo que queréis? —preguntó Diana.

—Ustedes saben muy bien lo que quiero. Llevo tres meses buscándolo y veinte días esperándolo —dijo clavando sobre la botella enorme sus diminutos ojos, que la luz revelaba verdes.

—¿A qué se refiere? —preguntó Marcelo.

—Señor Rosales, hace veinte días que los vengo observando durante sus inmersiones nocturnas, supuestamente secretas. ¿Por qué otro motivo bucearían siempre en el mismo lugar y a escondidas? Cuando me di cuenta de que habían encontrado la Swift, pensé que, en lugar de combatirlos, me convenía tenerlos trabajando para mí. Y de paso nos ahorrábamos tenernos que meter cada día en estas aguas heladas. No entiendo cómo hay gente que puede bucear aquí por placer.

Marcelo sintió que lo invadía una mezcla de ira y vergüenza. Habían estado haciendo el ridículo. Habían madrugado para bucear de noche, procurando no encender las luces hasta pasados los cinco metros. Se habían tomado el trabajo de estacionar el coche en el hotel y esconder la ropa y las toallas para no ser descubiertos y solo había servido para que esos dos se rieran desde la cabina calefaccionada de una furgoneta.

—Ahora, veamos lo que han encontrado, señores —dijo Platt entregándole la pistola a Ron y levantando la botella en sus manos.

Hizo exactamente lo que habían hecho ellos minutos atrás: la puso a trasluz y la sacudió suavemente. Luego se la quedó mirando por un minuto que a Marcelo se le hizo eterno.

—Excelente trabajo —dijo—, debo felicitarlos. Aunque, como entenderán, no tendrán mucho tiempo para disfrutar de la gloria.

Después de los balazos a Olivera y a Claudio, los tajos a la Piñata y el disparo en el cinturón de Diana hacía veinte días, tenían bastante claro a qué se refería exactamente con eso.

—¿Qué hay en la botella? —preguntó Marcelo, intentando ganar tiempo a la espera de un descuido de Ron, o un milagro.

Platt soltó una carcajada estridente que ni siquiera los chirridos del viento contra la chapa lograron acallar.

—Buen intento —dijo—. Sé perfectamente que todos aquí estamos al tanto de lo que es, pero le responderé por cortesía, señor Rosales. Dentro de esta botella hay un cheque en blanco al portador. Tanto su país como el mío pagarían lo que sea por él. Y aunque por cuestiones obvias me gustaría que terminara en manos de la Reina, no tengo ningún problema en entregárselo a sus dictadores si la oferta es buena.

—¿Y qué piensa hacer con nosotros? —intervino Ariel— ¿Matarnos como hizo con el pobre Olivera?

El inglés volvió a dejar la botella sobre la pequeña mesita y le hizo un gesto a Ron para que le devolviera la pistola. Luego los apuntó y, ladeando la cabeza, les enseñó la otra mano abierta.

—Pobre hombre. Intenté darle una oportunidad pero no quiso cooperar. Insistió en que prefería verse muerto antes que ayudar a un contrabandista. Esa fue la palabra que utilizó. Contrabandista. No me quedó otra alternativa, y eso que estábamos dispuestos a retribuirle su asesoramiento.

—Hijo de puta —murmuró Diana entre dientes.

—Señorita Carbonell, no se tome esto como algo personal. Son solo negocios. Ya conocerá el dicho en inglés: *business is business.*

—Olivera nunca hubiera cooperado con alguien como usted. Jamás —dijo Marcelo.

—Claro que no —respondió Platt—. El problema fue que tardé demasiado en darme cuenta de que ayudar a un inglés en algo así habría sido para él como venderle el alma al diablo. Mi error fue creer que ofreciéndole una buena suma de dinero lo tendríamos de nuestro lado. El viejo empezó a gritarnos que la corbeta le pertenecía a su querida República Argentina y que nosotros no teníamos derecho a llevarnos ni un pedazo de madera. La conversación se puso un poco tensa, créanme. Los patriotas fanáticos son más difíciles de convencer que las mujeres vírgenes, y yo debería haberme dado cuenta de que no había esperanza al ver esa bandera ridícula en el patio de su casa.

—¿Y tuvieron que volarle la cabeza simplemente porque no quiso ayudarlos? —preguntó Marcelo con una rabia que, a esa altura, ya había opacado al miedo.

—No exactamente. No somos tan malos como usted se piensa, señor Rosales. Fue él quien nos obligó a matarlo. Yo le propuse un negocio y ¿sabe lo que me dijo? Que si no nos volvíamos a nuestro país de mierda, mandaría un grupo de estibadores amigos suyos a que nos cortaran la cabeza. Disculpen el vocabulario, pero estoy citando textual.

Considerando lo patriota que parecía ser Olivera y la fama

de gente de pocas pulgas que tenían los marineros y los portuarios, a Marcelo eso le sonó una respuesta perfectamente normal.

—Digamos que lo tuvimos que hacer en defensa propia —agregó Platt.

—Tenga al menos la bondad de no ser tan cínico —intervino Diana.

—Cínico es una palabra curiosa, señorita Carbonell. ¿Sabe que *cynical* en inglés significa suspicaz? Me tomaré su comentario como un cumplido. Ahora, si son tan amables, tenemos que retirarnos.

—La policía los busca y, tarde o temprano, los van a encontrar. Tendrán que pagar por todos los delitos que cometieron, empezando por el crimen de Olivera —gritó Ariel, y Marcelo no entendió si los nervios le habían jugado una mala pasada, si intentaba ganar tiempo o simplemente había subestimado la situación por completo.

Platt sonrió.

—Por supuesto que pagaremos. Pagaremos con todo el dinero que nos darán por esta botella. Lamento que ustedes no vayan a tener la oportunidad de verlo, porque en diez minutos pasarán a hacerles compañía a todas estas ovejitas.

Entonces le hizo una seña con la cabeza a Ron y éste se arremangó el pantalón hasta la rodilla.

—¿Lo reconoce, señor Rosales? —preguntó Platt.

El gigante tenía atada a la pantorrilla el cuchillo de mango rojo que Claudio había encontrado en el fondo de la ría.

—Muy inteligente por su parte —continuó el inglés— llevarlo encima cuando tiene pensado meterse en propiedad privada. Le hubiese sido más útil si se hubiera asegurado de que no había nadie detrás de usted.

Entonces miró al tal Ron y dijo una frase en inglés que Marcelo entendió perfectamente.

—*Ladies first.*

—¡No! —gritó Marcelo.

Ignorándolo, el gigante se agachó lentamente, extrajo el cuchillo de la funda y se puso detrás de la silla donde estaba sentada Diana, apoyándole la hoja afilada sobre la garganta.

46

Diana Carbonell tenía la boca abierta, pero no decía nada.

El viento, que agitaba las paredes cada vez con más fuerza, daba la sensación de que derrumbaría el galpón en cualquier momento. Ojalá, pensó Marcelo, pero sabía que se necesitaba más que esas ráfagas para derribar una construcción patagónica.

—Es curioso que todo termine aquí —dijo Platt—. Me refiero al matadero. Una de las pocas cosas que aprendimos en este país es cómo carnear corderos. Como comprenderán, del otro lado de la ría no hay demasiada acción y uno tiene que entretenerse con lo que puede.

Mientras hablaba, apuntaba a Marcelo y no quitaba los ojos del cuello de Diana.

—Por algún motivo —continuó Platt—, a Ron se le da particularmente bien el degüelle. A mí al principio me pareció un acto muy cruel, aunque con el tiempo descubrí que tiene lo suyo. Hay algo en subir el animal al banco, atarle tres patas y hundirle el cuchillo en la garganta. Algo definitivamente especial en ver que el chorro de sangre se convierte en un leve goteo y las últimas patadas se apagan de a poco...

Pero Platt no pudo acabar la frase. Después de una de las ráfagas más fuertes de la noche, se sintió el estruendo del vidrio haciéndose añicos contra el suelo. Había sonado en la otra punta del galpón, pero los cinco dirigieron sus miradas a la botella en un acto reflejo. Seguía intacta sobre la pequeña mesa.

Platt le indicó en inglés a Ron que fuera a echar un vistazo detrás del camión, que era de donde había venido el ruido. Seguramente era el viento, dijo, pero valía la pena asegurarse.

Casi de manera robótica, Ron soltó a Diana y se fue caminando hasta perderse detrás del viejo Mercedes Benz.

—*All good, Ron?* —preguntó Platt al cabo de unos segundos.

No obtuvo respuesta. O si la hubo, no fue más fuerte que el viento.

—*Ron* —insistió, esta vez elevando su voz a grito.

Solo el aire contra la chapa.

El tercer llamado no solo fue más fuerte, sino que Andrew Platt giró la cabeza sobre el hombro que empuñaba el arma, para gritar a sus espaldas. Su cuerpo acompañó levemente el movimiento y, por una fracción de segundo, Marcelo vio cómo el cañón de la pistola dejaba de apuntar directamente hacia él.

Se le abalanzó con todo el peso de su cuerpo, tirándolo contra una de las reses que colgaba de las patas traseras. Pudo oír el disparo silenciado mientras ambos caían sobre un charco de sangre. Apenas habían llegado al suelo cuando Ariel ya estaba también sobre el inglés, cuyos gritos desesperados, ahora sí, lograban imponerse al viento.

Ariel le sujetaba la mano libre apretándola contra el suelo y Marcelo luchaba por abrirle los dedos de la otra y quitarle el arma sin que volviera a disparar. Pero el tipo daba más pelea de la que se esperaba de su contextura menuda.

—Quédate quieto, joder.

Era Diana. Se había sumado al forcejeo e intentaba sostenerle las piernas.

—Ahí viene el otro —dijo la española, mirando por debajo de las reses.

Marcelo vio los pies de Ron, que volvía corriendo en respuesta a los aullidos de su compañero. Diana soltó a Platt sin aviso y éste, revigorizado, se sacudió tan fuertemente que estuvo a punto de liberarse.

Ella buscó a su alrededor y levantó del suelo una piedra de afilar del tamaño de un ladrillo. Cuando Ron apareció de atrás de una carcasa de cordero, se la tiró con toda su fuerza.

A un palmo de que la piedra le diera en toda la cara, Ron se cubrió con el antebrazo. Por el gruñido que soltó, le había dolido, aunque no lo suficiente como para hacerle largar el cuchillo.

Miró a Marcelo y Ariel, que apenas lograban dominar a Platt, pero en lugar de preocuparse por ellos, enfiló directamente hacia Diana. Si la alcanzaba, tendrían que soltar a su amigo.

Diana Carbonell retrocedió con cada paso del grandote, manteniendo la distancia, hasta que sus piernas se toparon con una de las sillas en las que los habían obligado a sentarse. La asió con las dos manos y, al tratar de levantarla para golpearlo, Ron dio un salto hacia ella intentando agarrarla por la cintura.

Pero no alcanzó a tocarla. Un palo largo apareció volando e impactó en su musculoso cuello. Ron se giró, mirando desconcertado hacia el sitio desde donde había venido el golpe, dándole a Diana tiempo suficiente para escapar de su alcance.

El pescador Cafa le acababa de salvar la vida.

La figura del hombre de la boina verde se recortaba entre el camión y una de las paredes del galpón. Había golpeado a Ron arrojándole una de las varas con las que, una vez al año, se fuerza a las ovejas a sumergirse en desinfectante.

Pero para tirársela había tenido que dejar en el suelo lo que llevaba en las manos. Cuando se agachó para levantar una enorme escopeta de dos cañones, Ron se le tiró encima, tumbándolo antes de que pudiera aferrarse al arma.

Al cuarto puñetazo, Cafa quedó inconsciente, sangrando por la nariz y la boca.

Ron se incorporó sin dejar de mirar al pescador, inmóvil en el suelo. Giró bruscamente sobre sus talones y, decidido a terminar lo que había empezado, comenzó a agacharse para agarrar la escopeta de Cafa.

—Ni lo intentes. Al suelo, lejos del arma, o disparo —gritó Marcelo en inglés, apuntándole con la misma pistola que había asesinado a Olivera.

El grandote se quedó inmóvil un instante, probablemente descolocado al oír a ese alfeñique hablando su lengua. Luego se apartó unos pasos de Cafa y dobló sus enormes rodillas hasta apoyarlas en el piso de cemento. Levantó las manos lentamente, rindiéndose.

Ariel estaba subido encima de Platt, que no dejaba de gritar y sacudirse. Ambos estaban completamente cubiertos en sangre de cordero. Diana se apresuró a traer de la furgoneta dos cinturones de plomo y, tras quitarles todo el lastre, usó las correas para sujetarle las manos y los pies.

Una vez lo tuvieron fuera de combate, Ariel y Diana inmovilizaron a Ron utilizando el cinturón de plomo que quedaba y una soga para atar patas de cordero. El grandote, que con un solo forcejeo se los podría haber sacado de encima como quien se quita una pelusa del hombro, no ofreció resistencia cuando Marcelo le apuntó directamente a la sien y le dijo en inglés que era mejor que cooperara.

Cafa comenzaba a mover la cabeza de un lado a otro. Su mandíbula, probablemente fracturada, balbuceaba quejidos ininteligibles.

Entre los tres cargaron al herido y obligaron a los dos ingleses a arrastrarse al interior de la parte trasera de la furgoneta. Diana y Ariel subieron con ellos, apuntando una a Ron con la pistola y el otro a Platt con la escopeta. Marcelo se sentó al volante y puso el vehículo en marcha.

Antes de emprender el regreso a Deseado, sujetó con el cinturón de seguridad del acompañante la enorme botella de vidrio.

47

La puerta de la habitación 106 se abrió en silencio. La ventana dejaba entrar la luz del sol y un pedazo de paisaje de la ría. En el aire flotaba un intenso olor a verduras hervidas.

—¿Alguna novedad, Cabeza? —preguntó Claudio sentado en la cama, frente a su almuerzo.

—Los peritos balísticos compararon los proyectiles y las vainas de la pistola de los ingleses con las de la escena del crimen de Olivera. No había dudas, pero era necesario confirmarlo.

—¿Y qué hiciste con la botella?

—La tengo en remojo. Llamé por teléfono a Cambi, el arqueólogo que me indicó Gower en Buenos Aires, pero no está en el país. Vuelve de Venezuela el lunes. Su asistente me dijo que la dejara sumergida hasta la semana próxima, cuando todo el equipo de buzos vuelve a la Argentina. El miércoles que viene están acá.

—¿Y qué garantías tenemos de que esto termine en buenas manos?

—Mientras mantengamos en secreto la ubicación del hundimiento y nadie sepa sobre la botella hasta que lleguen los arqueólogos, estamos a salvo. Ayer me llegó un telegrama del gobernador de la provincia en el que se compromete a crear un museo para exponer los restos encontrados, así que no hará falta que Gower ponga el dinero. Una vez que esté abierto al público, revelamos el contenido de la botella y lo ponemos directamente en exhibición.

—Ojalá el gobernador y todos los políticos que van a aparecer ahora cumplan al menos la mitad de lo que prometen. Yo no me fío de ninguno de esos.

Tras decir esto, Claudio Etinsky se metió en la boca el primer trozo de puchero que humeaba en la mesa sobre su cama.

—¿Y el viejo Cafa? —preguntó sin dejar de masticar.

—Recién vengo de su habitación. Está bien, pero lo van a tener que derivar a Buenos Aires. Necesita cirugía en la boca para volver a masticar. ¿Y a vos, cuándo te dan de alta?

—Si fuera por mí me hubiera ido a casa al día siguiente del disparo, pero el doctor insistió para que me quedara, sobre todo después de la infección. Estoy contando los días como un preso. Me faltan tres.

—¿Entonces hacemos una fiesta en tu casa el viernes cuando salgas?

—Si no le contás a mi médico, dalo por hecho. Motivos para festejar no nos faltan —dijo Claudio levantando su vaso con agua.

—Como si fueran pocas las razones para brindar, hay una más. Una que no te conté.

—¿Te casás con la gallega? —preguntó señalando a Marcelo con el tenedor.

—No tiene nada que ver con eso, tarado. Me dieron una beca para estudiar la carrera que quiera en cualquier universidad del país.

—¿En serio? —dijo Claudio escupiendo un poco de comida al tiempo que comenzaba a aplaudir—. Qué grande, che. Te felicito.

—Estoy pensando en hacer Arqueología en Rosario. Empezaría en marzo.

—Arqueología. Veo que te pegó fuerte el hallazgo, ¿no? ¿Y por qué Rosario?

—Mi papá... —murmuró Marcelo sin pensar.

—¿Qué tiene que ver tu viejo en esto, Cabeza?

Dudó unos instantes, pero finalmente decidió guardarse el mayor de sus secretos. Algunas cosas sí que deberían descansar en el fondo para siempre, pensó.

—No quiero estar en la misma ciudad que él —improvisó—. Además, todo el mundo dice que Rosario es preciosa.

—Y... si es verdad lo que se dice, tiene que serlo.

—¿Qué se dice?

—Que es la ciudad con las mejores mujeres de la Argentina.

Marcelo intentó festejarle la gracia, pero solo logró esbozar un simulacro de sonrisa. Esa mueca falsa no convencía a nadie, y mucho menos a Claudio.

—En este momento no te importan un carajo las mujeres argentinas, ¿no?

—Comé que se te va a enfriar —le dijo Marcelo guiñándole un ojo, y salió de la habitación.

Epílogo

El frío y el paisaje son iguales a Deseado. Pero no es Deseado. Tampoco era Argentina hasta hacía unos días. Junto al soldado Marcelo Rosales se arrastra cuerpo a tierra un tucumano, igual de joven e igual de soldado. Los dos tiemblan, pero solo uno está acostumbrado a temblar. Al menos de frío.

Los dos aprietan su pecho contra el mismo suelo que, dos siglos atrás, pisó Erasmus Gower: las islas Malditas.

El tucumano está orgulloso de que se le congele el aliento defendiendo su patria. Marcelo, no. Él sabe que no hacía falta. Sabe que en un museo a seiscientos kilómetros de allí, estaba —porque ya no está— la alternativa a la guerra. Y el general borracho también lo sabe, pero se le cae la dictadura a pedazos y necesita distraer al pueblo.

Nadie le preguntó al soldado Rosales si quería ir o no. Lo mandaron, igual que al que tiene al lado. Y ahora lucha por su vida, no por su patria. Para él, la pelea por su país terminó seis meses atrás, en un matadero a veinte kilómetros de su pueblo.

Si hay que odiar a ingleses, Marcelo odia a Platt. No a Ward, o como se llame el que aprieta ahora el gatillo.

- Fin -

¡MANTENGAMOS EL CONTACTO!

Si te quedaste con ganas de más misterio y aventuras en la Patagonia, seguramente disfrutarás *Dónde enterré a Fabiana Orquera* y *Cazador de farsantes,* mis otras dos novelas.

Además, te invito a que visites mi página web y te suscribas a mi lista de correo. Pasarás a formar parte de mi grupo de lectores más cercanos, a quienes envío cuentos inéditos y capítulos exclusivos. También te avisaré cuando publique algo nuevo.

¡Hasta la próxima!

Cristian Perfumo

www.cristianperfumo.com

Nota del autor

Los objetos rescatados de la H.M.S. Swift se encuentran exhibidos en el museo "Mario Brozosky", en Puerto Deseado, provincia de Santa Cruz, Argentina. El pecio fue descubierto por un grupo de entusiastas locales después de mucho estudio e investigación, un año después de haber formado la Subcomisión de Búsqueda y Rescate de la Corbeta Swift del Club Náutico Capitán Oneto. Esto pasó en una época muy cercana a la que describo en la novela.

Las tareas de rescate y conservación continúan hoy en día y, según entiendo, todavía queda más de la mitad de la nave por desenterrar e investigar.

La correspondencia entre Gower y Farmer (y el objeto de ésta) son solo producto de mi imaginación. Otras dos grandes licencias que me he tomado a la hora de escribir esta novela tienen que ver con la visibilidad en el agua y el buceo en el pecio. En la verdadera Ría Deseado, la máxima visibilidad registrada en quince años de buceo fue de seis metros, y duró solo dos días. En cuanto a los restos de la Swift, cientos de objetos (incluyendo un reloj de arena y botellas) han sido encontrados intactos, pero lo cierto es que la estructura está completamente llena de sedimento. La única manera de "ingresar" es excavando, como lo hacen los arqueólogos en la actualidad.

Podría continuar separando ficción de realidad, pero prefiero desembarazarme tan ruinmente que ni siquiera lo haré utilizando palabras mías. En la nota del autor de *La ciudad de los prodigios*, Eduardo Mendoza dice: "Muchos lectores me han preguntado si los sucesos que relato y los datos históricos que cito son verídicos o imaginarios. La respuesta, por supuesto, carece de importancia, puesto que todo, en definitiva, es sólo una novela".

Agradecimientos

A mi familia, por haberme criado en Puerto Deseado.

A Marcelo Rosas, por haberme contado la verdadera historia de la Swift, que dio comienzo a esta novela. Estoy seguro de que ni ésta ni ninguna otra obra de ficción puede competir en ningún aspecto con las verdaderas memorias del hallazgo. Espero que un día él o alguna de las otras personas que llevaron a cabo la búsqueda las publique.

A Nicolás Ciarlo y Dolores Elkin, profesionales trabajando actualmente en el pecio de la Swift, por facilitarme mucha de la documentación que leí relacionada con la corbeta. Especialmente a Nicolás, por contestar mis quinientos mil correos electrónicos y enviarme cientos de comentarios útiles que sin duda ayudaron a mejorar la parte histórica del texto.

A Andrés Lomeña, mi "mentor", por haberme enseñado el ABC de escribir una historia mientras paseábamos por las calles de Barcelona. Y por darme mil consejos sobre los sucesivos borradores del manuscrito, a pesar de estar cada uno en una punta del mundo. Muchas gracias, canijo.

A Trini Segundo, Norberto Perfumo, Mónica García, Ángela Blasiyh, Mariana Perfumo, Javier Debarnot (el oficial), Renzo Giovannoni, Hugo Giovannoni, Analía Vega, Sebastián Cárdenas (y sus datos telefónicos), Marta Segundo, Trinidad Yagüe, Mariano Rodríguez, Ana Barreiro, Marcos Oliva Day, María Laura Gaona, Nancy Moreira-Adragna y Augusto Vega por leer el manuscrito, sugerirme ideas y ayudarme a corregir errores.

A Fabián Álvarez Gómez, por cederme la foto de portada y a Glòria Langreo, por el diseño alucinante de tapa y contratapa.

A Colin Breen, del Centro de Arqueología Marítima de la Universidad de Ulster y a David Howe, del Instituto de Historia Marítima de Maryland, por brindarme un poco de su tiempo para discutir conmigo sobre objetos sumergidos durante mucho tiempo.

A los voluntarios del Museo Marítimo Australiano, por contarme historias a bordo de la réplica del H.M.B. Endeavour, que me ayudaron a imaginarme cómo habría sido la vida en la Swift.

A la fundación Conociendo Nuestra Casa por enseñarme, como a tantos otros miles de niños deseadenses, a valorar "los cuadros que tenemos colgados" en nuestra ría. Mucha de la información que necesité para este libro la aprendí cuando tenía nueve años de la mano de Malala y Marcos Oliva Day.

A Hugo Giovannoni por toda la ayuda sobre balística y armamento.

A Ian Bates por dejarme leer un borrador de su biografía de Erasmus Gower antes de que ésta fuera publicada.

A Trini, por el apoyo en todo momento, incluyendo el año y medio durante el cual escribí sin mostrarle una sola página. Y por leerlo (dos veces) cuando se lo di. Y por ayudarme tanto a mejorar la historia. Y por muchas otras cosas. Sin vos no habría libro. Te amo.

Por último, los errores e imprecisiones que hayan aparecido en el texto (incluso después de la ayuda de todas estas personas) son de mi exclusiva responsabilidad.

faz de la tierra / face of the Earth

- alacena Cupboard
- alacena de comida / Pantry / larder
- Marcelo pegó un sorbo a su cerveza
- Estibadores
- La horqueta – Pitchfork
- Regazo Lap / bitácora logbook.
- Mecedora de Mimbre – Wicker Rocking Chair
- Linterna a pilas
- la Verja
- adoquines – Cobbles?
- Hacer palanca
- proyecto un haz de luz amarillento.
- alhajas de Jewels / Jewelry
- timonel : helmsman
- la rechinante puerta del bar
- lo Miro de costado
- Es normal que no te acuerdes
- hincar el ~~diente~~ diente – Sink your teeth
- hincarle el diente
- alabar – To praise
- Tarado – Moron
- obcecación – obsession
- hurgar Rummage
- ganadero – Rancher.

Más novelas de Cristian Perfumo

RESCATE GRIS

Un volcán cubre tu pueblo de ceniza. Acaban de secuestrar a tu mujer. Tu día recién empieza.

Puerto Deseado, Patagonia Argentina, 1991. Raúl necesita dos trabajos para llegar a fin de mes. Cuando apaga el despertador para ir al primero de ellos, sabe que algo va mal. Su pequeño pueblo ha amanecido cubierto por la ceniza de un volcán y Graciela, su mujer, no está en casa.

Todo parece indicar que Graciela se ha ido por voluntad propia... hasta que llega la llamada de los secuestradores. Las instrucciones son claras: si quiere volver a verla, tiene que devolver el millón y medio de dólares que robó.

El problema es que Raúl no robó nada.

No te pierdas este thriller psicológico ambientado en una de las épocas más convulsas e inolvidables de la historia de la Patagonia: los días de la erupción del volcán Hudson.

¡Finalista del Premio Clarín de Novela 2018!

www.cristianperfumo.com

EL COLECCIONISTA DE FLECHAS

La calma de un pueblo patagónico se rompe cuando uno de sus vecinos aparece muerto y torturado en su sofá.

Para Laura Badía, experta en criminología, este es el caso de su vida. Además de la brutalidad del homicidio, de la casa de la víctima faltan trece puntas de flecha talladas hace miles de años por el pueblo tehuelche. La colección, de la que todos hablan pero casi nadie ha visto, contiene la respuesta a uno de los misterios arqueológicos más importantes de nuestra época. Su valor científico es incalculable. Su precio en el mercado negro, también.

Ayudada por un arqueólogo, Laura se verá arrastrada en una peligrosa búsqueda que la llevará del famoso glaciar Perito Moreno a los rincones más remotos y menos visitados de la Patagonia.

¡Ganadora del Premio Literario Amazon 2017!

www.cristianperfumo.com

DÓNDE ENTERRÉ A FABIANA ORQUERA

Verano de 1983: En una casa de campo de la Patagonia, a quince kilómetros del vecino más próximo, uno de los candidatos a intendente de Puerto Deseado despierta en el suelo. No tiene ni un rasguño, pero su pecho está empapado en sangre y junto a él hay un cuchillo. Desesperado, busca a su amante por toda la casa. Viajaron allí para pasar unos días sin tener que esconderse de los ojos del pueblo. Todavía no sabe que ya nunca volverá a verla. Ni que la sangre que le moja el pecho tampoco es de ella.

Hoy: Nahuel ha pasado casi todos los veranos de su vida en esa casa. Por casualidad, un día encuentra una vieja carta cuyo autor anónimo confiesa haber matado a la amante del candidato. El asesino plantea una serie de enigmas que prometen revelar su identidad y la ubicación del cuerpo. Entusiasmado, Nahuel comienza a descifrar las pistas pero pronto descubre que, incluso después de treinta años, hay quienes prefieren que nunca se sepa la verdad sobre uno de los misterios más intrincados de aquella inhóspita parte del mundo.

¿Qué pasó con Fabiana Orquera?

www.cristianperfumo.com

Printed in Great Britain
by Amazon

52905100R00177